소망을 가슴에 품고 여자들은 미래로 걷는다.

샤칸도 리나
여류명적

아샤진 아이
여류 2단

여류 타이틀전, 개막!

히나츠루 아이
여류 초단

노보루 카렌
장려회 3단

© Shir

엇갈림,

그리고 운명의 재회.

「야이치 군, 에스코트 해도.」

산성앵화
쿠구이 마치

목 차

저 자	시라토리 시로	작품명	용왕이 하는 일! 16	제 0 보	4P
				제 1 보	17P
				제 2 보	91P
일러스트	시라비	감 수	사이유키	제 3 보	151P
				제 4 보	203P
				제 5 보	293P
총 페이지수	발 행 처	발행연월일		후 기	387P
400페이지	노블엔진	2023년 7월 1일		감 상 전	391P

이상 400페이지로 용왕이 하는 일! 제16권 전부

용 왕 이 하는 일!!

ryuoh no oshigoto!

16

시라토리 시로

일러스트 🔖 **시라비**

감수 🔖 **사이유키**

등장인물 소개

쿠즈류 야이치

용왕. 제위를 보유한 사상 최연소 2관. 요즘 자주 보는 영상은 거대한 벌집을 철거하는 동영상. 대국 중에 벌 소리가 들리게 됐다.

히나츠루 아이

야이치의 제자. 여류명적전 도전자. 동거하는 선배 여류기사의 인터넷 방송에 출연. 도전자로 결정된 직후의 생방에서 받은 후원금이 타이틀전 상금보다 많았다.

샤칸도 리나

여류명적. 퀸 4관. 한사코 멀리했던 스마트폰을 드디어 샀다. 초등학생 제자와 함께 춤춘 영상을 인터넷에 올리고 인기를 끌었다.

칸나베 아유무

A급 기사. 샤칸도의 제자. 좋아하는 해외 패션 브랜드를 입어보는 동영상을 올렸더니, 디자이너 본인에게 메일을 받았다.

소라 **긴코**

야이치의 사저(師姉). 사상 첫 여자 프로 기사. 작금의 동영상 서비스 붐에 등을 돌리고 있지만, 장기 관련 영상 중에서 가장 관심을 모으는 것은 『소라 긴코의 현황』.

야샤진 **아**이

야이치의 두 번째 제자. 동영상 서비스 사업을 시작했다. 초등학생 전문 동영상 사이트를 부하가 제안. 화제를 모으지만, 부하는 경찰에게 예의 주시를 받게 됐다.

나타기**리** 진

명인전 도전자. 기사의 방송은 전부 체크한다. 고평가&코멘트도 꼭 남길 정도로 성실하지만, 어째서인지 두려움의 대상이 됐다.

츠키요미자카 료

여류옥장. 바이크 투어링 영상을 촬영해서 올렸다가 기사가 아니라 여성 라이더로 인기 급상승. 팔로워는 대부분 불량 청소년.

🔔 축(軸)

"아빠…… 그걸 진짜로 보낼 거야?"

다다미 위에 펼쳐둔 서예지.

묵을 듬뿍 묻힌 붓으로 그 위에 힘차게 글자를 쓴 아버지는 마지막으로 『9단 키요타키 코스케』라고 쓴 후, 고개를 들며 대답했다.

"당연하데이."

옛날에는 자주 보던 광경이었다. 초등학생 시절에는 돕기도 했다. 그 후로는 두 명의 내제자가 나를 대신해 아버지를 도왔다.

하지만 최근에는 색지(色紙)에 쓰는 일은 있어도, 이렇게 서예지에 붓으로 쓰는 일은 없었다.

다다미방이 있는 집이 줄어든 영향도 있을 것이다.

"사부인 야이치가 못났다 아이가. 그러니 사부인 내가 그 애들에게 타이틀전에 임하는 마음가짐을 알려줘야 한데이."

"야이치 군이 못났다는 말에는 동의해."

사저, 내제자, 두 번째 제자, 게다가 어릴 적부터 가깝게 지낸 장기 친구…… 얼추 떠올려봐도 이렇게 많은 여자애가 야이치 군 때문에 끙끙 앓고 있다.

일찍감치 한 명과 맺어졌다면 아무도 상처받지 않을 텐데 말이다.

뭐, 어쩔 수 없을 거야.

나도 그 애와 마찬가지로…… 마음속에 정해둔 연인이 있거든. 부동의 1위가 말이야.

그러니 여자애들은 항상 2위 쟁탈전을 벌이게 돼. 장기꾼의 숙명이야.

"보내주는 건 좋지만, 하다못해 장기와 관련 있는 격언이 낫지 않아? 그건 아빠의 오리지널이잖아."

"그래서 좋은 기다."

아버지는 완성도에 만족한 건지, 히죽 웃으며 붓을 내려놨다.

"자아! 마르면 낙관을 찍은 다음, 액자 제작을 맡기제이. 으음, 전화번호가──."

"내가 할게. 아빠는 입회인을 맡아서 바쁘잖아?"

"케이카…… 내 억지에 어울리게 해서 미안하데이……."

"괜찮아. 인터넷으로 검색해서 가장 싼 곳에 맡길 거야."

"케이카?!"

사손의 타이틀 도전이 결정된 후로, 아버지는 쭉 안절부절못했다.

그리고 나는 한참 후에야, 눈치챘다.

아버지가 겸연쩍은 나머지 둘러대고 있다는 사실을.

이 글을 가장 보여주고 싶은 상대는, 바로──.

△ 장기별 사람과 미래인

『목표로 삼는 기사 말인가요? 물론 소라 긴코 4단이에요.』

타이틀전…… 아니, 타이틀 보유자가 공석이 되었으니 우승자 결정 5판 3선승제 승부가 시작되기 전의 인터뷰에서, 나는 그렇게 대답했다.

3단 승단 이틀 후의 일이다.

이때까지만 해도, 나는 내가 세상에서 두 번째로 장기를 잘 두는 여자라고 생각했다.

『소라 선생님에 이어서 두 번째 여자 프로 기사가 되는 게 제 목표예요. 그걸 위해 여류기전에 출전했다고 해도 과언이 아니에요. 네, 흉내를 내는 거예요. 소라 선생님이 닦은 길을 따라가는 게…… 프로가 되는 최고의 지름길이라고 생각해요.』

소라 긴코 선생님.

나보다 어리지만, 나는 항상 『선생님』으로 불렀다.

목표 같은 가벼운 게 아니다.

그분은 나에게…… 아니! 장기에 뜻을 둔 모든 여자에게 있어 희망의 별이자, 세상을 비추는 태양이야!

그런 소라 선생님의 괴로움을 생각하면, 가슴이 찢어질 것만 같아…….

『현재 소라 선생님은 휴장 중이세요. 하지만 그것도 홀로 남자들 사이에서 싸웠기 때문이라고 생각해요. 여자 프로 기사가 두

명이 되면 소라 선생님의 부담도 절반으로 줄겠죠. 그러니 프로가 되는 게 제 목표…… 아니, 사명이라고 생각해요.』

그날, 나는 그 자리에 있었다. 그리고 봤다.

사이노카미 여류제위가, 괴상한 몰이비차의 기습 전법으로 소라 선생님을 갈가리 찢는 광경을 말이다.

그날부터 나는 여류기사를 미워하게 됐다.

그러니 손에 넣을 것이다!

『소라 선생님께서 보유하고 계셨던 여류옥좌와 여왕 타이틀은 둘 다 제가 맡겠어요……. 선생님에 이어서 장려회 3단이 된, 이노보료 카렌이 말이죠.』

오늘, 나는 선승제 승부의 무대에 선다.

소라 선생님의 사진을 기모노 안쪽에…… 내 심장 쪽에 위치하도록 넣어뒀다.

처음으로 입은 심홍색 전통복 바지는 움직이기 편했다.

긴장은 없었다. 대국자로서 처음 온 고급 전통여관에서도 푹잘 수 있었다. 기록 담당으로 몇 번이나 온 적이 있어서 자기 집처럼 편하게 지낼 수 있었다.

망설임 없이 일직선으로 대국실로 향한 나는 힘차게 장지문을 열었다.

"실례하겠습니다."

그 방에서 나를 기다리고 있는 건—— 초등학생 여자아이.

"당신 자리, 비워뒀어."

하석에 정좌로 앉아 있는 사람은, 이제부터 나와 두 번의 선승제 승부를 치를 상대. 그걸 모른다면, 연수생이 실수로 대국실에 들어왔다고 여겼을 것이다.

야샤진 아이 여류 2단.

올해 봄에 초등학교 6학년이 된, 열한 살 소녀.

"장려회 3단이면 프로까지 한 걸음을 앞둔 거잖아. 게다가 열 아홉 살에 3단이 됐으면 장래가 유망하지? 단위도 2단과 3단으로 당신이 위인 걸. 그러니 이번에는 상석을 양보할게."

장려회 회원은 수행 중인 신분이기에, 원래라면 여류기사가 상석에 앉아야 한다.

하지만 나는 일전에, 이 초등학생에게 같은 도발을 받았다.

그 도발에 넘어가 발끈한 나머지⋯⋯ 자멸하고 말았다.

아직 장려회의 급위자였던 시절의 일이다. 머나먼 옛날 일처럼 느껴졌다.

"프로와 아마추어 사이에서 실력이 가장 차이 나는 경기가 뭔지 알아?"

"글쎄? 야구 아닐까?"

"스모와 장기야."

스모의 발구르기를 하듯 상석의 방석에 힘차게 앉으면서, 나는 선언했다.

"*요코즈나의 스모를 보여주겠어."

장기말을 던져 선수를 차지한 나는 깊이 고개를 숙였다.

그리고 자세를 낮춘 채――.

———

* 요코즈나 : 스모(일본 씨름)에서 최고 계급을 가리키는 말.

"*핫케요이!!"

손바닥 치기를 날리듯 힘차게 비차 앞의 보를 전진시켰다!

그 수를 본 야샤진 아이는 코웃음을 쳤다. 안심한 것처럼.

"홋."

그리고 어깨띠를 써서 기모노의 소매를 고정했다. 소라 선생님과의 타이틀전에서 자신의 향차가 소매에 걸려 따끔한 맛을 보고 얻은 교훈일까?

농담으로 상대를 방심시키면서도, 실은 한 치의 빈틈을 내보이지 않는 어린 승부사. 그것이 이 소녀의 본질이라는 것을, 나는 이미 알고 있다.

"대국 전부터 엄청 기합이 들어간 표정으로 무게를 잡길래 대체 어떤 전법을 선보이려는 건가 했더니, 결국은 우직한 정면 공격이네. 망루로 지구전이라도 펼칠 생각이야?"

그렇게 말한 초등학생이 아직 앳된 오른손으로 선택한 것은, 급전 스타일의 낯선 기습 전법이었다. 그래. 그러면 돼. 네가 나에게 이기려면 그 방법밖에 없잖아…….

"자, 자, 어서! 그쪽에서 안 온다면 내가 가겠어!!"

야샤진 아이는 대마를 역동적으로 움직이며 견제했다. 빈틈투성이 같은 저 진형을 함부로 건드린다면, 그 순간에 함정이 발동할 것이다.

"너는 강해. 머리도 좋아. 근성도 있는 편이야."

나는 수세에 몰린 채 튼튼하게 망루를 짜면서, 눈앞의 소녀를

---

* 핫케요이 : 스모 심판이 스모 선수에게 외치는 구령.

칭찬했다.

독창적인 서반전술을 펼치는 이 뛰어난 센스는 정말 대단하다고 생각한다.

아마추어 세계에는 그런 전법이 많으며, 프로 세계에 유입되기도 한다.

그런 전법을 열한 살이란 나이에 펼치는 이 아이는 정말 천재라고 생각해.

"하지만 장려회 유단자들, 장기별 사람들과 비교하면, 빈약하기 그지없어!!!"

"앗?! 으……!!"

야샤진 아이의 현대적이고 스마트한 진형을 향해, 나는 지나치게 철저하게 다진 탓에 스모 선수처럼 둔중해진 진형을 그대로 돌진시켰다.

스모와 장기.

그 두 가지는 다른 경기 종목과 어떻게 다른가? 나는 나름대로 생각해봤다. 그리고 결론을 찾았다.

"체격."

결국은 물리적인 차이가 전부였다.

"말라깽이 스모 선수가 요코즈나가 될 수 없는 것처럼! 계산력이 부족하면 프로 기사가 될 수 없어! 노력 이전에 뇌의 성능이 다른 거야! 그뿐만 아니라 체력! 육체의 피로가 사고력의 저하와 직결되어 있단 것은 의학적으로 이미 증명됐어!!"

결국, 장기는 고전 전법으로 회귀한다.

망루. 안목(雁木). 각교환. 서로걸기. 횡보잡기. 거기에 중비차, 삼간비차, 사간비차.

"네가 낡았다고 비웃는 이 망루를 잘 봐! 모든 장기말이 빈틈없이 짜 맞춰져 있지?!"

"흥…… 당신 같은 장려회 회원은 그걸 아름답다고 여기는 거잖아?"

"아니야."

"뭐?"

얼이 나간 표정을 짓는 초등학생에게, 나는 말했다.

"나도 이런 장기를 두는 게 재미없어! 하지만 그게 당연해! 그게 수행이라는 거잖아!!!"

스모 선수가 모래밭 위에서 발을 구르듯, 손바닥으로 기둥을 쉴 새 없이 때리듯. 먼 옛날부터 이어진 전법을 되풀이해서, 되풀이해서, 되풀이해서 계속 둔다.

그에 따라 단련된 두뇌의 순발력과 체력과 근성이야말로, 프로와 아마추어를 가르는 가장 결정적인 요소다.

전법 같은 건 뭐든 상관없다. 그것은 트레이닝의 도구에 지나지 않는다.

계산력이 전부다!

"잡았어."

"큭……!"

맞붙어서 움직임만 봉쇄해 버리면, 기습 전법 같은 건 하나도 무섭지 않다. 그리고 단련된 사고력의 차이가 현격히 드러난다.

중반 및 종반에서 얼마나 강한지가 프로와 아마추어를 가른다.

실전과 장기 묘수풀이의 차이는 바로 사용하는 장기말의 숫자에 있다. 장기말의 숫자를 줄일수록 아름답게 여겨지는 가공의 문제와, 마흔 개의 장기말이 절대적으로 존재하는 실전은 필요한 계산력이 다른 게 당연했다.

맞붙은 상태에서 씨름판 가장자리까지 몰아넣은 후——.

"꺼져버려, 짜샤아아아아아아아아아아아——!!!!!"

어떻게든 벗어나려고 꾸물거리는 초등학생의 빈약한 몸은, 장려회에서 단련한 나한테는 종잇장처럼 가벼웠다.

그리고 단숨에 결판을 내려던, 바로 그때였다.

"윽?!"

야샤진 아이의 조그마한 손이, 불가사의한 움직임을 보였다.

그것은…… 퍼즐을 연상케 하는 일련의 수순이었다. 내던졌다고 여겼던 상대가, 중력을 무시하며 씨름판 위에서 공중제비를 한 것처럼 멀쩡히 장기판 위에 서 있었던 것이다——.

"뭐………… 뭐야? 바, 방금 수순은 대체……?"

"장기별 사람인 당신한테만 가르쳐줄게."

그 초등학생은 장기판 너머에서 몸을 내밀어서 내 귓가에 입을 가져가더니, 귓속말로 이렇게 말했다.

"실은 말이지? 나는 미래인이야."

영문을 모르겠다.

"·····················뭐?"

"지금은 5년 후쯤일까? 다음 대국 때는 10년 후쯤일 거야."

"오, 5년? 10년? 그게 무슨——."

"안심해. 나도 아직⋯⋯ 이제 막 본 미래의 장기를 어떻게 내 것으로 만들면 될지, 잘 모르겠어. 그러니 이 선승제 승부는 풀 세트까지 가게 될 거야. 여왕전까지 합치면 총 열 번을 두게 되겠네."

미래를 예언하는 듯한 그 어조는, 확신으로 가득했고⋯⋯.

"그 정도면 보여줄 수 있을 거야. 백 년 후의 장기를 말이지."

그리고 그 말대로, 나는 열 번째 대국 때 알게 된다.

눈앞에 앉은 초등학생이, 진짜로⋯⋯⋯⋯ 백 년 후의 미래를 보고 왔다는 사실을.

RYU OU

노보료 카렌

직 업	장려회 회원(3단)
출 신 지	도쿄(하치조 지마)
좋아하는 것	소라 긴코 선생님, 쿠사야
싫어하는 것	비행기

© Shirabii

🔔 프러포즈 대작전

"명인이 된다면── 결혼해 주십시오."

마치 시간이 멈춘 것만 같았다.

그 말을 한 칸나베 아유무는 한 여성 앞에서 무릎을 꿇고, 벨벳으로 된 네모나고 조그마한 상자를 내밀었다.

상자 안에는, 커다란 보석이 박힌 반지가 있었다.

같은 테이블에서 벌어진 이 광경이⋯⋯ 나는 딴 세상의 일처럼 느껴졌다.

"어? 방금 그 말은⋯⋯."

"혹시⋯⋯?"

다른 자리의 사람들도 이 상황을 눈치챈 건지, 수군거리고 있었다.

흥분이 물결처럼 시부야의 고급 레스토랑 안에 퍼진다⋯⋯.

아무것도 모르는 사람들이 보자면, 연극무대에 설 듯한 복장을 한 미남 미녀가 평생 한 번뿐인 추억을 만들려는 것처럼 보일 것이다.

무릎을 꿇은 미청년은 순백의 망토를 걸쳤으며, 그 앞의 미녀 또한 빅토리아 시대의 귀부인 같은 복장을 했다. 장소가 장소인 만큼, 결혼사진 촬영이란 설명을 들으면 덜컥 믿을 것 같다.

하지만 우리는 자초지종을 알기에, 운석이라도 떨어진 듯한 충격을 받았다.

그것도 그럴 것이, 이 두 사람은—— 장기 스승과 제자니까!

그것도 나이가 부모 자식만큼 차이 난다!

""".……….""

이 갑작스러운 사태에, 호탕하기로 유명한 《공세의 대천사》 츠키요미자카 료 여류옥장조차도 입을 쩍 벌린 채 굳어버렸다.

우리 중에서 가장 먼저 경직에서 풀려난 사람은 쿠구이 마치 산성생화였다.

즉시 가방에서 DSLR 카메라를 꺼내더니, 연속해서 사진을 찍어댔다!

"잠깐…… 쿠구이 씨?! 왜 사진을 찍는 거예요?!"

"《차세대 명인》이 프러포즈를 했다 아이가! 게다가 상대는 자기 스승인 《이터널 퀸》이데이! 이건 장기 역사에 남을 명장면일 될 기다! 놓쳤다간 장기 라이터 실격이데이!!"

확실히 명장면일 것이다. 프러포즈에 성공한다면.

"갓콜드런이여……."

프러포즈를 받은 여성—— 샤칸도 리나 여류명적은, 눈앞에서 무릎을 꿇고 있는 애제자를 상냥한 눈길로 내려다보면서 차분한 어조로 이렇게 답했다.

"농담하지 말거라. 젊은 용왕과 다른 이들이 안쓰러워 보일 만큼 놀라지 않았느냐."

"농담이 아닙니다!"

아유무는 발끈했지만, 샤칸도 선생님은 여전히 미소를 머금고 있었다.

"그대가 처음으로 짐에게 프러포즈한 게 몇 살 때였지? 장려회 시절이었던가?"

"5급이 되었던 날, 처음으로 프러포즈를 했습니다."

뭐?!

처음…… 그럼, 몇 번이나 프러포즈했다는 건가?

게다가 5급이라면 열한 살 때다. 분명 장려회에서 처음으로 승급해서 흥분한 마음에 그대로 프러포즈를 했을 것이다.

하지만…… 그렇다면 이야기는 달라진다.

유치원이나 초등학교에서 선생님을 동경해서 '결혼해 줘!' 라고 말하는 건, 흔한 일이잖아. 제자의 친구인 샤를로트 이조아드 양(당시 여섯 살)도 내가 '제자 대신 색시로 삼아 줄게.' 라고 약속해 줬더니 참 기뻐했거든!

물론 나도 진심으로 샤를 양을 아내로 삼을 생각은 없다. 지금도 주위로부터 의심을 받고 있지만, 나에게는 연인이 있다.

피치 못할 사정으로 이별하고 만 사저…… 긴코를 나는 절대로 포기할 수 없다. 어디 있는지는 모르지만, 반드시 찾아내서 결혼할 작정이다.

뭐? 일부다처제라면 어쩔 거냐고?

그 경우에는 수순과 전개가 달라지겠지요(장기 해설 느낌으로).

"반지까지 준비한 게냐? A급이 됐다고 해도 돈 낭비는 자제하는 편이 좋지 않을까 싶구나. 나중에 환불하거라."

샤칸도 선생님은 마치 아이를 어르듯 그렇게 말하면서, 가게 안쪽을 쳐다봤다.

"그대라면 가게 측에 케이크와 꽃다발을 준비해달라고 요청해뒀겠지. 그쪽은 짐이 비용을———."

"어린애 취급하지 말아 달라고 말씀드리는 겁니다!"

아유무는 경애하는 스승을 상대로 언성을 높이더니…….

"확실히 예전에는 농담이나 다름없는, 비현실적인 목표였을지도 모릅니다. 하지만 A급 기사가 된 만큼, 명인 타이틀은 제 수중에 있습니다! 남은 건 그걸 언제 거머쥐느냐는 것뿐이죠! 명인이 된다면, 당신에게 어울리는 기사가 됐다는 걸 인정해 줬으면 합니다!!"

"명인이 된다면, 이라……."

그때까지 미소를 머금고 있던 샤칸도 선생님이, 눈을 감았다.

"명인이란 말을 그렇게 함부로 입에 담는 게 아니다."

그리고 다시 눈을 뜬 순간, 그 자리에는 우리가 이제까지 본 적이 없을 만큼 냉혹한 표정을 짓고 있는 《이터널 퀸》이 존재했다.

"게다가 그것을 결혼 조건으로 삼겠다는 게냐? 그런 짓을 한다고 짐이 기뻐할 거라고 진심으로 생각했다면…… 짐이 제자를 잘못 길렀구나."

"큭…….."

아유무의 표정이 동요한 것처럼 흔들렸다.

이 녀석에게 샤칸도 선생님은 여신이나 다름없다. 숭배의 대상이기까지 한 것이다.

그런 여신에게 거부당하는 것을 그 무엇보다 두려워할 게 틀림없다.

이 시점에서 프러포즈는 실패했지만…….

그래도 아유무는 매달리는 듯한 표정으로 샤칸도 선생님을 향해 반지를 바치고 있었다.

그런 제자에게 차가운 시선을 보내고 있는 스승의 입에서 흘러나온 건, 뜻밖의 말이었다.

"짐이 지닌 타이틀이 왜 여류명인이 아니라 여류명적인지, 알고 있느냐?"

"""……?"""

우리 넷은 대답하지 못하며 서로의 얼굴을 쳐다봤다.

그러고 보니 생각한 적도 없었다. 다른 여류 타이틀은 여류옥장이나 여류제위처럼, 프로의 7대 타이틀의 이름을 그대로 이용했는데 말이다.

"츠키요미자카 여류옥장은 이유를 알아요?"

"짜증 나게 일부러 타이틀로 부르지 말라고……."

여류 타이틀 보유자조차도 모르니, 내가 알 리 없다.

"애초의 기획에서는 여류명인이라는 명칭이었지. 허나——."

샤칸도 선생님은 작게 한숨을 내쉬었다.

"『명인』이란 칭호를 여류기사가 쓰는 건 과분하다며 이사 몇명이 이의제기를 했느니라. 그럼 『여류명인위』가 어떻겠냐고 조정했지만, 최종적으로는 그것도 기사총회에서 반대했지. 그정도로 명인이란 말은 무거우니라."

"기사총회에서…….."

나는 무심코 신음을 흘렸다.

일본 장기연맹은 프로 기사의 노동조합 같은 조직이다. 그 구성원인 정회원이 될 수 있는 건, 원칙적으로 4단 이상의 프로 기사뿐이다.

그리고 연맹의 방침을 결정하는 기사총회의 의결권을 지닌 건, 정회원뿐이다.

현재는 여류 4단 이상도 입회가 허락되지만, 예전에는 여류기사의 입회가 허용되지 않았다고 들었다.

즉, 당시에 남자들은 이렇게 말한 것이다. 『한낱 여자한테 명인은 과분하다』고 말이다.

"쓰레기들이⋯⋯!!"

아유무는 이를 갈면서 그렇게 말했다.

나와 아유무는 명인이란 타이틀을 신성시하지 않는다. 오히려 명인 타이틀을 포함해 타이틀을 네 개나 보유한 당대 명인을 가리키는 의미에서 경의를 품고 있다. 우리가 태어났을 시기에는 명인보다 위인 용왕이라는 타이틀이 존재하기도 했고 말이다.

"하지만, 그런 말을 할 법한 사람들이라면 바로 머릿속에 떠오르긴 해⋯⋯."

예를 들자면, 내 스승인 키요타키 코스케 9단.

명인에게 두 번 도전한 그 사람은 특별하게 여기고 있다. 명인이란 타이틀을 말이다.

자신이 유일하게 도전한 타이틀이라서가 아니다.

그 세대에는 그게 정상이다.

사부님이 여류명인 명칭을 반대했을 거라고 생각하기는 싫고,

그럴 사람이 아니라고 믿는다. 하지만 그런 사부님조차도 신성시할 만큼 무거운 것이다.

명인이란 타이틀은······.

"확실히 일문에서 명인을 배출한다는 건, 짐의 스승이신 아시가라 사다토시 9단의 비원이자 유언이기도 하지. 그걸 위해 여자의 몸으로 남자 제자를 들였고, 애정을 담아 길렀느니라."

여류기사의 스승이 여류기사라는 건 전례가 있다.

하지만, 남자 프로 기사의 스승이 여류기사인 경우는, 샤칸도 선생님과 아유무 이외에는 존재하지 않는다.

그것을 이루기 위해서는 많은 고생이 뒤따를 것이다.

그 정도로 샤칸도 선생님은 아유무의 재능에 반했겠지만──.

"허나 제자의 아내가 되겠다고 생각한 적은 한 번도 없다. 짐은 명인의 스승이 되고 싶으니라."

"············."

아유무는 두 손으로 바닥을 짚었다. 자기 생각이 얼마나 짧았는지 깨달은 것이리라.

애초에 A급의 정상에 서는 것도 간단한 일이 아니다.

게다가 그 후에는 신이라 해도 과언이 아닌 전설의 기사와 7판 4선승제 승부가 기다리고 있다. 샤칸도 선생님이 아니라 다른 사람이더라도 '이기고 나서 그딴 소리를 해.'라고 딱 잘라 말할 것이다.

"흥이 가셨구나."

선생님은 흥미를 잃은 것처럼 아유무에게서 눈을 돌리고······.

"모처럼 제자의 A급 입성을 축하하기 위해 모여준 이들에게 이런 촌극을 보여줘서 마음 아프지만, 짐도 타이틀전을 앞두고 있느니라. 미안하지만 먼저 돌아가 보도록 하지."

"윽! 마스터, 하다못해 배웅이라도——."

"됐다."

"아……."

선생님이 버림받은 강아지 같은 아유무를 무시하며 지팡이를 짚고 자리에서 일어서자, 쿠구이 씨가 입을 열었다.

"샤칸도 선생님. 제가 자택까지 모셔드리겠습니데이."

"고맙구나, 마치."

선생님은 쿠구이 씨가 내민 손을 순순히 잡더니…….

"이런 말은 실례일지도 모르지만, 기왕이면 짐의 제자를 받아주지 않겠느냐? 미남 미녀라서 잘 어울릴 것 같다만……."

"사양하겠습니데이. 지는 샤칸도 선생님과 달라서, 지보다 잘생긴 남자한티 시중받는 취미는 없다 아닙니꺼."

"그래. 잘나지도, 못나지도 않은 얼굴이 좋은 게구나……. 후후후."

저 두 사람이 의미심장하게 나를 힐끔 쳐다보며 같은 타이밍에 웃음을 터뜨리니 무섭네.

"기, 기다려 주십시오, 마스터! 아직——."

아유무는 샤칸도 선생님의 풍성한 치맛자락을 잡기 위해 손을 뻗었지만, 츠키요미자카 씨가 뒤편에서 그의 목덜미를 움켜잡으며 말렸다.

"너는 소란 피우지 말라고. 되게 꼴사납거든?"

"큭……! 놔라, 대천사 가브리엘이여!!"

"싫어. 어이, 쓰레기. 다리 잡아."

"옛썰!"

완력 담당인 츠키요미자카 씨가 아유무를 꼼짝 못 하게 등 뒤에서 잡자, 나도 허둥지둥 가세했다. A급 기사와 여류 타이틀 보유자가 남들이 보는 앞에서 남녀 간의 문제로 다퉜다간 일이 커질 것이다.

게다가 여류명적 타이틀에는 이제부터 내 제자가 도전하거든! 이상한 뉴스로 주목을 받는 건 사양하고 싶다. 아유무한테는 미안하지만, 얌전히 있어 줘야겠어!

자아.

이제 이 자리를 어떻게 수습할지가 문제인데──.

"손님 여러분!"

우리가 뭔가를 하기도 전에, 점원이 대처했다.

"방금 행사는 저희 가게에서 기획한 프로모션입니다! 보다시피 남성분이 여성분에게 서프라이즈 프러포즈를 하고 싶을 때도 이용 가능합니다!"

"유감스럽게도 실패했을 경우의 대처법 또한 완벽하게 갖춰져 있습니다!"

그 설명만으로 상황은 수습됐다.

비싼 가게라 손님도 상류층이라서 스마트폰으로 촬영하는 사람이 없어서 다행이다……. 쿠구이 씨는 마구 찍어댔지만, 카메라가 본격적인 물건인 덕분에 촬영 스태프로 여겨진 것도 운이 좋았다.

서프라이즈 연출을 중단했을 뿐만 아니라, 상황을 파악해서 적절하게 대처해 준 점원분 나이스! 이라고 말해야 할 것이다.

어기영차~ 하며 아유무를 들쳐메고 출구로 뛰어가면서, 나는 츠키요미자카 씨에게 말했다.

"역시 비싼 가게는 다르네요."

"그래. 이 바보 탓에 다시는 못 오겠지만 말이야."

옳은 말씀입니다.

◠ 작전 회의

""실례하겠습니다~!!""

오래간만에 포렴을 걷고 들어간 그 가게는 옛날과 달라진 곳이 하나도 없었다.

『칸나베 두부점』. 아유무의 본가다.

나와 츠키요미자카 씨로 구성된 완력 담당 팀은 들쳐메고 있던 아유무를 택시에 밀어 넣은 후, 후카가와에 있는 두부점으로 연행했다.

아유무는 지금도 본가 2층의 아이방에서 살고 있다. 그가 순백의 망토를 걸치고 아이방에서 대국을 하러 온다고 생각하니 왠지 우습기도 했다. 참고로 츠키요미자카 씨도 쵸후에 있는 본가에서 산다. 집세가 비싼 도쿄에 본가가 있으면 혼자 사는 메리트가 없기에, 미혼인 기사는 본가에서 사는 사람이 많다.

곧 쿠구이 씨도 도착하자, 우리는 다 같이 둘러앉아서 회의를 시작했다.

"그러고 보니 이 방에 이렇게 모이니 참 반갑데이."

초등학생 때부터 거의 변함 없는 살풍경하고 조그마한 방. 장기판과 컴퓨터 말고는 아무것도 없었다. 늘어난 것은 옷가지 정도다.

세대가 같은 다른 기사의 방에 가보면 만화책이나 게임기가 있기도 하지만, 아유무의 방에는 그런 것도 없다. 실전을 중시하기 때문인지, 장기책조차 존재하지 않았다. 옛날부터 이랬다.

"마지막으로 우리 넷이 모인 게 언제였죠?"

"쓰레기가 프로로 승단했을 때 아냐? 그때, 너는 이 집에서 지냈었잖아."

"맞다. 그랬죠."

장려회 회원은 돈이 없다. 3단 리그는 원정비가 지급되지만, 나는 절약하고 싶어서 자주 아유무의 집에 묵었다.

거꾸로 아유무가 칸사이에 올 때는 키요타키 일가의 집에서 묵기도 했고, 쿠구이 씨의 넓은 집에 넷이서 묵으며 연구회를 가지기도 했다…….

물건은 그다지 없지만, 추억은 넘쳐흐를 정도로 많았다.

"저건 츠키요미자카 씨가 냈던 흠집이죠? 아유무와 드잡이질을 하다가요."

"맞아~. 대국 도중에 '장기말에서 손 좀 빨리 떼.'라고 시답잖은 트집을 잡으니까 울컥해서 '그럼 네 면상으로 연습해 주마, 짜샤아아아!!' 하며 달려들었을 때의 일이야."

우리의 우정은 용케 이제까지 이어지고 있구나.

"그 시절의 츠키요미자카 씨는 곧잘 주먹을 휘둘렀죠……. 나도 몇 번이나 두들겨 맞았다니까요……."

"어릴 적에는 다 그런 법이라고~."

"내는 진득하게 생각하고 행동하는 타입이었데이."

"나는 한밤중에 1층 화장실에 가려다 계단에서 쿠구이 씨에게 떠밀리거나, 화장실 문을 밖에서 못 열게 하는 짓을 당한 적 있는데요……."

"에이♡ 그건, 요괴 짓이데이."

"즉, 자기가 요괴라는 걸 자백하는 건가요? 드디어 본색을 드러냈구나, 이 암여우!"

큰일 났네. 이 넷이서 모이니 이야깃거리가 바닥나질 않아. 정말 즐거워.

아유무가 한마디도 안 하니 실질적으로 셋이서 이야기를 나누고 있지만, 그것도 옛날과 변함없다. 자기 집에서도 장기에 관한 것 말고는 전혀 이야기하지 않는 녀석이니 말이다.

그렇다. 아유무는 절친인 우리에게도 자기 이야기를 잘 하지 않는다.

그러다 항상 뜬금없는 행동을 벌여서 우리를 놀라게 한다.

"그래서? 왜 갑자기 프러포즈한 거야?"

"…………."

자기 방인데도 가장 몸을 움츠린 채 무릎을 끌어안고 있던 아유무는 역시 아무 말도 하지 않았다.

"진심……인 거지? 네가 장난삼아 그런 소리를 할 녀석이 아니라는 건, 이 자리에 있는 우리 모두 의심하지 않아."

"그리고 네가 샤칸도 할망…… 선생님을 옛날부터 동경했던 것도 말이지."

둔감한 츠키요미자카 씨조차 눈치챌 정도로, 아유무의 마음은 다들 알고 있다.

하지만 그것은 『경애』라고 생각했다.

설마 진심으로 결혼을 생각할 줄은…….

"하지만 타이밍이라는 게 있잖아? 샤칸도 선생님은 곧 타이틀전을 치를 거고, 아유무도 처음으로 A급에 입성했으니 연애할 여유는 없을 거야."

"게다가 그 할망…… 선생님은 혼자서 장기를 두기 어렵잖아? 곁에서 챙길 사람이 있는 편이 유리할 텐데, 선승제 승부 직전에 일을 벌여서 관계가 어색해지게 만들면 어떻게 하냐고. 완전히 멍청한 짓 아냐?"

"말투가 거칠긴 하지만, 료의 말이 옳데이. 만약 이 프러포즈가 알려지면, 아유무가 여류명적전에서 샤칸도 선생님의 시중을 드는 모습은 매스컴의 먹잇감이 될 기다."

먹잇감으로 삼으려고 사진을 찍어댔던 쿠구이 씨는 자기가 한 짓은 제쳐두며 그렇게 말한 후…….

"선생님의 전언이데이. '이번 타이틀전은 동행할 필요 없다.

자신의 장기에 집중하거라'."

"…………."

우리 셋에서 비난을 당한 데다 스승으로부터도 거부당하자, 아유무는 더욱 움츠러들었다.

경솔한 프러포즈가 부른 최악의 결말.

불쌍하다는 생각이 들어서 위로의 말을 건네려던 순간, 아유무는 작은 목소리로 말했다.

"증인이 되어 줬으면 했어……."

""""증인?"""

그 말은…… 프러포즈의 증인 말일까?

확실히 아유무는 샤칸도 선생님에게 간단히 거절당했다. 몇 번이나 고백했는데도 전부 이런 식이었다면, 남들이 있는 자리에서 프러포즈해서 『진심 어필』을 할 수밖에 없다고 여긴 것도 이해는 됐다.

하지만…….

"프로 기사와 여류기사가 결혼하는 건 꽤 흔한 일이지만…… 스승과 제자가 결혼하는 건 전례가 있나요?"

"20세기에 있었데이. 스승이 더 나이 많은 남자라는 패턴일 기다. 장기뿐만이 아니라 여러 분야에서 남자 스승이 여자 제자를 건드리는 건 비교적 흔한 일 아이가."

"즉, 쓰레기가 초등학생 제자와 결혼하는 건 일반적인 거네. 잘됐잖아."

"아하, 전례가 있다면 허들이 낮아……지기는 무슨!! 지, 지지

지지, 지금은 내 이야기를 할 때가 아니거든요?!"

"야, 왜 그렇게 허둥대는 거야……. 쓰레기, 너, 설마……?"

"아, 아뇨! 말도 안 돼요! 당치도 않아요!! 내가 제자와 그런 관계가 될 일은 없다고요!!!"

실은, 가능성이라면 있다.

야샤진 아이는 나에게 이미 고백을 했으며, 함께 살고 있다.

그리고 이제부터 샤칸도 선생님과 타이틀전을 치를 히나츠루 아이가 내제자를 관두고 나가버린 이유 또한…… 쿨럭쿨럭!

이런 속사정이 알려지면 장기계는 끝장나고 만다. 나는 허둥지둥 화제를 돌렸다.

"설령! 설령 말이죠? 사제지간이 결혼한 전례가 있더라도…… 문제는 더 있어요!"

"아앙? 뭔데?"

"모처럼 아유무 덕분에 여자 장기 팬이 늘어났는데, 설마 A급 기사가 되자마자 자기 스승에게 프러포즈한다면…… 연맹에 큰 타격일 거잖아요? '그렇고 그런 소문 하나 없이 장기밖에 모르는 미남 기사!' 라는 게 아유무의 캐치프레이즈니까요."

"그렇고 그런 소문 하나 없이……. 흥!"

츠키요미자카 씨는 코웃음을 친 후…….

"'늙다리 취향' 을 캐치프레이즈로 삼으면 오히려 팬이 늘지 않을까?"

"무례하데이, 료. 그리고 연상이 취향인 것도 아니다 아이가. 샤칸도 선생님을 좋아할 뿐……. 카도, 장기계는 타격을 입을 기다…….”

장기계 출판물의 편집자라는 일면도 지닌 쿠구이 씨는 머리를 감싸 쥐었다.

나도 자기 책을 내기 위해 쿠구이 씨와 협력해온 만큼, 예전보다 그 고뇌를 깊이 이해할 수 있었다.

“젊은 미남 기사의 인터뷰 항목에서 ‘좋아하는 여성 타입’이란 질문은 빠지지 않는다 아이가. 그걸 알고 싶어서 잡지를 사는 이도 있데이.”

“아유무의 팬 중에는 진심인 팬이 많으니까요. 게다가 본인보다 부모가 진심인 경우도 많아요. 모녀 조합이 엄청 많아서 이상할 정도라니까요…….”

장기계에서 흔히 볼 수 있는 ‘초등학생 아이의 보호자로서 부모가 같이 오는 것’과는 명백하게 다르다.

누가 봐도 결혼 적령기인 여자가 어머니를 동반해서 오는 것이다. 다들 예쁘게 꾸미고 왔으며, 그중에는 모녀가 기모노 차림으로 아유무의 사인회나 지도 대국에 줄을 서는 ‘맞선이라도 보러 왔나?’ 싶은 강자도 있을 지경이다…….

“다녀왔느니라~!”

바로 그때, 힘찬 목소리가 1층에서 들려왔다.

“엄마, 오늘 간식은 도라야키야? 그리고 현관에 신발이 잔뜩 있던데, 손님이라도 왔어?”

후다닥…… 하고 계단을 뛰어 올라오는 발소리가 들렸다. 이 발소리로 볼 때——.

"6학년?"

"징그러워!"

농담 삼아 말한 건데 츠키요미자카 씨가 질린 듯한 반응을 보이자 충격을 받았다. 애초에 누구인지 목소리를 들은 순간에 눈치챘는데 말이다.

힘차게 장지문을 열어젖히며 나타난 건—— 짐승귀 여초딩인 칸나베 마리아 양이다.

"우왓?! 너, 너희는 뭐냐?!"

"""잠시 들렀어요~."""

경계하는 아유무의 여동생에게, 우리는 일제히 인사를 했다.

그리고 불량한 츠키요미자카 씨가 시비를 걸기 시작했다.

"장려회 회원이 자기만 맛있는 걸 먹는 거냐. 반띵해, 반띵."

"시끄럽구나! 강등당해서 장려회에서 도망친 잡초가 거들먹거리면서 남의 집 아이방에서 우쭐대지 말아라!"

"뭐?! 인마, 네가 나가, 짜샤! 나는 네가 태어나기 전부터 이 집에 드나들었거든?!"

아니, 그 시절이면 마리아 양은 이미 태어났거든요? 우리가 장기에 너무 집중해서 눈에 안 들어왔을 뿐이라고요. 장기에 열중하는 어린애한테, 장기 상대가 되어 주지 않는 인간은 공기나 다름없으니까요…….

이런 소리를 늘어놓으며 고양이 펀치를 날려대는 마리아 양을 적당히 상대해 주던 츠키요미자카 씨는 강탈한 도라야키를 씹어 먹으며 말했다.

"그런데 말이야. 다들 배 안 고파?"

"그러고 보니 이 소동 때문에 깜빡했는데, 우리는 결국 그 가게에서 밥도 못 먹었네요……."

유명한 가게의 요리를 못 먹어 아쉽지만, 지금은 그런 게 아니라…… 단순하면서 우걱우걱 먹을 수 있는 서민의 음식이 그리웠다. 배가 너무 고파서 그런가…….

쿠구이 씨가 볼에 손을 대면서 밝은 목소리로 말했다.

"내는 오래간만에 그게 먹고 싶데이."

"아유무의 집에 왔으면 그걸 먹어야죠!"

"맞아. 빨리 그걸 내오라고."

"뭐?! 그게 대체 뭐냔 말이다!!"

그건 바로 『후카가와 두부』입니다.

"부엌, 그리고 두부 좀 빌립니데이~."

후카가와 두부는 도쿄의 서민 향토 요리이며, 후카가와 명물인 바지락과 두부로 만드는 매우 단순한 음식이다.

그리고 쿠구이 씨는 교토 사람이면서 이걸 참 잘 만든다.

"단순하니까 소재의 맛이 그대로 드러나는 건, 교토 요리와 일맥상통한다 아이가."

"『교토는 본연의 맛, 나니와는 손맛』이란 거군요!"

술에 취한 사부님에게 들은 적이 있다.

그러고 보니 그건 순위전에서 아유무에게 이긴 날의 일이다. 사부님은 강등, 아유무는 승급이 결정됐지만, 대국이 끝난 후의 표정은 반대여서 기억에 남아 있다.

서반에서 각을 하나 손해 본 사부님을 상대로 우세를 점한 아유무가 한 번도 본 적이 없을 만큼 무너져가는 모습이 참 인상적이었다…….

그날의 아유무는 명백하게 이상했지만, 나는 그 이유를 오늘 알았다.

그만큼 아유무에게 순위전은 특별하며, 승급이 걸린 대국에서 엄청난 부담감을 느끼는 것이리라.

만약 올라가지 못한다면 명인이 되는 것이 1년 늦어지며…… 그것은 샤칸도 선생님과의 결혼이 1년 늦어진다는 것을 뜻한다. 적어도 아유무의 마음속에서는 말이다.

그런 생각을 하는 사이, 후카가와 두부가 완성됐다. 금방 다 되는 요리다.

"""맛있어~!!"""

바지락도, 파드득나물도 봄이 제철이다.

즉, 후카가와 두부도 이 시기에 가장 맛있다!

"오물오물오물~♡ 바지락과 두부는 질렸다고 생각했지만, 이렇게 같이 먹으니 끝내주는 치즈 버거 같구나~♡"

마리아 양도 찬사를 보냈다. 아유무도 아무 말 없이 먹었다. 식욕이 있는 것 같으니 일단 안심이 됐다.

"역시 후카가와의 바지락은 맛있데이~. 교토 음식은 대부분 도쿄보다 고급이지만, 해산물의 신선함만은 뒤떨어질 기다."

쿠구이 씨는 나를 힐끔 보며 말했다.

"그리고 내는 두부도 맛있게 먹을 줄 안데이. 야이치는 이미 알고 있재? 후후♡"

"으……!! 그, 그래요……."

난젠지에서 같이 먹었던 탕두부의 맛을 떠올리자, 얼굴이 확 달아올랐다.

게다가 나중에 알게 된 건데, 난젠지가 있는 오카자키 쪽은 교토의 러브호텔 거리라고 한다. 즉, 당시의 나는 꽤 위험한 상황이었다……. 여우가 입에 물고 있는 유부가 된 심정…….

"뭐, 아유무의 마음은 알겠어."

뜨뜻한 후카가와 두부를 속에 집어넣은 덕분에 여유가 생긴 나는 하던 이야기를 계속했다.

두부 가게를 운영하기 위해 아침 일찍 일어나야 하는 아유무의 부모님은 이미 잠자리에 드셨다. 그러니 계속 이 집에 있을 수는 없다. 결론을 내야만 하는 순간이 찾아온 것이다.

"우리가 증인이 되어 주겠어. 네 프러포즈를 없었던 일로 만들지 않을 거야."

"……!"

고개를 숙인 채 후카가와 두부를 먹던 아유무가 젓가락질을 멈추며 고개를 들었다.

"하지만 일단 보류해 주지 않겠어? 샤칸도 선생님의 마음을 우리가 알아볼 테니까…… 아유무가 바라는 대답을 들을 거란 보장은 못 하지만, 대답은 꼭 들어서 너한테 전해 줄게."

절친인 내가 그렇게 말하자, 아유무는——.

"…………잘 부탁한다."

그렇게 말하며 고개를 숙였다.

이리하여 나는 자기를 버리고 떠난 제자의 첫 타이틀전 상대측의 연애를 도와준다고 하는, 매우 기묘한 입장에서 여류명적전 개막을 맞이하게 됐다.

이게 진짜로 용왕이 할 일이 맞는 걸까……?

♟ 재회

"아야노! 그리고 샤를!"

여류명적전 개막국이 치러지는, 하코네의 호텔.

부지 입구에서 나를 맞이해 준 건…… 반가운 두 얼굴이었다.

"아이땅~~~!"

"우왓?! 샤를, 좀 컸나 보네?"

환성을 지르며 달려오는 샤를로트 이조아드를 받아주려던 나는 그대로 뒤로 벌렁 넘어갔다. 바, 바닥이 잔디라서 다행이야~.

"아이………… 다행이에요."

허둥지둥 나를 일으켜 세워준 사다토 아야노가 그렇게 말하자, 나는 '응.' 하고 환하게 웃으려 했지만——.

"윽……! …………아야, 노……."

그 순간, 말문이 막히고 말았다.

아야노는 울고 있었다. 눈물을 줄줄 흘리고 있었다.

"축하해요……. 타이틀 도전…… 저, 정말…… 추, 축하……!!"

"응…………. 아무 말 없이 사라져서 미안해, 아야노……."

칸토로 이적을 결심할 때, 나는 두 사람과 상의하지 않았다.

게다가 주소와 연락처도 바꿨다……. 인연을 끊었다고 여겨져도 당연한 짓을 한 것이다. 긴 머리를 싹둑 자른 것처럼…….

하지만, 그렇게라도 하지 않으면…….

"아야노와 샤를이 너무 소중해서…… 얼굴을 보기만 해도, 목소리를 듣기만 해도, 결의가 무너질 것 같았어. 그래서——."

"알아요. 아이가…… 강해지기 위해 도쿄로 갔다는 걸요."

아야노는 안경을 벗고 눈물을 닦으며 말했다.

"저는 지금도 똑똑히 기억하고 있어요. 아이가 연수회 시험을 치렀을 때를……."

"처음으로 상대해 준 사람이 아야노였잖아……."

"완패했었잖아요……. 그때, 기력과 재능 이상으로 각오의 차이를 느꼈어요. 혼자서 오사카에 온 거나, 소라 선생님과의 대국에서 끝까지 포기하지 않는 자세라든가——."

한 번이라도 지면 장기를 관두고 집으로 돌아가기로 약속하고 치른 시험에서, 나는 마지막 대국을 지고 말았다.

"하지만 아이는 포기하지 않고, 무릎까지 꿇으며 부모님께 부탁했어요. 그리고…… 중학교를 졸업할 때까지 여류 타이틀을 따겠다는 조건으로, 장기를 계속해도 된단 허락을 받았죠. 그리고 드디어 타이틀을 차지하기 직전인 거잖아요! 축하해요!!"

"응! 고마워, 아야노! 샤를!"

그리고 바로 그때, 나와 함께 무릎을 꿇어 준 게—.

"으음………… 그런데, 칸사이에선 둘만 왔어?"

"아이땅. 싸뿌, 안 와써."

"……!!"

샤를이 그렇게 말하자, 나는 얼굴을 새빨갛게 붉혔다. 내 얼굴에…… 사부님을 보고 싶다고 적혀 있기라도 한 거야……?

"저희도 쿠즈류 선생님을 못 뵌 지 오래됐어요. 특히 연수회에 들어가게 된 샤를은 스승이 되어달라고 부탁할 생각인데……."

여류기사가 되기 위해 연수회에 들어갈 경우, 원칙적으로 사부가 필요하다.

하지만 연수회는 장기 교실이라는 측면도 지녔기에 '처음에는 여류기사가 될 마음이 없지만, 역시 되고 싶어!' 라는 식으로 나중에 스승을 등록하는 케이스도 있다.

"제 사부님 말에 따르면 책을 쓰고 계신 것 같아요. 그 책이 나와서 지금은 서점을 상대로 영업하느라 바쁘시다고……. 이 타이틀전보다 더 중요하다고 생각하진 않지만요……."

"아냐. 나는 괜찮아! 그것보다—."

나는 아야노가 들고 있는 커다란 메모장을 쳐다보면서 말했다.

"특별관전기, 잘 부탁해."

"네! 텐짱의 타이틀전 때 아이가 쓴 관전기 같은 명작이 될지는 모르겠지만, 최선을 다할 거예요!"

두 사람이 오사카에서 온 이유는 바로 그것이다.

아야노의 스승은 연맹이 발행하는 장기 잡지의 편집장이다.

웬만해선 조르는 일이 없는 아야노가 '평생의 소원이에요!' 하며 내 타이틀전의 관전기를 쓰고 싶다며 나선 것이다.

그게…… 나는, 너무 기쁘고, 든든했다.

"샤우도~! 샤우도 싸진 찌글 꼬야~!!"

"응! 사진 잘 부탁해, 샤를!"

여류기사를 꿈꾸기 시작한 샤를. 관전기자가 되고 싶다는 아야노.

이 두 사람이 내 타이틀전에 관련된 일을 한다.

거기에 담긴 메시지는――『함께 싸우겠다』.

――여초연의 인연은 끊어지지 않았어! 뿔뿔이 흩어졌는데도…….

그리고 또 한 명, 나에게는 소중한 친구가 있다.

나보다 먼저, 강해지기 위해 머나먼 곳으로 떠난 그 친구에게는 이긴 다음에 보고할 생각이다.

"그런데, 취재를 바로 시작할까 하는데요――."

아야노는 주위를 두리번거렸다. 찾는 건 당연히, 이 타이틀전에서 또 한 명의 주역이다.

조금 떨어져 있는 장소에 있는 그 사람을 보더니…….

"어?! 샤칸도 선생님…… 혼자, 계시네요? 항상 칸나베 8단과 함께하는 것 같았는데…….."

"맞아. 나도 신주쿠역에서 합류했을 때는 깜짝 놀랐어."

"흠흠. 아하……."

아야노는 즉시 메모장을 펼치더니…….

"이곳, 하코네는 샤칸도 선생님의 스승이신 아시가라 9단의 출신지예요. 즉, 샤칸도 선생님에게는 본가인 카마쿠라 다음가는 제2의 고향이죠. 그러니 혼자라도 전혀 문제없다…… 같은 걸지도 몰라요."

즉, 선생님에게 이곳은 유리한 홈그라운드다.

개최지가 타이틀 보유자와 연이 있는 장소로 정해지는 건, 선승제 승부의 분위기를 띄우는 데 있어 당연한 일이었다.

"아이한테 있어…… 힘든 개막국이 될지도, 몰라요……."

"맞아. 하지만——."

"하지만?"

"여기서 이긴다면, 어디서든 이길 수 있어. 그렇지?"

"윽……! 마, 맞아요! 그 마음가짐이에요!"

그러니 이 개막국은 반드시 이겨야만 한다. 반드시!

다시 각오를 다지고 있을 때, 아야노가 환한 목소리로 말했다.

"그런데 아이의 오늘 복장은 참 멋지네요! 원래부터 귀여웠지만, 도쿄에서 더욱 세련되어진 것 같아요!!"

"아이땅, 그 옷…… 어깨 뿐뿐, 찌어져써~?"

"아하하…… 이건, 으음……."

아직 익숙하지 않은 민어깨 원피스를 두 사람이 지적하자, 나는 훤히 드러난 어깨 부분을 손으로 감싸 쥐었다. 벚꽃이 피는 계절이라고는 해도, 하코네의 산속은 약간 쌀쌀했다.

——코디, 실패한 걸까……?

절친과의 재회를 기뻐하면서, 나는 이 자리에 올 예정이었던 또 한 명의 천우를 떠올렸다──.

　여류명적 도전이 결정되고 사흘 뒤의 일.

　"진짜 미안해."

　한집에 사는 로쿠로바 타마요 여류 2단이 내게 머리를 숙였다.

　무릎을 꿇은 채…… 말이다.

　"이야~ 설마 진진이 명인 도전자가 될 거라고는 생각도 못 했거든?! 그렇게 박살이 났으니 한동안은 일어서지 못할 거라고 생각하는 게 당연하지 않아?! 그래서 네 타이틀전의 보드 해설 리스너와 지도 대국 같은 일을 맡아버렸는데…… 으음, 저기…… 진진이 명인전에 나간다면…… 그쪽 일로 바꾸고 싶다고나…… 할까…………."

　"호오~? 흐음~?"

　나는 환한 표정으로 고개를 끄덕이면서 확인 삼아 물었다.

　"도전권을 획득하고 엉엉 우는 저한테 '혼자 가는 게 불안하면, 내가 도와줄게. 타이틀전을 위해 비웠던 스케줄이 백지가 되어버렸거든.' 하고 말씀하셨던 건, 어디 사는 누구였죠~?"

　"말했어! 혼자 자빠진 나 때문에 네가 죄책감이 들지 않도록, 선배로서 배려해 주고 싶은 갸륵한 마음이었달까──."

　"제가 나타기리 선생님보다 먼저 타이틀 도전권을 땄는데~."

　"그, 그건 그렇지만…… 그래도 겨우 하루 빨랐잖아?!"

　"하루라도 빠른 쪽을 우선하는 게 당연하다 싶은데요~. 애초에 이미 맡은 일을 취소하면 장기연맹 직원분께도 피해를 주지 않을까요? 여류기사로서, 그런 태도는 문제가 있지 않나요? 로쿠로바 선생님 씩이나 되시는 분계서도, 여차하면 일과 우정보다 사랑을 우선하시는군요~."

"으윽…………."

"그러니까 《연구회 크러셔》라고 불리는 게 아닐까요~."

"용서해 줘어어어어! 거들먹거리며 설교해서 죄송합니다아아아아아아아!!"

로쿠로바 선생님이 과거의 언동을 반성하자, 나는 태도를 싹 바꾸며 상냥한 목소리를 건넸다.

"농담이에요! 나타기리 선생님을 응원해 주세요!"

"그………… 그래도 될까요……?"

"그쪽에 가고 싶은 거잖아요? 저를 내팽개치고요……."

"눈곱만큼도 용서 안 한 거지?!"

물론 로쿠로바 선생님도 내가 진심으로 화났다고는 생각하지 않는다. 좋아하는 사람과 괜찮은 분위기가 된 게 멋쩍어서, 얼버무리고 있는 거잖아! 그것도 그것대로 화나네…….

"아, 하지만 너라면 혼자서도 쉽게 이길 거야. 마치한테도 그런 식으로 이겼는걸."

"그럴……까요?"

"전성기의 샤칸도 선생님이 상대라면 몰라도, 솔직히 지금의 그 사람은 여류 타이틀 보유자 중에서도 가장 약할걸? 나도 공식전에서 이긴 적이 있거든."

"그때의 장기는 어땠나요?"

여류명적 리그에서 개막 3연패를 했던 나는 그 시점에서 타이틀 도전을 거의 포기했었다.

 리그에서 맞붙을 일이 없는 샤칸도 선생님의 기보를 살펴보기 시작한 것도 도전자가 된 후부터다.

 준비 기간이 압도적으로 부족한데다, 《이터널 퀸》의 기보는 여류 공식전만 해도 90국 이상이다. 그 밖에도 프로 기사와의 대국도 200국 가까이 있기에, 전부 살펴보는 건 도저히 무리다.

 그러니 실제로 대국을 경험해 본 사람의 감상은 정말 귀중해!

 "내가 몰이비차를 두자, 상대방은 자연스럽게 앉은비차의 동굴곰을 선택했는데…… 좀 투닥거리다 보니 어느새 이겼달까? 몰이비차와 앉은비차가 맞붙었을 때, 흔히 벌어지는 일이잖아."

 전혀 도움이 안 돼…….

 "어? 표정이 왜 그래? '도움이 안 돼' 라고 생각했지?"

 "아닌데요~."

 "그리고 말이야."

 로쿠로바 선생님은 책상다리를 하고 앉으면서 말했다.

 "내가 있으면 쿠즈류 선생님도 얼굴을 비추기 어려울걸?"

 "윽……!"

 "너희 사제지간이 화해할 좋은 기회 아니야?"

 사부님이 반대하는데도 상경한 나는 오사카에서 장기를 둔 후로…… 서로의 목소리조차 듣지 않았다.

 그러니 사부님이 내 타이틀 도전을 어떤 심정으로 받아들였는지도, 모른다.

기뻐해 줬을까?

아니면…… 화났을까?

여류명적 리그 최종국에서 쿠구이 선생님과 대국했을 때, 선생님은 사부님과 함께 지내는 듯한 뉘앙스의 발언을 했다. 그런 쿠구이 선생님을 쓰러뜨리고 도전자가 됐으니, 사부님은 화가 났을지도 모른다…….

"와줄, 까요? 사부님이…….

"당연하지. 무조건 올 거야."

로쿠로바 선생님은 가벼운 어조로 단언했다.

"첫 타이틀전이니까, 순진무구한 느낌으로 밀어붙이면 그대로 넘어올걸? '역시 내가 지켜줘야 해' 같은 로리콤 특유의 징그러운 사명감에 사로잡혀서 오사카에서 튀어나올 게 분명해."

"하지만…………."

"게다가 타이틀전에서는 학교 축제처럼 독특한 흥분이 감돌거든. 함께 일한 프로와 여류가 맺어졌단 이야기도 자주 들어."

"윽!! 자세하게 이야기해 주세요."

경험자의 발언은 설득력이 어마어마했다. 나는 그 말에 쏙 빠져들었다.

"그리고 복장도 신경 써. 대국 때는 기모노를 입어야 하겠지만 그때 말고는 사복 차림이잖아? 복장으로 어필하는 것도 중요해. 도쿄에서 지내면서 세련되어진 모습을 보여주면 기회가 생길 거야."

로쿠로바 선생님은 스마트폰으로 쇼핑 사이트를 검색하면

서…….

"이 옷은 완전 로리콤 전용 넋 아니야? 어깨가 드러나는 원피스 말이야. 너도 이제 초등학교 6학년이니까 섹시 노선으로 가는 거야!"

"네?! 사부님은 이런 파렴치한 옷은………… 좋아하실 것 같네요……."

"그렇지?! 날씨도 풀리니까 배꼽도 확 드러나는——."

그 후로 우리는 서로가 좋아하는 사람의 옷 취향에 관해 즐겁게 이야기를 나눴다.

그것은 고생 끝에 타이틀전이란 무대에 도착한 나에게 주어진 포상 같은…… 참 즐거운 시간이었다.

⌂ 특별한 아침

"괴롭지 않나요? 아이……."

허리띠를 매어 주는 어머니의 손가락이 희미하게 떨리고 있었다.

"괜찮아, 엄마! 오히려 더 세게 매도 돼. 대국 중에는 몇 번이나 일어섰다가 다시 앉아야 하거든."

"하아. 내가 긴장해 봤자 소용없는데……."

히나츠루 아키나는 자신의 떨리는 손가락을 쳐다보면 또 한숨을 내쉬었다.

아키나는 여관을 운영하면서 병설된 살롱에서 옷 입는 것을 도와주거나 머리 세팅을 해 준다. 미용사 전문학교까지 다니면서 기른 실력은 초일류다.

하지만 오늘은 평소보다 손이 잘 움직이지 않는 것 같다——.

"미안해, 엄마. 바쁠 텐데, 이렇게 출장을 부탁해서……."

평소와 다르게 심약해 보이는 어머니를 배려하며, 히나츠루 아이는 말했다.

"하지만, 이 장기만큼은…… 첫 타이틀전의 첫 대국만큼은, 엄마가 나를 꾸며 줬으면 했어."

"아이………… 그래요. 약속했죠……."

아키나는 짧아진 딸의 머리카락을 만지면서 고개를 끄덕였다.

그것은 아이가 도쿄에 온 직후의 일이다. 아직 로쿠로바와 동거하기 전, 도쿄의 『히나츠루』에서 함께 생활하던 시절이다.

여류명적 리그에서 3패를 당해 가라앉을 대로 가라앉은 아이는, 긴 머리를 흩날리며 센다가야와 신주쿠역을 방황했다.

——그러면…… 사부님이 자기를 찾아줄지도 모른다고 생각했다.

그런 딸의 머리를 잘라 준 사람이 바로, 어머니였다.

그리고 두 사람은 약속했다.

언젠가 아이가 타이틀에 도전하게 되면, 아키나가 또 머리를 다듬어 주기로.

그 약속을 지켰지만…… 어머니는 아쉬움을 말로 표현했다.

"원래라면, 당신의 첫 타이틀전은 『히나츠루』에서 치렀으면 했는데……."

© Shirabii

"어쩔 수 없어. 처음에 3연패를 했으면서 도전자가 될 줄은 아이도 생각 못 했는걸!"

아키나가 비녀를 딸의 머리에 꽂아주면서 후회를 입에 담자, 아이는 밝은 목소리로 말했다.

"게다가 샤칸도 선생님은 여류명적을 29년이나 지키고 계시잖아. 여류명적전 개막국을 하코네에서 치르는 건 20년 넘게 이어진 전통이야. 다들 그게 계속 이어질 거라고 생각해."

"…………."

딸의 담담한 태도를 보이자, 어머니도 입을 다물었다.

하지만 아이의 말은 아직 끝나지 않았다.

"하지만, 내년에는 『히나츠루』에서 타이틀전을 치르고 싶어."

"……!!"

그것은 선언이었다.

반드시 타이틀을 차지해서, 내년에도 여류명적전에 출전하겠다. 그리고 다음에야말로 타이틀 보유자로서 자신이 원하는 곳에서 개막국을 치르겠다는 말이다.

"그러니까 엄마! 지금부터 스케줄을 비워둬!"

"아이………… 정말 강해졌군요…………."

아키나는 손수건으로 눈가를 훔쳤다.

——엄마가 울어?! 어, 어디 아픈 걸까……?

아이는 못 본 척했다. 안 그랬다간…… 결전을 치르기도 전에, 자기도 눈물을 흘릴 것만 같았다.

"그런데 엄마는 웬일로 양복을 입은 거야?"

"딸보다 눈에 띄는 어머니란 말은 듣고 싶지 않으니까요."

어머니와 딸은 동시에 웃음을 터뜨렸다.

"도전자가 오셨습니다!"

아이가 몸단장을 마치고 대국장으로 이어지는 기나긴 복도를 걸어가자, 기다리고 있던 관계자들이 일제히 카메라를 들었다.

"안녕하세요!"

아이는 일단 멈춰서서 공손히 고개를 숙였다. 인사가 무엇보다 중요하다는 로쿠로바 선배의 가르침을 충실히 지킨 덕분에, 처음으로 큰 무대에 섰는데도 태도에 나무랄 부분이 없었다.

"아직 어린데도 당당한걸.", "그래. 이 환경에서 전혀 주눅 들지 않았어.", "역시 용왕의 첫 제자야.", "《나니와의 백설공주》가 처음으로 타이틀전에 임했을 때가 생각나."

그런 목소리가 들려왔다.

도쿄에 온 지 얼마 안 된 시절이었다면 우왕좌왕하면 남에게 의지하려 했을 것이다.

하지만 로쿠로바가 말과 행동으로 가르쳐준 많은 것들이, 아이를 지켜주고 있었다.

——고마워요! 타마용 선생님…….

나타기리 씨의 명인전에 동행한 동거인에게 속으로 감사했다. 같이 있지 않은데도, 항상 등을 밀어주고 있었다.

다시 고개를 들고 앞을 바라본 아이는 대국실로 이어지는 기나긴 복도 한복판을 당당히 걸어갔다.

그 복도 끝에서——.

"어? 저 사람은……."

불안정한 발걸음으로 벽을 짚으며 비틀비틀 앞으로 나아가는 사람의 뒷모습이 눈에 들어오자, 아이는 놀랐다.

——샤칸도 선생님? 혼자서………… 지팡이도 없이?!

머리보다 몸이 먼저 움직였다.

"선생님……!"

기모노 차림이라는 것을 잊으며 달려간 아이는 자기 팔을 샤칸도에게 내밀었다. 여관업을 하는 부모님에게 교육받은, 몸이 불편한 분에게의 대응법을 반사적으로 실행에 옮긴 것이다.

"선생님. 제 손 잡으세요."

"음?"

샤칸도는 아이의 행동이 의외인지, 한순간 움직임을 멈췄다.

그리고 빙긋 미소 지은 후, 순순히 그 손을 잡았다.

"고맙다. 참 상냥한 아이구나."

두 사람은 몸을 맞댄 채 대국실로 나아갔다. 이런 타이틀전은 전대미문일 것이다. 도전자가 타이틀 보유자를 부축하다니, 담합이라도 하는 거냐며 비판을 받을지도 모른다.

하지만…….

"오오……!", "아름다운 광경이군.", "세대를 초월한 타이틀전에 걸맞아……!"

그 광경을 본 관계자들은 오히려 감동했다.

기모노 차림인 아이와, 양복을 입은 샤칸도. 두 사람은 함께 대국실에 발을 들였다.

기록 담당에게 도움을 받으며 천천히 상석에 앉은 샤칸도가 준비되어 있던 홍차를 향해 손을 뻗으며…….

"마리아에게서 자주 이야기를 들었느니라."

하석에 공손히 앉아있는 아이에게 친근하게 말을 건넸다.

"오늘이 평일만 아니었다면 그 아이를 대동해도 됐겠지만…… 의무교육 기간에는 학교를 우선하는 게 최근 풍조라지? 장기 수행을 가장 우선했던 시대에 자란 짐으로서는 쓸쓸하게 느껴진다만……."

여류명적은 창밖의 풍경을 응시하며, 수다스럽게 말을 이었다.

"그립구나……. 제자로 들어가고 한동안은 이곳, 하코네에서 여류 육성회에 다녔지. 여류기사가 되어서 대국으로 바빠지자, 스승께서는 짐과 가족을 데리고 도쿄로 이사하겠다고 하셨다. 다리가 불편한 짐이 이동하면서 고생하지 않도록……."

"…………."

"사부님의 입버릇은 '타이틀을 딸 때까지는 사랑도, 화장도 하지 마라.' 였느니라. 짐도 내제자였는데, 학교 숙제를 하다 들켜서 혼난 적이 있지. 그런 걸 할 시간이 있다면 장기를 두라면서…… 젊은 용왕은 그대에게 어떤 말을 했느냐?"

"어…… 으음, 그게……."

"미안하구나. 늙은이의 옛날이야기나 들으려고 여기까지 온 건 아닐 텐데 말이야."

"아, 아뇨! 정말, 저기………… 배울 게 많았어요!"

"후후. 정말 상냥한 아이구나."

샤칸도는 다시 한번 그렇게 말했다. 상냥한 아이라고 말이다. 하지만 이번에는 날카로운 눈빛을 머금으면서 말이다.

결전의 순간이 다가온 것이다.

《이터널 퀸》으로 불리는 살아있는 전설은, 장기판 중앙에 안치된 장기말함에 양손을 대더니, 그 뚜껑을 열면서 어린 도전자에게 속삭였다.

"자——장기를 시작하자꾸나."

🔔 밀착

"선후수를 정하겠습니다."

기록 담당이 그렇게 말하며 자리에서 일어나는 것을, 아야노는 보도진과 함께 대국실 구석에서 보고 있었다.

전인미답의 여류 타이틀 30연패인가?

아니면 열한 살 여류명적이 탄생하는가?

주목을 모으고 있는 개막국. 그 자리에 모인 보도진도 많았다. 특히 이 지역 언론의 보도진이 많았다.

——즉, 샤칸도 선생님을 보려고 온 사람들이 대부분……이란 거예요.

그들은 아이를 보더니, 작은 목소리로 쑥덕거렸다.

"어이. 저 초등학생, 떨고 있는 거 아니야……?"

"당연하잖아. 첫 타이틀전인데다, 상대는 퀸 4관이라고."

"《서쪽의 마왕》 제자라며? 유망주 아니었어?"

"하지만 파문인지 역(逆)파문인지를 당했다잖아. 오늘도 쿠즈류는 오지도 않았고 말이지."

——파문 같은 건 안 당했어요!

아야노는 멋대로 떠드는 기자들에게 반론하고 싶지만, 실제로 야이치는 이 자리에 없는 데다, 아이도 희미하게 떨고 있었다.

——하지만…… 저건 긴장이나 두려움 때문에 떠는 게…… 아니에요.

아야노는 떠올렸다. 몸단장을 마친 아이와 대기실에서 만났을 때의 일이다.

『아이? 떠는 거예요?』

양복보다 훨씬 두꺼운 기모노는 열기가 안에 차기 때문에 대국 도중에 갈아입는 여류기사도 있다.

그러니 추위 때문에 떤다고 보기는 어렵다.

설마 어제 어깨가 드러나는 옷을 입어서 감기에 걸린 걸까?

그런 불안마저 느낀 아야노에게, 아이는 떨면서 말했다.

『…………뜨거워…….』

『네?』

『아야노, 나…… 나……!』

온몸을 크게 떨면서, 아이는 목소리를 쥐어 짜냈다.

『내가 오늘까지 쌓은 것을 마음껏 시험해 볼 수 있다고 생각하니…… 가슴이 두근거려. 금방이라도 폭발할 것처럼 뜨거워. 엄마가 기모노를 입혀 준 후로 계속…… 쭉, 몸이 떨려……!』

그렇게 말한 아이가 내민 손을, 아야노는 머뭇거리며 만져 봤다.

『……뜨거워.』

마치, 피부가 불타고 있는 것만 같았다.

이렇게 뜨거운 인간은 여태껏 만져 본 적이 없었다. 아야노는 그 열량을 어떻게 글자로 표현하면 좋을지, 지금도 그 말을 찾고 있다——.

"토금이 넷입니다."

기록 담당의 말을 듣고 현실로 돌아온 아야노는 아이가 선수라는 것을 알았다.

그리고, 그 순간.

"……!"

스위치가 켜졌다는 것을, 아이의 표정을 보고 알 수 있었다.

참을 수 없을 만큼 몸이 뜨거워진 건지, 바닥에 둔 부채를 펼쳐서 부채질했다. 그 부채는 아이가 오사카에서 쓰던 『용기』라 적힌 부채가 아니었다.

——쿠즈류 선생님의 직필 부채……가, 아니야?!

아야노는 놀랐다. 눈을 가늘게 뜨며 뭐라고 적혀 있는지 확인해보니…… 아이가의 글씨체로, 이렇게 적혀 있었다.

『*운외창천(雲外蒼天)』.

그 네 글자가 오사카를 떠난 후의 반년간을 이야기 해 준다고,

* 구름 밖에 푸른 하늘이 있다.

아야노는 생각했다.

"구름에서…… 망설임에서 벗어난 건가요? 아니면……."

그 대답을 찾기 위해, 아야노는 펜을 쥔 손에 힘을 줬다.

『밀착』이란 말이 있다.

관전기자가 대국 중에 쭉 장기판 옆에 앉아있는단 의미의 장기용어다. 대국자 중에는 '집중하는 데 방해된다' 며 싫어하는 사람도 있는 행위다. 그래서 실제로 그렇게 하는 관전기자는 적다.

하지만 아야노는 이 밀착을 할 각오를 다졌다.

그것이 관전기자의 특권이니까.

다른 보도진은 대국자가 첫수를 둘 때까지만 체류가 허락된다. 샤를조차도, 첫수 촬영이 끝나자 아쉬워하며 대국실에서 나갔다.

그런 보도진을 힐끔 보며, 그때까지 대국실 구석에 있던 수수한 인상의 초등학생 여자애가 장기판 옆에 당당히 앉아서 메모장을 펼쳤다.

지방 언론사의 어른들은 깜짝 놀라며 눈을 휘둥드레 떴다. 아야노는 우월감에 젖었다. 왕자님의 선택을 받은 신데렐라가 된 기분이었다.

그리고 동시에, 자신감이 생겼다.

──하나도 놓치지 않겠어요! 아이 양과 샤칸도 선생님의 미세한 움직임도요!

함께 수행한 자신만이 쓸 수 있는 게 있다.

그런 자부심이 아야노의 버팀목이 되고 있었다. 아이에 대해서라면 뭐든 알며, 뭐든 쓸 수 있다. 그러니 대국실에서 취재하는 시간이 길수록 좋은 관전기를 쓸 수 있을 것이다.

장기판 옆에 앉은 순간, 아야노의 머릿속에는 이미 명작이 완성되어 있었다.

하지만—— 대국이 시작되고, 겨우 30분이 지났을 때…….

"……………………."

아야노는 새파랗게 질린 얼굴로 대국실을 나섰다.

장기판 앞에 앉은 히나츠루 아이는…… 딴 사람 같았다.

도쿄에서 지낸 반년 동안, 아이는 크게 성장했다. 장기판에 쏟는 날카로운 시선도, 짧게 친 머리를 만지는 움직임도…….

하지만 그 이상으로 충격적이었던 건——.

"너…… 너무 빨라……. 대체 무슨 일이 일어난 거죠……?"

대국 개시부터 두 사람은 쉴 새 없이 연이어 수를 두고 있었다. 전법이 서로걸기라는 점 말고는 이해할 수 있는 게 하나도 없었다…….

난해하기 그지없는 시험을 치르다 도중에 퇴실하듯, 아야노는 대국실을 나섰다. 아무것도 적히지 않은 메모장을 든 채…….

있어봤자 방해가 될 뿐이다.

완전히 마음이 꺾인 채 비틀거리며 검토실로 돌아간 후, 가장 구석 자리에 앉았다.

"나는…… 이제…………."

이제, 아이가 얼마나 강해졌는지도 알 수 없을 만큼, 실력이 벌어지고 말았다…….

그 사실에 크나큰 충격을 받은 나머지…….

"…대체, 뭘 쓰면 될지──."

"이 국면의 전례는 현시점에서 7국 있습니다. 선수 3승과 후수 4승이니, 후수에게 유리한 승부라고 할 수 있을지도 모르겠군요."

그렇게 말해 준 인물을 쳐다본 아야노는 깜짝 놀라며 눈을 동그랗게 떴다.

"마치………… 언니?"

"수고했어요. 아야노."

관전기자 복장을 한 쿠구이 마치는 사매 앞에 노트북 컴퓨터를 뒀다.

"연맹의 데이터베이스를 이용하면 국면에서 전례를 검색할 수 있습니다. 기사와 관계자만 사용 허가를 받을 수 있지만, 특례로 아야노도 쓸 수 있도록 신청해 뒀죠."

"가, 감사합니다!"

"다음부터는 혼자서 하도록 해요. 그리고──."

마치는 아야노를 방구석으로 데려가더니…….

"해설해 줄 기사도 데려왔습니다. 가고 싶어 안달이 났으면서 가기 싫다며 투정을 부려댄 탓, 대국 개시 전에 도착하지는 못했지만 말이죠."

"네? 가고 싶은데…… 가기 싫은 사람? 이라고요?"

대체 누구일까?

고개를 갸웃거리는 아야노의 앞에, 거북한 표정으로 나타난 이는——.

"아, 안녕⋯⋯."

"쿠?!"

"목소리 낮추세요."

마치는 아야노의 입을 살며시 막았다. 그래서 말은 흘러나오지 않았다.

그 대신⋯⋯ 안경 너머의 눈에서, 눈물이 흘러넘쳤다.

"⋯⋯⋯⋯즈, 류⋯⋯⋯ 선생님⋯⋯⋯⋯!"

"오래간만이야, 아야노 양."

사상 최연소 2관왕이 남들의 시선을 피하듯이 거기 서 있었다.

마지막으로 만났을 때보다 검정색 계통의 옷을 입었으며, 얼굴도 어딘가 어른스러워진 것 같았다.

아야노는 바로 이렇게 물었다.

"아이를 만나러 오신 거예요?!"

"아냐. 나는 샤칸도 선생님에게 확인해야 할 게 있거든. 그래서 온 거야⋯⋯."

야이치는 우물쭈물 변명을 늘어놓으며 시선을 피하더니⋯⋯.

"게다가⋯⋯⋯⋯ 아이도 나를 만나고 싶지 않을걸?"

"⋯⋯⋯⋯."

아야노는 하고 싶은 말이 더 있지만, 참았다. 지금은 그것 말고도 해야만 하는 일이 있다.

아야노는 눈물을 닦으며 기자다운 표정을 짓더니, 바로 질문을 던졌다.

"대국 전에 아이는 흥분에 사로잡혀 온몸을 떨었어요. 서로걸기는 아이가 가장 자신 있어 하는 전법이니까, 이 전개를 바라던 게 아닐까 싶은데——."

"그래."

야이치는 화제가 장기로 바뀌었다는 사실에 안도하면서 말했다.

"빠른 속도로 수를 두는 걸 봐도, 아이의 예상대로 국면이 전개되고 있는 걸 거야. 서로걸기는 서로가 동의해야 성립하는 전법이니까, 샤칸도 선생님도 거기에 맞춰 대책을 세우지 않았을까? 관전기에 도움이 되도록 첫수부터 다시 살펴보자."

그렇게 말하면서 스마트폰으로 이 대국의 기보를 첫수부터 살펴보던 야이치의 손이 도중에 움직임을 멈췄다.

"어? 선수가 비차 앞의 보를 전진시킨 거야?"

"뭐 잘못됐나요? 정상적인 것 같은데요……."

"요즘에는 보류하는 경우가 많죠. 그 대신 3열의 보를 전진시킨 후에 은을 투입하는 쪽이 주류입니다."

"쿠구이 씨가 말한 것처럼, 3열의 보를 전진시켜서 계마도 쓸 수 있게끔 하는 거야. 파괴력이 있는 공세로 주도권을 쥘 수 있는데——."

"오히려 후수인 샤칸도 선생님이 최신식 서로걸기에 가까워 보이는군요. 히나츠루 양은 싸기도 각교환인 듯한데, 꽤 갑갑해 보이지 않습니까?"

마치의 말을 듣고 다시 국면을 살펴본 아야노는…….

"화, 확실히 선수는 서로걸기 같지 않아요! 반대로 후수인 샤칸도 선생님은 중간채에서 양쪽의 계마도 움직이면서, 매우 공격적이에요……. 대국자의 이름을 숨긴다면, 저는 후수가 아이라고 생각할 것 같아요! 맞아. 그래서 저는…….."

대국실에서 자신이 느낀 위화감의 정체가 밝혀지자, 아야노의 펜은 맹렬한 속도로 움직이기 시작했다.

"하지만…… 보통은 자기가 즐겨 두는 전법을 사용하지 않나요? 일부러 그러지 않는 메리트를, 저는 모르겠어요."

"게다가 저 전법은 선수의 승률이 낮습니다. 어째서 선수인 히나츠루 양은 중요한 개막국에서 저런 장기를 선택한 건지…… 괜찮군요, 아야노. 독자의 기대심리를 부추기는 좋은 시점입니다."

마치는 사매를 칭찬했다. 그리고 야이치는 제자의 의도를 해설했다.

"아이가 즐겨 두는 서로걸기의 최신형을 사용하지 않은 건…… 아마 연구회에서 몇 번이나 두다 보니, 본인에게 있어 무시무시한 변화를 찾아냈기 때문일 거야."

"윽?! 그, 그 말은——."

아야노가 눈을 치켜뜨자, 도전자의 스승은 씨익 웃으며 고개를 끄덕였다.

"아이는 함정을 팠어. 샤칸도 선생님이 그걸 눈치채지 못한 상태에서 계속 공격을 펼친다면, 아마…… 이 장기는 일찌감치 끝날 거야. 그것도 꽤 빨리 말이지."

　대국실에서는 마침, 기록 담당이 점심 휴식 시간을 알리고 있었다.

🔔 점심 휴식

"휴우…………."

　점식 식사를 위해 방으로 돌아온 나는 그제야 자기가 얼마나 대국실에서 긴장하고 있었던 건지 실감했다.

　숨이 막힌다.

　대국실은 마치 감옥 같아서, 샤칸도 선생님의 미세한 움직임과 숨결에도 과민하게 반응했다.

　과도하게 긴장한 탓인지, 눈이 따끔거렸다. 흥분 탓에 안구의 모세혈관이 끊어졌다는 걸 자각했다.

"어, 어라? 손에 힘이…… 안 들어가네?!"

　허리띠를 조금 느슨하게 푸는 것조차 불가능했다.

　결국 나는 그대로 의자에 털썩 앉았다.

　이렇게 의자에 앉기만 했는데도 참 편했다…….

"기모노 차림에 익숙하다고 생각했는데…… 생각이 짧았어. 기모노를 입고 대국을 하면, 이렇게 몸에 괜한 힘이 들어가는구나……."

　텐짱이 타이틀전 도중에 드레스로 갈아입은 적이 있는데, 그게 얼마나 좋은 전략인지 깨달았다.

지금은 괜찮다.

온몸에서 힘이 샘솟고 있으며, 기합도 충분했다. 머릿속에서 수순이 쉴 새 없이 샘솟을 정도다.

"하지만 이대로 가다간…… 결판이 나기 전에 기운이 빠질지도 몰라………. 뜨거워……."

몸이 불타는 것 같았다. 그리고 머리는 더 뜨겁다. 뇌가 열폭주를 하는 것처럼 멋대로 수읽기를 했다.

식사와 함께 온 물수건을 눈에 댔다. 시원한 감촉이 좋았다.

"점심…… 어떻게 하지?"

문제는…… 호화로운 도시락이다.

테이블 위에 놓인 그것을 먹을지 말지가 현재 가장 중요한 과제였다.

평소 대국에서는 점심 식사를 거르지 않는다.

하지만——.

"서로 제한시간을 다 쓴다면, 종국은 오후 다섯 시쯤 날 거야. 하지만 내가 그 수를 두면…… 승부처는 이 휴식 시간이 끝난 직후에 찾아와. 그렇다면 점심을 안 먹는 편이 낫겠지?"

사실은, 노리고 있는 수가 있다. 통하기만 한다면 일격에 상대를 쓰러뜨릴 수 있는 승부수다…….

아마 샤칸도 선생님은 그 수를 눈치채지 못했다.

——하지만 만약, 그걸로 해치우지 못해서 승부가 꼬인다면?

그렇게 되면 에너지가 바닥나고 말 것이다.

요즘 들어서 알게 된 것인데, 나는 연비가 좋지 않다.

"나타기리 선생님, 로쿠로바 선생님과 아침 조깅을 하면서 조금은 체력이 붙었지만…… 배가 고프면 금세 집중이 흐트러질 테고………… 하아…… 어쩌지……."

식사는 단기적으로 사고력을 둔하게 만든다. 머릿속에 떠오른 국면이 뿌옇게 보일 것이다. 이대로 단숨에 결판을 낼 거라면, 먹지 않는 편이 낫다.

조언을 듣고 싶다.

누군가와 상의하고 싶다. 내가 일방적으로 하는 이야기를 그저 들어주기만 해도 된다. 내 이야기를 들어주며 묵묵히 고개를 끄덕여 주기만 해도 된다!

"그래 준다면…… 장기에만 집중할 수 있을 텐데……!!"

태어나서 처음 느끼는 타입의 망설임이 내 마음을 뒤흔들었다.

외부와 완전히 격리된 타이틀전 대국자는, 이렇게나 고독한 건가.

"사부님은…… 이런 환경에서 항상 싸워오셨구나……."

멀다. 그렇게 느껴졌다.

쭉 옆에서 지켜봤다고 생각했지만, 나는 아무것도 이해하지 못했다. 그 사람이 안고 있는 고난과 고독을…….

"들었어야 하는 이야기가 잔뜩 있는데, 들어줬으면 하는 이야기가 잔뜩 있는데……!"

그럴 수 없게 되고서야 비로소 후회됐다.

장기와 마찬가지다. 나는 항상 같은 실수를 되풀이한다. 솔직해져야만 할 순간에 괜히 고집을 부려서…….

전혀 성장하지 못한 자신이 싫어지려던, 바로 그때였다.

『와아, 엄쩡난 또시라기네~!』

『마치 보물상자 같아요! 대국자와 같은 걸 맛볼 수 있다니, 기자는 참 좋네요!』

『쪼기~ 아야뇨~. 머거도 뙈?』

『아, 안 돼요, 샤를! 우선 사진을 찍어야 하는걸요!』

어제는 정신이 없어서 몰랐는데, 옆방은 아야노와 샤를의 숙실인 것 같았다.

──확, 두 사람을 만나러 갈까……?

규정상으로 문제가 될 행동은 아니다.

만나서 즐겁게 이야기를 나누며 같이 도시락을 먹으면, 기분이 풀릴 것이다.

──장기를 잊고, 휴식을 취하는 편이 좋을지도 몰라.

거머쥐기 직전인 승리를 포기하며 장기전을 선택하자고 생각한 나는 의자에서 일어나며 도시락을 손에 들었다.

그리고 방을 나서서 옆방에 가려던 순간…….

『선생님의 도시락이 없네요. 다른 분께 연락을──.』

그 목소리가 들려왔다.

『나는 괜찮아. 연락도 없이 쳐들어온 거고, 타이틀 보유자가 갑자기 찾아왔다는 걸 알면 이 여관 사람들도 신경이 쓰일 거잖아? 그냥 비밀로 해 줬으면 좋겠어.』

어?!

"사……부님……?"

방금 들은 목소리가 믿기지 않은 나머지, 나는 도시락을 떨어뜨리고 말았다.

"윽!!"

벽에 귀를 댔다. 마치 품에 안기듯이…….

『타이틀전 휴식 시간은 꽤 짧게 느껴지거든. 자! 너희는 빨리 식사해!』

그 사람의 목소리였다.

틀림없다! 틀림없다……!

──와 주셨구나!!

혹시나, 하고 생각하기는 했다.

하지만, 와 주더라도 나에게는 말하지 않을 거라고 생각했다. 모습을 보이지 않을 것이며, 말도 걸지 않을 거라며 체념했다.

하지만 지금, 이렇게…….

"사부님……."

이 벽 너머에, 있다.

내 이야기를 가장, 들어줬으면 하는 이가……!

"사부님…… 점심 식사, 어떻게 하면 좋을까요……? 저는 식사를 거르고, 긴장을 유지한 채 단숨에 결판을 지을까 해요. 쭉 아껴뒀던 수가 있어요……. 그래도 될까요? 사부님……."

나는 벽에 몸의 절반을 맞댄 채, 일방적으로 말했다.

그러기만 해도 마음이 진정되는 느낌이 들었다.

"고마워요. 사부님……."

벽에 볼을 댄 채, 나는 그렇게 속삭였다.

식사는 이제 필요 없다. 가슴속이 가득 차서, 배 속에는 아무것도 들어가지 않을 것 같았다.

"좋아! 가자!!"

허리띠를 다시 졸라매며, 나는 결의를 다졌다. 승부를 결정지을 결의를 말이다.

"아야노와 샤를이 타이틀전을 즐기고 있는 것 같아서 다행이야! 내가 해 줄 수 있는 게 없어서 불안했는⋯⋯⋯⋯데?"

옆방에서, 즐거운 목소리가 들려왔다.

거기에⋯⋯ 흘려넘길 수 없는 대사가 섞이기 시작했다.

『샤우의 또사락, 싸뿌한떼 주께~!』

『저도 쿠즈류 선생님이 좋아하는 거라면 뭐든 드릴게요! 이 고기라든가, 좋아하는 부위가 있으면 말씀해 주세요!』

『고마워! 반찬이 많으니 참 기쁜걸 ♪』

『샤우의 다리살, 머끌래?』

『쫄깃한 게 참 맛있네!』

『제, 제 가슴살도 드세요!』

『으음~! 이것도 참 맛있어! 촉촉하면서도 볼륨이 있고, 산뜻하면서도 진한 맛이 끝내주네!』

대사가 좀 음란한 거 아니에요⋯⋯?

이거⋯⋯ 진짜로, 점심 먹는 걸까? 도시락과 함께 다른 것도 탐닉하고 있는 거 아냐?!

애초에 여자애가 묵는 방에 찾아와서 휴식을 취하다니, 그건 다른 의미의 므흐흐한 휴식 아니에요?! 사부님은 모지리!! 왕모지리!!

『싸뿌~. 볼에 바뿔 부터써~.』

『웅? 어딘데?』

『요기~♡ 오물.』

『샤, 샤를?! 이럴 때는 입이 아니라 손으로 떼야 한다고요!!』

이, 이건······.

혹시······ 이건······!!

"므——."

므흐흐~ 점심 휴식······!!

■ 의외로 얇은 벽

여자 초등학생 반찬······이 아니지. 여자 초등학생한테 받은 반찬으로 배를 채운 나는 허리띠를 풀면서 소파에 깊숙이 몸을 맡겼다.

딱히 야한 의미는 아니다. 책 집필과 통조림 탓에 요즘 체중이 좀 불은 것 같았다.

"싸뿌~!"

"꾸엑!!"

그런 나를 향해, 샤를 양이 트램펄린이라도 하듯 온몸으로 다이빙을 했다!

"싸뿌~ 싸뿌~ 싸뿌~! 샤우, 꼭 아나저~."

"샤, 샤를 양, 왜 그래? 원래 이렇게 어리광쟁이였어?"

"뿌우~!"

샤를 양은 내 목을 양손으로 꼭 안더니, 발끈하며 울상을 지으면서…….

이렇게 외쳤다.

"싸뿌는 바보! 샤우, 더 빨리 싸뿌를 만나고 시퍼써!!"

"……무책임한 사부라 미안해."

나는 진심으로 강해지고 싶어 하는 샤를 양을 제자로 받아주기로 약속했다.

예전에는 『아내로 삼아줄게』라는 말로 얼버무렸지만, 나니와 왕장전에서의 장기를 보고 생각을 바꿨다.

샤를 양의 뜨거운 눈물에 감동했다.

하지만 나는 자기 앞가림에 급급한 나머지, 이 애를 방치하고 말았다.

무책임하다고 비난당해도, 버림받아도 싼데…… 이 애는 이렇게 나를 따르고 있다.

그렇다면 나도 그 마음에 답해야만 한다.

"남자로서 책임을 지겠어! 결혼하자!!"

쿠웅!!

옆방에서 절묘한 타이밍에 커다란 소리가 들려온 덕분에, 나는 자기 발언에 문제가 있다는 사실을 눈치챘다.

"아, 말실수했네. 색시가 아니라, 제자로 삼아 주기로 했지?"

"뚤 따!!"

욕심꾸러기 샤를 양은 제자와 아내 자리를 다 노리고 있었다.

이런이런…… 장기는 한 수씩 번갈아 두는 거니까, 둘 중 하나를 선택해야 하는데 말이지. 그런 기본적인 부분부터 가르쳐 줘야 할 것 같다.

"하지만 『양걸이 기회를 놓치지 마라』라는 장기 격언도 있잖아! 샤를 양이 정 그걸 원한다면, 나도 결심을──."

쿵! 쿵쿵쿵!!

또 옆방에서 시끄러운 소리가 들려왔다. 공사라도 하는 걸까?

"쿠, 쿠즈류 선생님! 아…… 저기……."

이번에는 아야노 양이 우물쭈물하면서 입을 열었다.

"아이도, 미오도 오사카를 떠나서, 남은 건…… 저와 샤를뿐이에요. 하지만, 저기…… 그게……."

"어? 아야노 양, 왜 그래?"

"호, 혹시 선생님만 괜찮으시다면! 여초연을 계속 이어가면 안될까요?! 부탁이에요!!"

아야노 양은 그렇게 외치더니, 고개를 깊이 숙였다.

뭐야. 그런 거구나.

"물론이지! 여초연은 영원불멸이야!!"

"서, 선생님……."

아야노 양의 눈에서 눈물이 흘러나왔다.

그 눈물을 보자 약간의 죄책감이 들었다.

이렇게 순수하게 나를 따라주는 이들이 있는데, 나란 녀석은 자기 생각만…….

"다행이에요……. 저, 다들 사라지고…… 사부님도 쭉 도쿄에

계셔서…… 샤를과 단둘이서, 어떻게 강해지면 될지 몰라서, 불안했어요……!"

"미안해. 하지만, 이제 걱정하지 마."

아무튼 지금은 이 애들을 안심시키는 게 중요하다.

나는 아야노 양의 머리를 상냥히 쓰다듬어주며 말했다.

"아이는 제대로 두지 못했지만, 아야노 양이라면 잘 둘 수 있는 전법도 이미 준비해뒀어!"

"네엣?! 저, 저를 위해……? 2관왕께서, 전법을……?"

아야노 양은 꿈속을 거니는 듯한 표정을 지었다.

하지만 곧 불안 섞인 표정을 다시 지었다.

"하지만…… 아이는 천재예요. 그런 아이가 제대로 두지 못하지만, 저처럼 연수회에서도 제자리걸음 중인 열등생이 둘 수 있는 전법이란 게…… 진짜로 있나요?"

"확실히 아이처럼 금방 장기를 익혀서 속기 장기를 두는 애가 천재라고 여겨지는 건 어쩔 수 없을 거야."

"그렇지 않은 건가요?"

"재능의 방향성이 다를 뿐, 아야노 양도 충분한 재능을 지녔어. 예를 들어, 아야노 양은 책을 읽는 걸 좋아하지?"

"아, 네. 저는 실전보다, 책으로 장기를 공부하는 걸 좋아해요. 기보 분석 같은걸……."

"사저도 그랬어."

"소라 선생님도요?! 의, 의외예요……!"

병약한 사저는 실전을 과도하게 치르면 몸이 나빠진다.

그래서 책으로 장기를 공부하는 시간이 또래 다른 어린아이보다 극단적으로 많았으며, 그것이 좋은 쪽으로 작용했을 것이다.

　"공부도 마찬가지겠지만, 교과서를 읽기만 해도 바로 문제를 풀 수 있는 애도 있거든? 장기는 그런 애의 재능도 표현할 수 있는 게임이야!"

　"제가…… 소라 선생님과 같은 재능을……?"

　"책으로 효율 높게 감각을 파악하면, 같은 실전을 치르더라도 더 많은 걸 얻을 수 있어. 그렇다고 닥치는 대로 읽으면 된다는 건 아냐. 좋은 책을 반복해서 읽는 것도 중요해."

　"쿠즈류 선생님! 저, 왠지 아이 양한테도 이길 수 있을 것 같은 느낌이 들어요!"

　"그런 마음가짐이야! 그런 아야노 양에게 내가 쓴 이 『쿠즈류 노트』를 선물해 줄게. 사인본으로 말이지!"

　"와, 와아! 난생 처음으로 저자한테 책을 받아 봤어요……!!"

　"이 『쿠즈류 노트』를 읽으면, 아야노 양에게 필요한 걸 전부 손에 넣을 수 있을 거야."

　"알겠어요! 저는 쿠즈류 선생님을 믿으며 이 책만 반복해서 읽을 거예요!"

　"괜찮다면 온라인 판매 사이트에서 좋은 평가를 부탁할게."

　"별 다섯 개예요! 장문의 리뷰도 달게요!"

　국어를 잘한다는 아야노 양이라면 구매 의욕을 자극하는 리뷰를 써 줄 것이다. 앗싸~.

　세뇌 아니냐고? 무슨 소리야. 이건 진짜로 좋은 책이라고.

"누구한테나 약점은 있어. 아이는 종반에서의 수읽기가 특기지만, 그 힘에 너무 의지한 나머지 서반이 대충이었거든. 도쿄에서 구르면서 그 부분이 좀 개선된 것 같아."

"그러고 보니 제가 아이와 연습 장기를 둘 때면, 항상 서반에서는 유리했어요. 책으로 익힌 작전이 먹혔거든요."

"게다가 성격도 불같아서, 수틀렸다 싶으면 바로 치고 본다니깐."

"아하하. 그래서 미오도 항상 걱정했어요. 언젠가 아이가 쿠즈류 선생님을 확 찌르는 건 아니냐면서요."

"나도 동거할 때는 그걸 항상 걱정했었어~. 그럴 시간에 장기나 뒀으면 좋겠는데 말이지(웃음)."

쿵쿵!! 쿠웅!!

"아까부터 옆방이 너무 시끄럽지 않아?"

"멋진 호텔인데, 벽은 의외로 얇나 보네요."

아야노 양이 말한 것처럼, 벽이 얇은 걸지도 모른다.

그건 그렇고 이 층은 장기 관계자가 전세 낸 거나 다름없는 상태지만, 일반객도 숙박하고 있다. 옆방에 장기를 싫어하는 사람이 묵고 있을 가능성도 있다. 장기 용어를 계속 입에 담는 건 피해야겠다.

"샤우도~! 샤우도, 쩐뽑 빼우고 시퍼~!"

"하하하! 물론 샤를 양을 위한 특별한 전법도 준비해뒀어! 자아, 두 사람 다 침대로 가자!!"

바닥에 앉아서 장기를 두는 건 좀 그러니, 침대에 앉아서 이 휴식 시간 동안 개인 지도를 해 줘야겠다.

친절을 베풀 마음으로 한 말이었지만——.

뚜르르르르, 하며 방에 비치된 전화가 울렸다.

『즐기고 계신 와중에 방해해 죄송합니다. 프런트입니다.』

"무슨 일이죠?"

『저기…… 옆방의 손님께서——.』

"아, 클레임인가요? 죄송해요. 좀 시끄러웠나 보네요."

『아뇨. 클레임이 아니라…….』

프런트 스태프는 머뭇거리듯 말끝을 흐린 후…….

『손님 방에서 남자가 대낮에 여자 초등학생 두 명과 침대에서 건전하지 못한 행위를 하고 있단 신고를 받았습니다만…….』

"장기예요! 장기를 두고 있을 뿐이라고요!!"

『하지만 허리띠를 푸는 소리도 들렸다고——.』

사정을 설명하는 사이, 점심 휴식이 끝나고 말았다. 대체 누가 신고한 거야?!

⌂ 초진(初陳)

농후한 휴식 시간을 보낸 후, 샤를 양과 아야노 양을 검토실에 데려다준 나는 옷차림을 단정하게 한 후에 혼자서 호텔 정원으로 향했다.

나무 그늘이 드리워진 벤치 의자에 앉아서 스마트폰으로 중계를 봤다.

『도전자는 휴식 시간 도중에 돌아왔습니다. 점심을 먹었다고는 볼 수 없을 만큼 짧은 시간에, 그것도 뛰어서 말이죠.』

『발걸음이 얼마나 거친지, 발소리가 여기까지 다 들릴 지경이었어요.』

몇 분 후면, 휴식 시간이 끝난다.

아이는 이미 전투태세였다. 장기판에 박치기라도 날리려는 게 아닌가 싶을 만큼 바짝 붙어 앉아서 앞뒤로 몸을 흔들어서 해설을 맡은 기사들도 그 모습을 보고 깜짝 놀랐다.

그리고 기록 담당이 휴식 종료를 선언하자…….

『시간이 됐으니 대국을 재개──.』

『네!!』

아이는 말이 끝나기도 전에 대답하며 바로 수를 뒀다. 적진 깊숙한 곳을 향해 손을 내민 것이다.

2일각(角). 결단의 한 수다.

"끝낼 생각이구나. 아이."

무심코 그렇게 말했다.

억지로 승부를 결정지으려 하는 수다. 빠른 단계에서 상대를 투료로 몰아넣겠다는, 물러서지 않겠다는 결의가 느껴지는 수다.

휴식 시간이 끝나기 직전에 돌아와서 아직 홍차를 홀짝이고 있는 샤칸도 선생님과는 대조적인 자세였다.

『마치 화가 머리끝까지 치민 것 같군요. 이야, 엄청난 기백입니다! 대체 점심 휴식 시간에 무슨 일이 있었던 걸까요?』

『아침에는 벌벌 떨고 있었는데, 지금은 딴사람 같군요!』

『샤칸도 여류명적을 상대로 저렇게 투지를 불태울 수 있는 건, 역시 젊음 덕분일까요. 이렇게 큰 무대에 섰는데도 전혀 두려움을 느끼고 있지 않습니다. 혹시 외통수까지 수읽기를 마친 걸까요?』

『평가치는 큰 차이가 나지 않습니다만…….』

리스너인 여류기사는 소프트의 평가치를 보면서, 아이의 결단에 의문을 느꼈다. 질투하고 있는 걸지도 모른다.

하지만 그것은 얄팍한 의견이었다.

"용왕. 지금 형세를 어떻게 보십니까?"

망원 렌즈가 달린 카메라를 손에 든 쿠구이 씨가 나를 쳐다보며 말을 건넸다.

"내가 여기 있다는 걸 용케 알았네요."

"밖에서 대국실을 촬영할 수 있는 장소는, 관전기자가 사전에 꼭 파악해야 할 포인트니까요."

쿠구이 씨는 당연하다는 듯이 그렇게 말하더니, 이유를 하나 더 덧붙였다.

"게다가 여기는 대국실에서 사각지대입니다. 가출한 딸을 볼 배짱이 없는 아버지가 고를 만한 장소 아닌가요?"

"신랄하네요."

그 말이 맞기에 반론은 하지 못했다.

"그것보다 현 국면 말입니다만, 히나츠루 양에게는 뭐가 보이는 걸까요?"

"전에도 말했지만, 소프트가 종반에서 외통수를 놓치기 쉬운 국면이라는 게 있어요."

나는 지금부터 할 이야기의 전제를 확인한 후, 말을 이었다.

"그리고 설정에 따라서는 수읽기를 깊이 하지 않기 때문에, 이 국면을 '아직 양쪽 다 해 볼 만하다'고 판단하죠. 하지만 아이는 휴식 시간에 깊게 수읽기를 해서 외통수가 존재하는 국면을 발견했을 거예요. 그리고 그걸 샤칸도 선생님에게 바로 사용한 거죠."

"히나츠루 양이 AI를 능가했단 겁니까?"

"특기 분야의 문제예요. 인류보다 훨씬 강하지만, 장기판 위의 진리와는 한참 떨어져 있는 거죠. 슈퍼컴퓨터라도 이용한다면 이야기가 달라지겠지만요."

처음으로 나와 아이가 장기판을 사이에 두고 마주했을 때도 비슷한 일이 일어났다. 그 애는 내가 장기를 가르쳐 주기 전부터 알고 있었다. 『이기는 법』을 말이다.

타고 난 승부사.

그것이 히나츠루 아이란 소녀다.

"그렇습니까……. 하지만 세간은 시끄러워지겠군요. 'AI를 초월한' 소녀가 존재한다는 사실에 말이죠."

묘한 방향으로 이야기를 몰아가면 곤란하다. 이쯤에서 못을 박아둘까.

"단순한 승부술이에요. 이 상황에서라면 나도 그렇게 하겠죠. 제1국이니까 만약 지더라도 만회할 수 있을 테고, 제대로 먹힌다면 다음 대국부터 상대가 위축될 테니까요."

"쉬는 시간을 이용해 외통수를 찾아낸다……인가요. 어디 사는 용왕을 닮은 것 같지 않습니까?"

"…………."

"『쿠즈류 노트』를 본 걸까요?"

"본능이에요."

저 자세는 내가 아이에게 배운 것이다. 쿠구이 씨는 알면서 저렇게 말하는 것이다. 그 책을 함께 쓴 사람이니까…….

『이렇게이렇게이렇게이렇게이렇게이렇게이렇게이렇게이렇게이렇게………… 이렇게!!!』

스마트폰에서는, 아이의 목소리가 계속 들려오고 있었다.

깊게 수읽기를 할 때 항상 내는, 그 목소리가…….

『이렇게!!!』

채찍처럼 낭창거리는 손가락으로 장기말을 두는 소리가 여기까지 들려왔다. 시간이 상당히 남아 있지만, 아이는 노타임으로 수를 두고 있었다.

『이렇게!! 이렇게!! 이렇게이렇게이렇게이렇게이렇게이렇게이렇게이렇게이렇게이렇게이렇게이렇게이렇게이렇게이렇게이렇게에에에에에에에에에에에에에에에에에에에에에에엣!!!』

그리고 도끼라도 휘두르듯, 장기판 위에 그것을 뒀다.

1이은(銀)을 말이다.

""이…………1이은?!""

나와 쿠구이 씨도 무심코 목소리를 내며 확인하고 말았다.

상대방의 향차 앞에 은을 투입한다고 하는, 경악스러운 한 수!

"강해⋯⋯."

나조차도 보지 못한 그 수를⋯⋯ 저 애는 언제 도달한 것일까?

『⋯⋯⋯⋯음.』

《이터널 퀸》은 그 수를 보고 이마에 손을 대더니, 두세 번 고개를 끄덕였다.

그리고 남은 홍차로 입술을 적신 후, 우아하게 몸가짐을 바르게 고쳤다.

"샤칸도 선생님이 등을 꼿꼿이 폈어⋯⋯."

"셔터 찬스군요."

찰칵찰칵찰칵⋯⋯ 하고, 쿠구이 씨는 대국실을 향해 렌즈를 들며 연달아 사진을 찍었다.

그 순간이 다가온 것을 알기 때문이다.

『강해.』

스마트폰에서는, 대국실에서 그렇게 중얼거린 샤칸도 선생님의 목소리가, 또렷하게 들려왔다.

아이러니하게도 그것은 내가 아까 한 말과 똑같았다――.

『졌습니다. 이 정도일 줄이야⋯⋯.』

말받침에 오른손을 올려둔 여류명적이 자신의 패배를 고했다.

73수만에 후수의 투료.

『감사합니다.』

답례하는 도전자의 목소리는 차분했다. 이미 이 미래를 본 것이다.

『투, 투료입니다! 여류명적이 투료를 했습니다!!』

중계 영상 쪽은 난리가 났다.

『1이은이 성립하나요?! 소프트의 후보수에도…… 어어?! 이, 이제 와서 최선수로 올라오다니──.』

입회인과 기자들이 허둥지둥 대국실로 이어지는 복도를 이동하고 있었다. 소프트의 형세 판단에 의존하고 있었던 탓에, 누구도 이 수를 예상하지 못한 것이다.

첫 타이틀전.

그 제1국이라고 하는 어려운 장기에서, 공세를 펼쳐서 승리한다. AI조차 예견하지 못한 결정적인 수를 날리면서 말이다.

크나큰 1승이다.

"쿠즈류 선생님. 제자분의 타이틀전을 보신 감상을 여쭤도 되겠습니까?"

"내 제자가 황당할 정도로 너무 강해서 큰일이다."

"라이트노벨의 제목으로 써도 되겠군요."

쿠구이 씨는 질린 듯한 표정을 짓고 있지만, 동의하는 것 같았다. 이 사람도 아이의 종반력에 박살 난 피해자 모임의 일원이거든…….

"완승이니까요. 오전에 승부처 직전까지 유도한 후, 점심 휴식 직후에 바로 결판을 내려고 달려들었어요. 휴식 시간에도 수순을 확인해서, 결판을 낼 수 있을 거라고 판단했겠죠. 아마 점심밥은 안 먹었을걸요?"

스모로 치자면 『전차도(電車道)』다.

정면에서 격돌해서, 그대로 우직하게 밀어붙였다. 상대가 아무것도 못 하도록 말이다.

힘과 기세의 차이를 보여주는 듯한 승리다.

이 1승은 꽤 큰 가치를 지닌다.

그야말로…… 실질적으로 보자면 이 타이틀전을 끝내버렸다고 해도 과언이 아닐 정도의 가치를 말이다.

"무슨 일 있었습니까?"

"아뇨. 보지도 않았으니까요. 나는 아무것도 안 했지만……."

"참고로 제 사매와 샤를 양이 '점심때, 침대에서 쿠즈류 선생님께 특별 레슨을 받았어요!' 하고 검토실에서 자랑하더군요."

"나는 아무것도 안 했지만!!"

아야노 양, 기자가 되고 싶다면 표현을 조심해서 써!

"강해진 거겠죠. 도쿄에서 말이에요. 혼자서도 타이틀 보유자와 대등하게 싸울 수 있을 만큼, 강해진 거예요."

그 점을 인정하는 건, 말만큼 쉬운 일이 아니다.

내가 없어도 된다는 사실을 인정하는 건…….

"마치 헤어진 후에 점점 예뻐지는 전여친을 보는 것 같아서 분한가요?"

"제 마음 좀 읽지 말아 주겠어요?"

그래도 역시 쿠구이 씨는 기자잡게 표현이 너무 적절하다.

아까부터 아빠나 전여친처럼 위험한 단어를 선택하고 있긴 하지만…….

그만큼 나와 아이의 관계는…… 사제지간이라는 틀을 넘어서
고 말았다는 거겠지…….

"내도, 그렇게 생각하는 거제?"

"네. 항상 그렇게 생각해요."

"뿌우~."

쿠구이 씨는 귀엽게 볼을 부풀린 다음, 다시 기자처럼 말했다.

"자아. 저는 사매를 도와주러 대국실에 갈 겁니다만, 용왕께서
는 어쩌실 겁니까?"

"여기서 시간을 좀 보낸 후, 혼자 돌아갈게요."

"참 못났데이. 뭐, 알고는 있었다 아이가!"

그리고 나는 혼자가 됐다.

들릴 리가 없다는 건 알지만, 입에 담고 싶은 말이 있다.

"축하해. 아이."

그 말은 흩날리는 꽃잎과 함께 바람을 타더니, 대국실을 향해
날아갔다.

방안에서는 감상전이 벌어지고 있었으며, 아이의 의식은 장기
판에 집중되어 있었다. 웃음기는 없었으며, 진지한 표정으로 이
번 대국을 검토하고 있었다.

대국 후의 행동거지에도 만점을 줘도 될 것 같다.

그 모습을 보는 나에게는 신경 쓰이는 점이 하나 더 있었다.

"샤칸도 선생님…… 역시 아유무와의 일이 영향을 준 걸까?"

그렇게 생각할 수밖에 없을 만큼, 모든 면에서 밀리는 장기였
다.

프러포즈에 관한 이야기는 다음 기회에 듣자고 결정한 나는 혼자 돌아갔다.

▲ 줄

"이렇게, 이렇게, 이렇게이렇게이렇게이렇게이렇게이렇게이렇게이렇게이렇게——."

일주일 후에 벌어진 제2국.

샤칸도 선생님의 출신지인 카마쿠라에서 치러진 그 장기에서도, 나는 속공을 의식했다.

전형은 서로걸기.

하지만 요즘 유행하는 소프트 스타일의 최신식이 아니라, 고풍스러운 비틀기 비차를 선생님은 채용했다. 내가 태어나기 훨씬 전에 유행하던 전법이다.

——그걸 두면 내가 당황할 거라고 생각했어? ……하지만!!

다소 맞물리지 않고 있다는 건 느껴졌다.

하지만 그 장기관의 차이를, 나는 서반부터 풀스로틀로 돌리고 있는 수읽기의 양으로 짓밟았다!

"이렇게——."

수를 둘 차례인 샤칸도 선생님은 한 시간 가까이 생각에 잠겨 있었다.

형세는…… 다소, 내가 유리할 것이다.

그리고 제한시간은 내가 압도적으로 많이 남았다.

나는 1초도 낭비하지 않으며 상대방의 차례에도 수읽기를 했다. 이 형세에서 제한시간 차이를 더 벌린 후, 특기인 종반에 승리한다. 그런 작전을 짜뒀다.

국면은 서로걸기 특유의, 단기전이라면 이미 종반 입구라고 할 수 있는 승부처에 도달했다.

선생님이 이렇게 시간을 할애한다는 건…….

──내 공세가 먹히고 있다는 증거다!

자신의 수읽기와, 상대방의 태도.

이 두 가지로 찾아낸 결론에 확신을 가지려던, 바로 그때였다.

"………………."

샤칸도 선생님은 팔짱을 낀 채, 시계를 힐끔 쳐다봤다.

그리고 팔짱을 풀더니, 자기 자신에게 말하는 듯한 어조로 중얼거렸다.

"음……. 없나."

"네?!"

장기판에 의식을 집중하고 있던 나는, 샤칸도 선생님의 말이 믿기지 않았다. 기록 담당인 린린 선생님(코이지 린 여류 4단)도 깜짝 놀랐다.

어?

끝?

——이걸로…… 나, 이긴 거야? 더는 안 두는 거야?

"…………?"

얼이 나간 채, 샤칸도 선생님의 얼굴을 쳐다보았다.

그런 나에게, 선생님은 마치 어린아이를 어르는 듯한 차분한 어조로, 이렇게 말하면서 고개를 숙였다.

"졌습니다."

린린 선생님은 허둥지둥 태블릿을 조작해서 시계를 멈췄다. 기보용지에 최종수의 소비 시간을 입력하자…… 원래 수를 기록해야 할 장소에는 긴 줄이 그어졌다.

『유감줄』.

장기계에서, 저 줄은 그렇게 불린다.

변변찮은 장기를 둔 게 분해서, 바로 투료하지 못했다는 증명. 참패의 증거.

"어………… 아! 감사합니다!!"

나는 허둥지둥 고개를 숙였다.

그리고 고개를 들지 못했다. 어쩌면…… 얼굴이 히죽거리고 있을지도 모르기 때문이다.

——연승? 정말? 샤칸도 선생님에게, 내가?

크리스마스 선물과 세뱃돈을 한꺼번에 받은 느낌이 들었다.

기록용지에 그어진 유감줄을, 힐끔 쳐다봤다.

——내 공격이 먹혔다…… 같은 게 아니다.

튼튼한 갑옷을 겨우 뚫었다고 생각한 그 찌르기는, 상대의 심장마저 꿰뚫었다. 그러자 상대는 한 걸음도 움직이지 못하며 그대로 즉사했다.

러키 펀치?

아니다. 더 둘 수 있을 것이다. 나라면 더 저항했다.

그런데도 두지 않았다는 건…….

──샤칸도 선생님은…… 내가 생각하는 것보다 더 형세를 비관하고 있다.

제1국에서 받았던 정신적 대미지가 아직 남아 있는 건지, 아니면 다른 일로 고민하는 건지는 알 수 없다.

아무튼, 내 기세를 막을 수 없다고 생각해서 포기한 것이다!

──혹시………… 다음 대국에서 결판이 나는 걸까?

훅! 이제 와서 땀이 뿜어져 나왔다.

심장이 고통스러울 정도로 격렬하게 뛰고 있었다.

"큭……!!"

기모노 자락을 꼭 움켜쥐며, 나는 늑골을 압박하는 듯한 그 가슴 고동을 억눌렀다. 부채를 펼쳐서 격렬하게 부채질을 했다. 동요했다는 사실을 들키지 않도록…….

『운외창천』.

이 타이틀전이 시작되기 전에 부채에 쓴 휘호인 그 네 글자가 눈에 들어왔다.

──푸른 하늘을 볼 수 있을까? 그 장소에서…….

다음.

제3국.

그곳은 이 선승제 승부가 시작되기 전부터 나에게 있어 가장 유리한 장소임을 알고 있었으니까.

설령 다른 곳에서 다 지더라도 그곳에서만큼은 반드시 이기자고 결심했었으니까.

다음 대국 장소는.

그곳은…… 내가 장기 수행을 시작한 장소니까.

🔔 귀가

"다녀왔습니다~."

니시노미야의 타워 맨션에 귀가한 내가 신발을 벗으며 그렇게 말하자, 방 안에서 어둠의 향기가 감도는 메이드가 얼굴을 내밀었다.

"아. 선생. 어서 와라."

"아. 수고 많으세요, 아키라 씨. 이건 여행 선물인 『유모치』와 『켄고로치카라모치』예요."

"전부 떡이잖아. 어디 특산물이야?"

"『유모치』는 하코네, 『켄고로치카라모치』는 카마쿠라…… 뭐, 어디 특산품이든 딱히 상관없잖아요. 어디 떡이든 다 맛있는걸요."

"그건 그렇지."

메이드복 차림인 아키라 씨한테서는 집안일 만능 전문가의 느낌이 나지만, 요리는 꽝이었다.

야샤진 아이는 처음부터 그걸 포기하고 있었던 건지, 우리 집 식사는 기본적으로 배달 음식이 메인이다. 각자가 좋아하는 음식을 사서, 자기한테 맞는 타이밍에 먹는다. 가족보다는 룸셰어 친구 느낌이다.

덕분에 식생활은 혼자 살던 시절로 되돌아갔다. 여행 선물도 '여자 초등학생이 좋아할 듯한 귀여운 과자'에서 '한 끼를 때울 수도 있는 든든한 음식' 으로 변했다. 필연적으로 떡이 많아졌다.

"휴우……. 여행을 마치고 돌아온 집이 깨끗하니까, 피로가 절반으로 줄어드는 느낌이 드네요."

커피 두 잔을 끓인 나는 아키라 씨와 마주 보고 앉아 떡을 먹으면서, 마치 호텔처럼 깨끗한 방안을 둘러보며 그렇게 말했다.

"그래? 뭐, 일할 때도 쓰이는 기술이니까 말이지."

아키라 씨는 요리를 못하지만, 청소는 정말 잘했다.

청소하는 모습을 본 적이 있는데, 특수한 약품을 꺼내들고 '이건 온갖 단백질을 분해하는 세제', '이건 뼈만 깨끗하게 녹이는 세제' 같은 무시무시한 설명을 하면서 청소를 했다. 마치 매우 특수한 청소를 전문으로 하는 프로를 연상케 했다…….

"어라? 아이는 아직 안 돌아왔어요?"

"대국 때문에 바쁘시고, 가업 쪽으로도 새로운 프로젝트를 진행 중이시거든. 그쪽 스태프와 동행 중이시지."

"걔는 학교도 다녀야만 하잖아요……."

장기만 두면 되는 나보다 확실히 바쁠 것이다.

"그럼…… 아키라 씨는 아이가 없는 동안, 쭉 이 집에 있는 거예요? 아니면 다른 일을 하나요?"

"그것보다 선생. 장기를 가르쳐다오."

"장기요? 뭐, 좋아요……."

이야기를 돌리려 하는 듯한 느낌이 드는걸.

아! 맞다. 이참에 아키라 씨에게도 포교하자.

"더 강해지고 싶다면, 이 『쿠즈류 노트』를 보세요!"

"안 돼."

아키라 씨는 예쁘장한 얼굴을 일그러뜨리며 딱 잘라 말했다.

"아가씨께서 열심히 읽으시기에 나도 훑어봤는데, 머리말에서 좌절했다. 글자가 너무 많아서 말이다."

"그, 그랬나요……."

"글자를 더 줄이고, 국면도를 잔뜩 넣어다오. 그리고 처음에 결론을 써줬으면 해. 얼마나 대단한 전법인지 기대하면서 보는데 마지막에 '이하, 형세 불명'이라고 적혀 있는 책은 창밖으로 던지고 싶어져. 왜 장기책은 그런 게 많은 거지? 그래선 학습 의욕에 찬물을 끼얹는 역효과만 나지 않느냐. 더 효율적으로 배울 수 있는 방식을 진짜로 생각해야 한다고 본다. 그리고——."

아키라 씨의 지적은 구체적이며 적절했기에, 나는 그저 하염없이 고개를 끄덕일 수밖에 없었다.

책…… 안 팔리면 어쩌지……?

♟ 개선

여류명적전 제3국.

나는 사전 검사를 위해 도쿄에서 행사장을 찾은 그 여자애와 오사카에서 재회했다.

"케이카 씨!"

기다리고 있던 관계자들 사이에서 나를 발견한 그 애는 인파를 헤치며 나를 향해 뛰어왔다.

환하게 웃으며 두 손을 벌린 나는 조그마한 소녀를 맞이했다.

이 애와 재회하면 해 주려던 말로…….

"어서 와. 아이."

"다녀왔어요. 케이카 씨."

배시시 웃는, 작디작은 도전지.

히나츠루 아이 여류 2단은 강아지처럼 나한테 안긴 후, 거북하다는 듯이 몸을 배배 꼬며 얼굴을 붉혔다.

앳된 그 모습은 오사카를 떠나던 그때 그대로여서…….

"에헤헤. 좀 부끄럽네요……. 그렇게 호들갑을 떨며 나갔는데, 이렇게 빨리 칸사이로 돌아왔잖아요……."

"그렇지 않아."

"네?"

그렇다. 아이는 전혀 변하지 않았다.

어느 부분을 제외하고 말이다.

"힘들었지? 이렇게 어엿하고…… 듬직해지느라……."

오사카를 떠날 때는 길었던, 머리카락.

소중히 기른 그 흑발을, 아이는 싹둑 잘랐다.

기보 중계 영상에서 그 모습을 봤을 때의 충격은 지금도 잊을 수 없다.

——아아, 틀렸어…….

웃는 얼굴로 맞아주려고 결심했는데, 눈앞에 있는 아이의 모습이 점점 뿌옇게 변했다.

"미안해, 아이……."

이렇게 실제로 만나자…… 역시 눈물을 참을 수가 없다……!

나는 울면서 용서를 구했다.

"미안…… 미안해……. 내가 여류기사로서, 더 강했다면…… 더 빨리 여류기사가 되어서, 칸토에도 인맥이 있었다면…… 아이를 혼자 보내는 일은, 없었을 텐데……!"

"케이카 씨! 아아…… 울지 말아요, 케이카 씨……!!"

아이는 내 양손을 움켜잡았다.

"타마용 선생님이…… 로쿠로바 선생님이 지켜줬어요! 나타기리 선생님도, 타이틀전으로 바쁜 와중에도 계속 장기를 가르쳐 주셨고요……. 케이카 씨와 할아버지 선생님이 두 사람과 상의해 주신 덕분이에요!"

아이가 도쿄에서의 일을 가르쳐줬다.

처음에는 자신한테 매몰차던 여류기사들도, 지금은 상냥하게 대해 준다고 한다.

게다가 카구메키 츠바사 여류 1급과 코이지 린 여류 4단 같은, 새로운 친구가 생겼다고 한다.

그 모든 것은 로쿠로바 타마요 여류 2단 덕분이라고 한다.

"그래……. 역시 그 사람에게 아이를 맡기길 잘했어."

로쿠로바 양은 평판이 극과 극인 인물이다.

칸사이에서는 《연구회 크러셔》, 《프로 여류기사》라고 야유하는 사람이 많다. 나도 솔직히 그렇게 생각했으며, 긴코도 질색했다……. 뭐, 그 애는 다른 이유로 그랬겠지만.

하지만 장기에 모든 것을 바친 나타기리 8단이 열심히 권했다.

『아이 양은 저보다 타마요 양에게 배울 게 더 많을 겁니다. 부디 도쿄에서, 한집에서 살게 하죠.』

프로 기사인 아버지는 그 말의 의미를 파악하지 못한 것 같지만, 나는 그 말을 들었기 때문에 나타기리 선생님에게 아이를 맡기기로 결심했다.

──이 사람은 우리 같은 여류기사의 현실을 안다고 생각했으니까…….

결과적으로, 그것은 절묘한 한 수가 된 것 같네.

하지만 아이가 이렇게 폭발적으로 강해질 줄은 몰랐다.

제1국과 제2국은 완승.

타이틀 탈취를 코앞에 둔 상태에서 맞이한 오사카 대국은 긴코가 처음으로 여류 타이틀인 여왕을 획득했을 때를 재현하는 것 같았다.

──그 애가 여왕이 된 것도 초등학교 6학년 때였어……. 참 기막힌 우연이네.

대국장 또한 동일했다. 운명을 느낀 건 나만이 아닌지, 장기 전문 보도진만이 아니라 오사카 쪽 언론사도 이번 대국을 취재하러 왔다.

제2의 《나니와의 백설공주》가 탄생하는 순간을 놓치지 않기 위해서 말이다.

"참, 맞다."

나는 눈물을 닦으면서 미소를 지었다.

"아이의 첫 타이틀전을 기념해, 선물을 준비했어."

"어! 선물요?!"

표정이 환해진 아이가 그렇게 물었다.

"뭔데요?! 케이카 씨, 그 선물이 뭔데요?!"

"우후후후. 전야제에서 공개할 거니까…… 기대해."

"앗! 혹시, 그거예요? 대국실의 상석 뒤에 걸린——."

"아냐, 아냐. 더 좋은 거야……. 그거 말인데, 혹시 폐가 되진 않았어?"

"무슨 소리예요! 대국 중에 보면 웃음…… 기운이 나는걸요!"

"방해되면 확 태워버려도 돼."

사손을 격려하는 건 고사하고, 괜히 의식하게 했잖아. 진짜 그 수염 영감은 정말……!

불평이라도 한마디 해 줄까 해서 주위를 둘러보았다.

아버지는 우리와 좀 떨어진 곳에서 다른 대국자와 인사를 나누고 있었다.

"코스케 씨."

"리나 양……."

두 사람은 멋쩍은 듯한 표정으로 서로를 응시하고 있었다.

"신기한 기분이 든데이. 내 사손이 리나 양과, 타이틀전을 치른다니……."

"후후. 우리 둘 다 나이를 먹었단 거겠죠?"

"리나 양은 하나도 안 변했데이. 그때 그대로…… 아니! 지금이 더 아름답다 아이가!"

"그러는 코스케 씨도, 그 시절보다━━."

"더 사내다워졌제?"

"아뇨. 말주변이 좋아졌네요!"

소녀처럼 꺄르르 웃는 샤칸도 선생님은 연패를 해서 궁지에 몰린 타이틀 보유자가 맞는지 의심스러울 만큼 밝았다.

━━한 번만 더 지면 타이틀을 왕좌에서 굴러떨어지잖아? 두렵지 않은 거야?

약한 모습을 보이지 않으려고, 일부러 밝은 척하는 걸까?

아니면…… 이미 타이틀 유지에 질린 걸까?

그런 인간이 진짜로 있는 거야? 나는 타이틀전에 한 번이라도 나갈 수 있다면 언제 죽어도 좋다고 생각━━.

"케이카! 어이, 케이카!"

"어? 왜, 왜 그래? 아빠……."

"리나 양을…… 샤칸도 여류명적을 대국실까지 안내하그라. 조심해서 말이데이! 그리고 공적인 자리에서는 사부님이라고 부르라고 했다 아이가."

아무 말 없이 고개를 끄덕인 나는 아이에게 눈짓을 보낸 후, 또 한 명의 대국자에게 다가갔다.

정점에 선 자에게…….

"오래간만이구나."

"네. 격조했습니다."

나는 예전에 이 사람에게 이기고, 거의 닫히기 직전이었던 여류기사의 문을 열어젖혔다.

인생 최고의 대국이었다.

앞으로도 그 장기를 능가할 수는 없을 거라고 생각한다. 아이와 달리, 나는 이 사람에게 한 번 더 이기는 것을 상상할 수 없다.

"실례하겠습니다, 선생님. 손을⋯⋯."

"음. 고맙구나."

그때 격렬하게 싸웠던 상대의 손을 잡고, 우리는 천천히 걸음을 옮겼다. 그리고 나는 그제야 이 상황에서 이상한 느낌이 들었다.

──아유무 군은 왜 없는 거지?

나와 대국할 때도, 샤칸도 선생님의 곁에는 애제자가 있었다.

하지만 지금은 이 자리에 없다.

──공식전이 있는 걸까? 그것 말고는 이 자리에 안 올 이유가 없는데⋯⋯.

"내일은 케이카 양이 기록을 맡던가?"

"아⋯⋯ 네! 타이틀전 기록을 담당하는 건 처음인지라, 실수가 없도록 충분히 주의를──."

"아니다. 긴장해야 하는 사람은 오히려 짐이지."

"네? 샤칸도 선생님께서요? 타이틀전에서? 긴장? ⋯⋯농담하시는 거죠?"

역시 이분도 타이틀을 빼앗길 상황에 처하면 긴장하는 걸까?

"꼴사나운 모습을 보일 수는 없으니 말이다."

누구에게?

쭉 응원해 준 팬에게? 아니면 아이에게?

——설마 나에게? 아니면⋯⋯?

대국장 검사는 5분 만에 끝났다.

전야제는 매우 성대했다.

두 대국자의 인사, 입회인인 아버지의 인사에 이어서 기록을 맡은 예정인 나도 한마디 하게 됐다.

"타이틀전의 기록을 담당하는 건 처음이며, 매우 귀중한 기회이니, 좋은 경험이 될 거라고 생각합니다."

연회가 한창 무르익으며, 훈훈한 분위기가 감돌았다.

많은 테이블에서 잡담이 오가고 있으며, 내 인사에 주목하는 사람은 거의 없었다. 떨어진 자리에 앉아있는 샤칸도 선생님과 아이도 편안해 보였다.

하지만 그런 와중에도 잡음을 내는 사람은 있었다.

"입회인이 키요타키 9단인 건 좀 문제 아니야⋯⋯?"

"대국자와 공사 혼동을⋯⋯."

"대국장 검사 전에도⋯⋯⋯⋯ 이야기를⋯⋯."

원치 않는데도 귀에 들어오는 그 목소리를 지우려는 듯이, 핸드백에서 봉투를 꺼낸 나는 그 안에 들어있던 편지지 두 장을 펼쳐 들었다.

"그리고——."

그것은 대국자에게 드리는, 소중한 선물이다.

"소라 긴코 4단께서 저에게 축전을 맡겼습니다. 그걸 이 자리에서 대신 읽을까 합니다."

"""소, 소라 4단이라고?!"""

충격이 행사장 전체를 뒤흔들었다.

"《나니와의 백설공주》는 외부와 완전히 연락을 끊었던 거 아니야?!", "휴장 보고 이후로 공적인 자리에 나온 첫 메시지 맞지?!", "이건 엄청난 특종이야……!!"

이제까지 담소를 나누던 기자들이 허둥지둥 카메라를 들거나 메모장을 펼쳤다. 잡음은 완전히 사라졌고, 다들 호흡조차 멈춘 채 내 말을 기다렸다.

그것은 두 대국자도 마찬가지였다.

"긴코가……."

샤칸도 선생님은 작은 목소리로 그렇게 중얼거리더니, 시선으로 나를 재촉했다.

나는 숨을 들이마신 후, 말했다.

『샤칸도 여류명께서는 제가 여류 타이틀을 획득한 후로 쭉 연구회에서 저를 단련시켜 주셨습니다. 공식전에서는 제가 이겼습니다만, 연구회에서의 승률은 제가 낮죠.』

"…………."

선생님은 내가 읽는 긴코의 말을 묵묵히 듣고 있었다.

『그러니 샤칸도 선생님께서 얼마나 강하신지는 제가 누구보다 잘 알아요. 그리고 내일 대국이 어떤 장기가 될지도, 저는 알 수 있죠. 제 예측이 정말로 현실이 될지에…… 주목하겠습니다.』

샤칸도 선생님에게 가볍게 고개를 숙이는 것으로, 나는 메시지가 끝났다는 것을 알렸다.

선생님은…… 아무 말도 하지 않으셨다.

그저 눈을 감은 채, 긴코의 말을 조용히 되새기고 있었다.

『도전자인 히나츠루 아이 여류 2단과는 연수회 입회 시험에서 딱 한 번 진검승부를 한 적이 있습니다.』

나는 다른 한 사람을 향한 메시지를 읽기 시작했다.

『접장기 대국이었으며, 제가 이겼죠. 그 후에 승패에 따라 조건을 바꾸는 연습 대국으로 장기말 여섯 개를 접어주며 둔 적도 있습니다. 공식전에서도, 연구회에서도 저는 히나츠루 양에게 진 적이 한 번도 없어요.』

술렁술렁술렁…….

샤칸도 선생님을 향한 메시지와 달라도 너무 달랐기에, 아이보다도 다른 이들이 더 동요했다.

『여류기사가 된 후의 히나츠루 양의 장기를 봐도, 그때와 전혀 달라지지 않았다고 느꼈어요. 마치 날뛰는 소처럼 전진할 뿐이죠. 그런 사람이 타이틀전까지 올라간 게 참 신기하게 느껴집니다. 그래서——.』

나는 거기서 말을 멈춘 후…….

가능한 한 긴코와 비슷한 어조로, 마지막 문장을 읽었다.

『그래서 이제는 조금…… 거꾸로 기대되기 시작했습니다. 그 시절 그대로, 올곧게 성장한 히나츠루 아이의 장기를, 이 눈으로 보는 날이 말이죠.』

"윽…………!!"

아이의 눈동자에 불길이 어렸다.

하지만 그것은 샤칸도 선생님을 향한 불길이 아니었다.

"올곧게, 성장한………… 내 장기를…………."

차가운 얼음을 녹이려는 것처럼, 그 불길은 더욱 격렬하게 타올랐다.

그 순간, 나는 확신했다.

이 애가 진정으로 싸우려고 하는 상대는, 샤칸도 선생님이 아니라──.

△ 방문

"전형은 서로걸기……인가. 샤칸도 선생님, 안 피했네."

여류명적전 제3국은 제자(히나츠루 아이)의 선수로 시작됐다.

3국 연속으로 서로걸기였지만, 비슷한 것 같아도 실은 크게 차이 났다.

"이번에는 아이가 최신형을 쓰는구나. 만반의 준비 끝에 꺼내든 비장의 카드 같은 느낌인걸……. '반드시 여기서 결판을 내겠어!'라는 마음이 수에서 느껴져……."

이러면 안 된다고 생각하면서도 참다못해 걸으면서 스마트폰으로 기보를 확인한 나는 이 국면에 대해 혼잣말로 중얼거렸다.

대국장은 텐만바시에 있는 초고급 호텔이다. 평범한 여류 타이틀전은 이 규모의 대국장에서 치러지지 않지만 과거에 딱 한 번, 큰 주목을 받은 타이틀전이 여기서 치러진 적이 있다.

그 대국은 똑똑히 기억하고 있다. 절대로 잊을 수 없다.

"그때 기록 담당은 카가미즈 씨였고…… 나는 보드 해설회에서 장기말 담당이었지……. 그리고 그 애가 처음으로 타이틀을 땄…………."

"어이. 거동수상자."

호텔 안에 발을 들이고 5분 정도 지났을 때, 나는 관계자에게 걸렸다.

게다가 그 사람은 바로 《휘젓기의 거장》^{마에스트로}이었다.

"오, 오이시 씨?! 오셨어요?"

"당연히 와야지. 아이 양의 첫 타이틀전인데다, 입회인과 기록 담당이 키요타키 부녀인걸. 이렇게 재미있는 구경거리는 흔치 않아."

자신이 대국이 있는 날 말고는 경영하고 있는 목욕탕 겸 장기도 장에 틀어박혀 지내는 이 사람조차, 역시 아이의 타이틀전은 신경 쓰이는 것 같았다.

나와 아이는 오이시 씨의 목욕탕에서 아르바이트를 하면서 몰이비차를 배웠다.

그런 제자가 도전자가 되어서, 그것도 타이틀 탈취까지 1승을 압둔 상황에서 오사카에 개선했다. 가게를 닫고서라도 올 만큼 관심을 보인 것이 기뻤다.

"평일만 아니었으면 아스카도 데려왔을 거야."

"올해 봄부터 대학생이던가요?"

"장기부가 센 대학을 직접 찾아서, 일반 입시로 어느새 합격해 버렸지. 장기 말고는 손이 안 가는 애라니깐."

"아스카 양이 여대생인가요……. 연수회에서는 어떤가요?"

"간사인 쿠루노 군은 몰이비차파잖아. 잘 챙겨주나 보더라고."

우리 아이는 몰이비차파가 아닌데도 쿠루노 선생님이 잘 챙겨주셨지만, 괜한 소리를 해 봤자 좋을 건 없다.

"게다가 고등학교 졸업 후에 연수회에 들어간 건 케이카와 마찬가지잖아. 서로의 도장을 오가면서 조언해 주거나 장기를 가르쳐 주거나 하나 봐."

"그럼 안심할 수 있겠군요."

나는 이중적인 의미에서 그렇게 말했다. 순식간에 가족이 줄어든 키요타키 일가로서는 아스카 양이 와서 큰 힘이 될 것이다.

"그건 그렇고, 쿠즈류 일문은 대활약 중인걸? 스승은 사상 최연소 2관, 아이 양은 첫 타이틀도전, 그리고 또 한 명의 제자는 더블 타이틀전을 치르고 있잖아?"

"야샤진 아이는 타이틀전이 아니라 우승자 결정전이지만요."

"긴코가 내려놓은 타이틀도 결국 너희 일문이 회수하겠네?"

"아직 몰라요. 상대는 장려회 3단이니까요."

"그쪽은 보러 안 가는 거냐?"

"걔는 제가 오는 것을 노골적으로 싫어하거든요……. 끝날 때까지 기보도 보지 말라고 할 정도예요. 모처럼 같이——."

"뭐?"

"같이…… 노력해서 타이틀전까지 왔는데 말이에요!"

"흠. 자식은 부모 마음을 모르는 거지. 우리 아스카도 비슷하거든."

크, 큰일날 뻔했어!

나와 아이가 같이 사는 건 주위에 비밀로 했다. 딱히 찔리는 구석이 있는 건 아니지만, 왠지 말을 꺼내기 어려워서…….

"아, 맞다. 쿠누기 소타 말이야."

오이시 씨는 딱히 나를 의심하지 않고 이야기를 이어갔다.

"그 초등학생…… 아니, 이제 중학생인가. 그 녀석, 연말에 용왕전으로 데뷔한 후로 연전연승 중이야. 슬슬 주목받겠지."

"그 정도는 딱히 놀랍지도 않네요."

소타의 실력이라면 대뜸 A급 순위전을 치르게 되더라도 충분히 대처할 수 있을 것이다.

게다가 칸사이 소속 기사는 칸토보다 숫자가 적기 때문에, 예선에서 상대하는 사람들도 항상 같다. 서로가 서로의 수를 잘 알아서 이변이 일어나기 어렵다.

츠키미츠 회장, 오이시 씨, 그리고 나 같은 칸사이 3강과 붙을 때까지 계속 이길 가능성이 있다. 20연승 정도라면 예상 범위에 들어간다.

"이대로 계속 이기면 용왕전 6조 결승에서 사이노카미 이카와 붙겠지. 초등학생 기사와 여류기사. 어느 쪽이 이겨도 시끌벅적할 거다."

"요괴 대전쟁 같은 느낌이네요."

"너는 이런저런 일이 있어서 사이노카미를 싫어하는 거겠지만, 나는 그 녀석이 힘내 줬으면 해. 그 토마호크란 전법은 꽤 우수하거든?"

"…………."

그 명칭은 쓰디쓴 맛과 함께 내 마음을 술렁거리게 했다.

그것은 사저의 마음을 갈가리 찢은 전법이다. 반드시 씨를 말리겠다고 맹세했다.

하지만 나는 그런 마음속 동요를 드러내지 않으며 이야기를 이어갔다.

"각의 길을 막는 노멀 삼간비차가 이렇게 붐을 일으킬 거라고는 얼마 전까지 상상조차 못 했어요."

"그래. 나도 에이스인 싱글벙글 중비차를 대신할 비장의 카드를 연구 중이야."

"네?! 어떤 전법인가요?"

"멍청하긴. 가르쳐 주면 비장의 카드가 안 되잖아. 내가 공식전에서 쓸 때를 고대하라고."

오이시 씨는 내 머리를 살짝 때리며 잔소리를 했다.

"그것보다, 너는 칸사이 쪽 정보에 너무 어두운 거 아냐? 대체 어디 사는 건데? 아파트에서 쫓겨난 후로 행방불명이라며 케이카가 난리던데 말이야. 우리 아스카는 긴코 일로 충격을 받은 네가 실종된 거 아니냐며 경찰에 연락하려고 했지."

"그게…… 연초부터 책을 집필하느라 통조림 당했고…… 책이 나온 후로는 칸토의 서점을 돌며 영업하느라 칸사이로 돌아오지 못했어요……."

본격적인 서점 영업은 내일부터 하지만, 이 정도는 거짓말 축에도 못 들어갈 것이다.

"영업?"

오이시 씨는 뜻밖이라는 투로 말했다.

"그런 걸 하는 거냐? 5년 전에 낸 내 책은 아무것도 안 했는데 계속 중판되던데?"

"아마추어한테는 몰이비차가 인기니까요……."

역시 마에스트로다. 아키라 씨한테 마구 씹혔던 『쿠즈류 노트』와는 격이 다르다. 역시 초등학생용 책으로 할 걸 그랬나…….

근황 보고를 하다 보니, 검토실 앞에 도착했다.

방 안에서는 타이틀전 오전에 흔히 볼 수 있는, 승부와 전혀 없는 화기애애한 수다가 들려왔다.

"게스트를 초청했나 보네요. 스폰서일까요? 뭐, 저는 주목받기 싫으니까 잘됐지만——."

하지만 같이 걸어온 오이시 씨는 문을 열려고 하지 않았다.

"어라? 안 들어갈 거예요?"

"회장 목소리가 들리거든."

마에스트로는 노골적으로 인상을 썼다.

츠키미츠 회장에게 걸리면 '이제 그만 이사를 맡으세요.'란 압박을 받기 때문에 피하는 것이다.

"바쁜 사람이니까 곧 사라지겠지. 이 근처에서 담배라도 피우고 오마."

"그렇게까지 피할 건 없지 않나 싶은데요."

"A급 기사들끼리는 웬만하면 같은 공간에 있기 싫어하는 법이지. 영 불편하거든."

"그런가요?"

"너도 빨리 올라와라. 그럼 알 수 있을 거다."

A급 재위 14기를 자랑하는 《휘젓기의 마에스트로》는 손을 흔들면서 흡연소를 찾는 여행을 떠났다.

"⋯⋯⋯⋯A급, 이라."

먼저 거기까지 올라간 아유무를 생각했다.

겨우겨우 B급 2조에 들어선 내가 거기까지 올라가는 건, 아무리 빨라도 2년은 걸린다.

하지만 2년 후, 함께 A급 기사가 됐을 때⋯⋯ 우리의 관계는 어떻게 될까.

그리고 만약, 그때 아유무가 명인이 되어 있다면⋯⋯.

"아유무, 츠키요미자카 씨, 그리고 쿠구이 씨. 초등학생 명인전 동기인 우리가 함께 바보짓을 하며 지낼 수 있는 시간도 얼마 남지 않았을지도 몰라⋯⋯."

지금이 영원히 이어졌으면 하는 걸까.

아니면 빨리 정점에서 싸우고 싶은 걸까.

둘 다 원하는 자신이 장기꾼으로 미숙한 건 아닌지 고민하면서, 나는 검토실 안으로 발을 들였다.

♟ VIP

검토실에 들어서자, 검토용 장기판 주위에 비정상적일 정도로 사람들이 모여 있었다. 참고로 사부님은 보드 해설회를 맡았다는 것을 확인했기에 이 자리에 없다. 얼굴을 마주치면 분명 성가신 일이 벌어질 게 뻔하거든······.

"누구지? 유명인일까?"

타이틀전의 초반 시간대에는 장기계 관계자가 아닌 사람들이 대국실과 검토실에 출입한다. 대국이 승부처에 돌입하면 신경을 쓸 수 없지만, 서반에는 정중히 모실 수 있으니까──.

"기모노 차림의 츠키미츠 회장이 직접 상대하고 있는 거야?! 대체 어떤 VIP가 온 거야······?!"

키가 큰 여자다.

젊고, 미인이며, 어딘가 어둠의 세계를 연상케 하는 분위기가 감돌았다. 타이틀전의 검토실이라는 독특한 공간에서 저 회장과 대면했는데도 전혀 주눅 들지 않고서 당당히 행동하다니, 스무 살 정도로 보이는 여자치고는 대단하다고 생각하며 살펴보니······.

"이케다 사장님. 부디 특등석에 앉으시죠. 자아, 이쪽입니다."

"감사합니다, 츠키미츠 회장님. A급 기사와 장기판을 사이에 두고 마주 앉다니····· 장기 팬으로서 더없는 특등석 같군요."

매우 잘 아는 사람이었다.

아니, 동거 중인 사람이라고!

"아, 아키라 씨?! 이런 데서 뭐 하는 거예요?!"

눈에 띄지 않도록 몰래 온 나는 무심코 인파를 헤치며 그렇게 외치고 말았다. 이건 뭔가 잘못됐다고!

이케다 아키라 씨는 과장되게 놀란 표정을 짓더니······.

"이야! 쿠즈류 야이치 용왕까지 서프라이즈 등장을 하실 줄이야! 사상 최연소 2관도 만나게 되다니, 오늘 이 타이틀전에 찾아오기 정말 잘했군요!!"

"네? 어제도 집에서 같이 떡을 먹으면서 장기를…… 어이쿠."

이 많은 사람 앞에서 동거하고 있단 사실을 밝힐 수는 없다. 나는 허둥지둥 아키라 씨와 말을 맞췄다.

"그, 그래요. 오래간만이네요……. 정말 우연……."

바로 그때, 회장의 뜻밖의 설명을 해 줬다.

"이케다 사장님께서는 이번에 장기회관의 재건축 사업을 맡아 주시게 됐습니다."

"사장님?"

아키라 씨가…… 사장님?

"그러고 보니 코베에서 게임 회사를 세우고, 연맹을 통해 저한테 일거리를 준 적도 있었죠?"

너무 충격적이라 봉인했던 기억이 되살아났다.

장기 게임의 감수를 하는 건가 싶어 가봤더니, 『로리콤GO』니 『로리라이브』 같은 귀여운 여자아이가 잔뜩 나오는 게임 제작에 참여하게 됐던, 그 나날을…….

최종적으로 출자자인 야샤진 아이의 역린을 건드린 바람에 우리가 개발한 게임이랄까, 미소녀 콘텐츠는 세상에 나오지 못했는데…….

"하지만 그 회사는 이미 없어졌잖아요……?"

"스마트폰 게임을 만들기 위해 대규모 서버를 자체적으로 준비하는 등의 초기 투자를 해버렸거든. 그래서 새로운 회사를 차리게 됐다. 이번에는 부동산 회사지."

"아, 그쪽이 적성에 맞을 것 같긴 하네요. 땅 투기라든가…… 어! 잠깐만요?!"

타피오카 가게를 때려치우고 고급 식빵 가게를 차렸습니다, 처럼 별것 아닌 투로 이야기하고 있지만…… 방금 들은 말에 그냥 흘려넘길 수 없는 단어가 섞여 있지 않았어?!

"바, 방금…… 장기회관을 재건축한다고 하지 않았어요?!"

연맹의 오랜 현안 사항이며, 특히 도쿄의 회관은 20년 전부터 재건축 소리가 나오고 있다.

괜찮은 업자를 찾지 못했다 같은 다양한 이유로 일이 추진되지 않았는데…….

"그걸 아키라 씨의 회사가 맡은 건가요?"

"그만큼 우리 회사가 우수하단 거지!"

아키라 씨는 의기양양하게 가슴을 폈다. 불안해…….

"확실히 창업한 지 얼마 안 된 회사지만, 급성장 중이어서 장래가 유망한 기업이지요."

"회장님께서 그렇게 말씀하신다면야 믿긴 하겠지만요……."

나는 불안을 떨치지 못하며 아키라 씨에게 확인하듯 물었다.

"그런데, 그 회사는 이름이 어떻게 되나요?"

"『로리홈』이다."

"또 망하고 싶냐, 이 바보야!!"

무심코 소리쳤지만, 아키라 씨는 자신만만하게 설명을 보탰다.

"어린아이도 마음 놓고 살 수 있는 주택을 제공하겠다는 굳은 결의를 담아서 지은 이름이다. 멋진 이름이지 않느냐?"

"멋집니다. 성장이 기대되는 멋진 명칭이군요."

츠키미츠 회장은 찬사를 보냈다.

나에게 설명하기 위해…… 아니, 주위에 모여 있는 보도진과 장기 관계자에게 친밀함을 보여주려는 것처럼 보였다.

"유감스럽게도 저에게는 자식이 없습니다만, 만약 있다면 귀사를 통해 집을 구매했을 겁니다."

회장은 자식이 없으니까 이렇게 무책임한 소리를 할 수 있는 것이다. 함부로 그런 소리를 하니까 옆에 있는 오가 씨가 태블릿으로 매물을 검색하기 시작했잖아…….

앞이 안 보이는 회장은 폭주한 비서가 안 보이기에 온화한 어조로 이야기를 이어갔다.

"이케다 사장님은 쿠즈류 용왕과 마찬가지로, 여자 초등학생을 지원하고 싶다는 고결한 이상을 지니고 계시군요. 그래요. 그래서 말이 잘 통하나 봅니다."

"저는 촬영파죠."

"요즘 유행하는 『촬영파 장기 팬』이란 말씀이군요?"

아니에요. 언제 어느 시대에서도 절대 유행해서 안 되는 『촬영파 초딩 팬』이에요. 즉, 변태라고요.

"그 촬영 기술과 게임 회사 시절의 기자재 및 노하우를 살려 개발한 새로운 기술이 바로, 우리 회사가 부동산 업계에서 급성장한 비결이지. 알고 싶나? 쿠즈류 선생."

"별로⋯⋯."

"VR이다."

"브이⋯⋯알? 그거 맞죠? 게임할 때 머리에 쓰는, 투박한 고글 같은 거⋯⋯."

"그래. 실은 이곳에 실물을 가져왔지."

"신성한 타이틀전에 이상한 물건을 가져오지 마세요."

내가 항의하자, 뜻밖에도 오가 씨가 옹호했다.

"연맹의 요청으로 지참했습니다. 이후의 기자회견에서 쓰일 예정이니까요."

기자회견?

"됐으니까 빨리 착용해 봐라. 세상이 달라 보일 거다."

"오오?! 이, 이건⋯⋯?!"

착용한 헤드셋을 통해 보이는 영상을 접한 나는 검토실 안에서 무심코 소리치고 말았다.

그것은 내가 예전에 아이와 같이 살았던 상점가 아파트를 완벽하게 구현하고 있었다!

"대단하잖아요, 아키라 씨! 마치 진짜로 아파트 안에 있는 것 같아요!"

"후후후. 그렇지?"

솔직히 말해 이 정도일 줄은 몰랐다.

압도적인 몰입감에 의해, 시각만이 아니라 촉각과 후각마저도 현혹됐다. 진짜로 방 안에 있는 것 같아⋯⋯.

"이사란 기본적으로 먼 곳으로 거주지를 옮기는 걸 의미하지.

그런 상황에서 일부러 일까지 쉬면서 방을 구하러 가야 할 뿐만 아니라, 단 하루 만에 살 집을 정해야만 해."

확실히 아키라 씨의 말이 옳다. 그럼 내가 4억이나 하는 맨션을 즉석에서 바로 구매하는 비극도 피할 수 있었던 거 아니야? 같은 생각도 들지만…….

"하지만! 이 VR을 이용하면 먼 동네의 집도 이렇게 실감 나게 재현할 수 있다! 일부러 현지에 갈 필요가 없는 만큼 시간과 비용 도 절약할 수 있고, 나처럼 젊고 아름다운 여자가 양아치처럼 생 긴 부동산업자와 단둘이서 차를 타고 매물을 보러 가며 거부감 을 느낄 필요도 없지!"

"이 기술이 있으면 새로운 장기회관 내부를 미리 체험해 볼 수 있습니다. 이제까지 재건축을 반대한 기사들에게 손쉽게 설명 해 줄 수 있을 테지요."

회장이 조용한 어조로 덧붙여 말했다.

"장래에는 이 가상공간…… 아니, 초월공간이라고 부르는 편 이 좋을까요. 거기서 대국을 하는 것도 가능해질 겁니다. 장기기 사들의 이동 부담도 줄어들 것이며, 소프트를 통한 커닝 대책도 될 수 있겠지요."

VR 장기회관까지 구상 중인 거야?!

"해외 거주자들이나 몸이 불편한 분들도, 프로 기사를 꿈꿀 수 있는 환경을 마련한다. 그것을 위한 새 회관의 건설위원장을 그 분에게 맡겼습니다만…… 새로운 회관의 주인이 될 용왕의 감 상을 들려주지 않겠습니까?"

"이, 이야기가 너무 장대해서 뭐가 뭔지……."

"쿠즈류 선생님의 설득은 저에게 맡겨 주십시오."

아키라 씨가 그렇게 말하면서 손가락을 튕겼다.

"그 밖에도…… 자아! 이런 식으로 어린 여자아이를 방에 배치해둘 수도 있다!!"

"오오오오오오오오오오오?!"

갑자기 시야에 나타난 것은—— 반갑기 그지없는 여초딩들!

"아이와 샤를 양과 아야노 양…… 게, 게다가 외국으로 떠난 미오 양도?! 이 아이들이 우리 집에 다시 모이는 날이 찾아오다니……!!"

아키라 씨가 야샤진 아이와 함께 도촬…… 기록한 여초연 멤버들.

아이가 내 방에 오고 두 달 정도 지났을 때일까? 초등학교 4학년 시절의 앳된 모습이 사이버 공간에서 되살아났다.

"오오오오…………… 오오오오오오오오오……………!!"

정신을 차리고 보니…… 나는 고글을 쓴 채 울고 있었다.

다시는 돌아오지 않을 거라 여겼던 그 행복한 나날이 지금, 내 눈앞에 펼쳐져 있다……!!

이것이…… 메타버스……!!

"어이, 저기 좀 봐…….", "용왕이 VR에서 여자애들에게 둘러싸여서 울고 있어…….", "역시 진짜 로리콤이었구나.", "오늘 기자회견은 설마……."

아니에요, 아니라고요! 반가운 나머지 감동한 거라고요오오!!

설명하고 싶었지만, 여자아이들이 잔뜩 있는 방을 '반갑다' 고 표현한 시점에서 오해를 푸는 건 글렀다고 해도 과언이 아니다. 이렇게 되면 참을 수밖에 없다. 으윽…….

아키라 씨는 고뇌에 빠진 내 머리에서 헤드셋을 벗기며 말했다.

"이 VR 말고도 우리 회사는 아무도 안 사는 쭉정이 토지를, AI 분석을 통해 법률이 허락하는 아슬아슬한 선까지 쪼개서 극소 주택을 세우는 기술도 확립했다."

"악랄해!"

"효율적, 이라고 말해다오. 그리고――."

아키라 씨는 슬픈 눈빛을 머금으며 덧붙여 말했다.

"경사지가 많아 주거에 적합한 땅이 적은 코베에서는 매우 유용한 기술이지. 특히 지진 피해 복구에 있어서…….''

"아…….''

아키라 씨는 코베 지진을 경험한 세대는 아니지만, 그래도 그 지진이 남긴 흉터와 연관 없는 인생을 살아온 것은 아니다.

그리고 회장 또한 코베 출신이다. 애초에 야샤진 아이와 나를 이어 준 사람이 바로 회장이다.

혹시…… 야샤진 가문과 츠키미츠 세이이치의 관계는 내가 생각하는 것보다 더 깊을지도 모른다…….

"뭐, 그러니 우리 회사는 어린아이가 드나들어도 문제없는 건물을, 안전하면서도 안심되게, 또한 AI를 이용해 효율적으로 짓는 것이 전문인 거다. 새로운 장기회관을 새우는 데 있어 우리만큼 적합한 회사는 없을 거다."

"부디 장기적인 교류를 부탁드립니다. 이케다 사장님."

회장은 아키라 씨를 유능하고 젊은 사장이라고 진심으로 믿는 눈치였다. 그 모습을 본 오가 씨가 아키라 씨를 점점 적대시하고 있는 게 그 증거다. 만약 저 두 사람이 목숨을 걸고 싸운다면 누가 이길까?

"회장님, 이쪽도 봐주십시오. 대국에서도 큰일이 벌어졌습니다."

"오가 양, 그게 무슨 소리지요?"

현재 국면에 따라 장기판에 수를 둔 오가 씨가 말로 상황을 전달하자, 회장의 낯빛이 변했다.

"호오?! 이건 확실히⋯⋯ 흥미롭군요. 정말 흥미로워요⋯⋯."

"뭐가 말이죠? 평범한 서로걸기의 서반 같아 보이는데요."

"30년 전쯤에 제가 후수로 뒀던 장기와 합류했습니다. 비공식 석상의 대국입니다만⋯⋯."

"네?! 이게요⋯⋯?"

츠키미츠 회장의 장기라면 비공식전까지 전부 기억하고 있다고 뽐내는 듯한 오가 씨에게 질린 상태에서 국면을 확인한 나는 고개를 갸웃거리며 입을 열었다.

"하지만 이건⋯⋯ 요즘 장기에서도 가장자리의 보를 전진시키는 유행이 있었지 않나요? 젊은 프로 간의 장기에서요."

"그것참 재미있군요."

정석의 정리가 완벽하게 되지 않은 서로걸기라는 전법에서는 드문드문 이런 일이 벌어진다. 그래도 당시와 지금은 사상이 전혀 다르기 때문에, 우연에 가까울 테지만…….

"회장님은 후수였죠? 그럼 당시에 선수였던 건 누구죠?"

"모르겠습니까?"

"비공식 석상의 대국이라면, 상대가 프로 기사가 아닐 수도 있으니까요……. 하지만 30년 전에 이렇게 고도의 서반을 둘 수 있는 아마추어와 여류기사가 있을 리 없으니까, 역시 프로 기사 중 누군가——."

"샤칸도 리나 여류 2관."

"읔……?!"

그 말은 즉…….

아이는 지금, 옛날의 샤칸도 선생님과 같은 장기를 두고 있다는 것이다!

"그 사람은 당시 아직 10대였습니다. 가련한 교복 차림에 방심한 나머지, 저도 하마터면 불명예 기록을 남길 뻔했지요……. 아직 눈이 희미하게 보이던 시기였으니까요."

30년 정도 전의 기억을 장기판 위에 선명하게 재현하면서, 사상 최연소 명인이 된 천재는 말했다.

"현역 명인이 대중 앞에서 여류기사에게 패한다는 기록을."

△ 회춘의 물

"이렇게——."

샤칸도 선생님이 비차를 빼면서 은을 전진시킨 순간⋯⋯.

나는 스위치를 켰다.

"이렇게⋯⋯ 이렇게⋯⋯ 이렇게, 이렇게, 이렇게이렇게이렇게이렇게이렇게——이렇게!!"

우선 상대의 각 앞에 보를 올려놓는다!

후수에서 각교환을 강요하면서——.

"이렇게이렇게이렇게이렇게이렇게이렇게이렇게이렇게이렇게이렇게이렇게이렇게이렇게이렇게!!"

여기서부터가 제2막이다.

서로가 각을 거머쥐어서 각자의 진형에 제약을 가해, 신경전으로 몰아간다.

——후수의 싸기와 제한시간을 갉아먹자!

나는 공세에 나서며 노타임으로 수를 뒀다. 하지만 달인 간의 응수처럼, 샤칸도 선생님 또한 노타임으로 완벽하게 받아냈다. 튼튼해⋯⋯!!

"후후. 짐은 한 번만 더 지면 끝이거든⋯⋯. 쉽게 빈틈을 내보일 수는 없느니라."

"쳇! ⋯⋯⋯⋯그렇다면!!"

호흡을 고르면서 비차를 가장 아랫줄로 후퇴시킨 나는 진형을 재빨리 변형했다.

"흠? 2구비, 4팔금인가⋯⋯."

샤칸도 선생님은 가볍게 고개를 갸웃거린 후, 뜻밖이라는 듯이 그렇게 말했다.

왜냐하면 이 싸기는── 각교환에서 가장 흔히 나타나는 형태 니까.

"제1국에서 서로걸기를 노리면서도 각교환에 가까운 싸기를 채용하는 걸 보며 예감했다만…… 그래. 그걸 노리는 게냐."

이제야 눈치챘나요? 하지만…… 늦었어요!

53수째에, 장기판 위에는 각교환 서로 걸상은과 흡사한 형태가 나타났다.

──즉, 서로걸기 장기에서 각교환 장기로 바꾼 것이다!

이게 나의, 진정한 작전이었다.

서로걸기만 둘 줄 안다고 방심시킨 후, 각교환으로 유도한다. 그것도 대국 도중에!!

현대 장기의 이 속도감에 대응할 수 있나요?! 샤칸도 선생님!

"서로걸기도, 각교환도, 최신 유행을 꼼꼼히 공부한 것 같구나. 그렇다면 짐은…… 청춘 시절의 옷이라도 입어 볼까."

"윽?! 그건……?"

샤칸도 선생님은 떨어져 있던 오른쪽 금을 옮기더니, 옥 앞에 금은의 방벽을 설치했다.

낯선 형태의 싸기다.

견고함을 주장하는, 실전적인 태세다.

"실전적…… 하지만, 낡았어!"

"남의 청춘을 낡았다고 하다니, 무례하구나."

나는 최신의 밸런스 스타일로 옥을 세팅했다. 그리고 오른쪽의 계마도 옮겼다.

이것으로 확실하게 점수를 벌었다.

또한, 상대의 밑바닥을 확인할 수 있었다.

──최신형 싸움에는 자신이 없는 게 분명해! 첫 대국에서 나한테 졌으니까……!

제1국에서 나는 상대방이 최신형을 두게 했으며…….

제2국에서는 선수를 쥔 상대에게 이겼다.

그리고 이 제3국에서, 나는 최신형과 선수를 둘 다 거머쥔 상태에서 싸우고 있다.

──상대를 맨몸으로 만들고, 나만 무기를 쥔 상태야! 절대적으로 유리해!!

대국이 시작되기 전부터, 승부는 내가 유리하다고 확정된 상태였다.

그것은 상대도 이해하고 있었으리라.

──그런데…… 이 여유는 뭐야? 각교환이라면 이길 수 있다고 생각하는 거야?

《이터널 퀸》으로 불리는 저 사람에게 남은 무기는── 경험.

가볍게 여길 수는 없다. 그것은 내가 지닐 수 없는 유일한 무기다.

"자아. 각교환을 두고 싶다면…… 이런 수는 어떻겠느냐?"

선생님은 6열의 보를 전진시켜서 그 뒤편에 공간을 만들었다. 각을 올려둘 빈틈을 만든 것이다.

무엇을 노리는지 알 수 있었다.

"천일수……."

후수가 천일수를 노리는 수순이라면, 각교환에 흔히 존재한다. 천일수로 유리한 선수를 얻으려 하는, 소극적인 발상이다. 그것이 여류명적이 매달린 동아줄의 정체라면…….

　──짓밟아버리겠어!

　"이렇게……………………."

　가지고 있던 각을 먼저 투입해 상대를 흔든 나는 장기판에 최대한 붙어 앉은 후, 다시 몸을 앞뒤로 흔들었다. 외통수까지 수읽기를 해서 이기고 말겠다!!

　"이렇게, 이렇게, 이렇게, 이렇게이렇게이렇게이렇게이렇게이렇게이렇게이렇게이렇게이렇게이렇게이렇게."

　"이렇게인가?"

　"이………… 어?!"

　샤칸도 선생님은 장기말을 손에 쥐지도 않고 바로 수를 두면서 싸움의 막을 올렸다. 너무나도 갑작스러웠다.

　"게다가…… 9오보?!"

　8열에 있는 내 옥을 노골적으로 노린 샤칸도 선생님은 펀치를 날렸다.

　도발로 보이는 그 조잡한 공격에 이어──.

　"맞대결을 좋아하지? 자아, 덤벼 보아라. 실컷 주먹다짐을 벌여보자꾸나."

　그 말을 들은 순간, 내 마음에 불이 붙었다.

　"이렇게이렇게이렇게이렇게이렇게이렇게이렇게이렇게이렇게이렇게이렇게이렇게이렇게이렇게이렇게!!"

©shirabii

때려 죽인다.

29년간 앉아있던 옥좌에서 끌어내려서 엉망진창으로 만들어 주겠다. 평화적인 정권교체 같은 건 용납할 수 없다. 이건——혁명이다!!

젊은 사람의 가장 큰 무기인 폭력적인 수읽기의 힘으로 유린해 줄 생각으로 힘겨루기에 도전했다………… 하지만!

"밀려났어?! 어, 엄청난 괴력이야……!!"

"후후후. 후후후후후. 후후후후후후후후하하하하하하하하하하하하하하하!"

샤칸도 선생님은…… 웃고 있었다.

소녀처럼 볼을 붉힌 채!

"마치 짐이 10대 시절에 두던 장기 같구나. 그 뜨겁디뜨거운 시절을 생각나게 해 주는 기사가, 설마 장려회 회원이 아니라 여류기사로서 짐의 앞에 나타날 줄이야……."

수를 두던 나는 믿기지 않는 광경을 봤다.

——샤칸도 선생님이………… 젊어지셨어……?!

수만이 아니다.

행동거지와 외모마저도 명백하게 변모하고 있었다.

"끓어오르는구나."

"어?! …………? …………!!"

장기판 옆에 앉아있는 케이카 씨도 눈을 비비고 있었다. 그리고 놀란 표정으로 말했다.

"샤, 샤칸도 선생님! 10분 남으셨습니다! 초읽기는——."

"필요 없느니라."

상쾌한 표정으로 땀을 흘리며, 소녀처럼 통통 튀는 목소리로 전설을 대답했다. 그리고 내 옥을 잡기 위해 향차를 투입했다.

──초읽기가 필요 없어? 투료할 생각이, 없다는 건……!!!!

"얕보지 마아아아아아아아아아아아아아!!"

중반의 진흙탕 싸움에서 서로에게 결정타를 날리지 못하자, 싸기가 흐트러졌다. 그런 와중에도, 나는 등 뒤에 비수를 숨기고 있었으며──.

"지금이야!!!!"

40수 전부터 움직이지 않으며 장기판 구석에서 자기 차례를 기다리고 있던, 각.

그것이 상대의 생각과 시야에서 벗어났을 타이밍에, 나는 샤칸도 선생님의 심장을 향해 최강의 일격을 날렸다!

"이렇게이렇게이렇게이렇게이렇게이렇게이렇게이렇게이렇게이렇게이렇게에에에!!!! 큭!!!!!!"

"윽………… 장군, 인가."

각을 승격시켜 용마로 만들어 5이 지점에 올려놓자, 샤칸도 선생님은 말받침에 놓여 있던 은을 투입해 막아내려 했다.

하지만 나는 그 응수도 이미 파악하고 있었다.

내가 진짜로 노린 건── 샤칸도 선생님의, 비차!!

"…………잡았어!!"

장군을 날린 용마가 뒷걸음질 치듯 대각선으로 한 칸 물러선 상태가, 내가 바라던 형태!

──옥을 노리면서, 동시에 비차를 잡았어! 이긴…… 거야!!

그 순간.

여류명적이란 타이틀은, 비차라는 모양으로 장기판 위에……

내 손이 닿는 장소에 존재했다.

"…………."

타이틀 보유자가 고개를 숙였다.

그 손이 천천히 말받침으로 향했다. 내 심장이 거칠게 뛰었다……. 선생님이 말받침에 손을 올려둔 순간, 여류명적은 바뀐다……!

하지만──그렇지 않았다.

새하얗고 긴 손가락은, 말받침 위에 놓인, 가장 조그마한 장기말을 쥐었다.

그리고 샤칸도 선생님은 물방울처럼, 보를 장기판 위에 떨어뜨렸다.

"…………보?"

한순간, 영문을 알 수가 없었다.

──용마를 물리게 하는 수도, 옥을 도망치게 하는 수도 아니다. 장군을 거는 수도 아냐?

알쏭달쏭한 수다.

수읽기의 큰 흐름에서는 보이지 않았다. 그래서 나는 그 수를 전혀 읽지 않았다.

무시하고 이대로 비차를 잡아서, 칼부림으로 이기는 수순도 있다.

——⋯⋯⋯⋯안 돼! 끝까지 방심하지 마!!

안전하게 가자. 확실하게 타이틀을 차지하기 위해, 나는 냉정하게 금으로 그 보를 잡았다.

그 순간, 모든 것이 뒤집혔다.

"죽어라. 히나츠루 아이."

그 선고와 함께 샤칸도 선생님은 말받침에서 계마를 투입했다.

8사계.

"뭐——."

그리고 그제야 나는 눈치챘다.

자신의 목이⋯⋯ 단두대에 놓여 있다는 것을.

"뭐야?! 자기 비차를 잡히게 그냥 뒀⋯⋯⋯⋯ 아아아아아아아아아아앗?!"

8사계가 발동한 순간, 세상은 일변했다.

——지금, 비차를 잡았다면⋯⋯⋯⋯ 져?! 내가?! ⋯⋯⋯⋯ 내가 지는 거야?!

"윽⋯⋯!!"

허둥지둥 진영 안에 금을 투입했다. 후수의 옥을 잡는 데 필요한 전력이지만, 목숨을 우선하지 않았다간 즉사하고 만다.

하지만 이 금의 투입 또한 샤칸도 선생님이 노리던 바였다. 계를 옮겨서 내 금을 잡더니, 절묘한 타이밍에 자기 진영에 방금 잡은 금을 투입해 내 용마를 압박했다⋯⋯!

이 시점에서 승패는 갈렸다. 나에게는 보이고 있었다…… 자신의 패배가.

──수읽기…… 졌, 어? 내가………… 종반에서…………?

믿기지 않았다.

그것도 그렇게………… 상대는, 우리 엄마보다…… 훨씬 연상이잖아……?

──거짓말!!

눈앞의 국면이 알려주는 그 사실을 부정하려는 듯이, 나는 수를 계속 뒀다. 그렇잖아……. 이건, 이상하단 말이야!

──거짓말, 거짓말, 거짓말, 거짓말, 거짓말, 거짓말, 거짓말, 거짓말!!!!

"꼴사납구나."

그렇게 중얼거리더니, 내 장군 러시를 전부 노타임으로 받아낸 샤칸도 선생님은 내 멱살을 잡고 따귀를 날리는 듯한 응수를 펼쳤다.

마치 A급 기사와 싸우는 것처럼, 샤칸도 선생님은 완벽했다.

어째서…… 이렇게, 강한 거야……?

"패배를 받아들이는 법조차 스승에게 배우지 못한 채, 이 자리에 선 게냐?"

"흑…………."

최신 연구를 선보였다.

나타기리 선생님과…… 명인 도전자가 된 A급 기사와 연구회를 거듭하며 익힌 앉은비차의 새로운 수다.

그리고 날카롭게 벼린 종반력.

스승에게도…… 사상 최연소 2관에게도 뒤지지 않는다고 믿어왔던, 내 최강의 무기.

그 두 가지 무기가 산산이 박살 났다.

단 한 번의 대국에서…….

"……………………어…………."

『졌습니다』라는 말조차 입에서 나오지 않았다.

나 자신이 처한 상황을, 그저, 말로 표현했다.

"……………………………없어요………………………."

더는 둘 수가 없다고 말하는 게 한계였다.

거머쥐기 직전이었던 타이틀도.

가지고 있던 무기도, 내 손에서 모래처럼 부스러졌다…….

"서로걸기의 최신형과 각교환의 최신형에 해박하다는 건, 이제까지의 장기로 잘 알았느니라. 아마 망루의 최신형에도 해박하겠지. 열심히 공부했구나."

"…………."

자신의 밑바닥을 완전히 꿰뚫어 보는 그 시선이 무서운 나머지, 나는 고개를 들 수조차 없었다.

부끄러웠다.

이대로 죽고 싶을 정도였다.

"그렇기에, 짐도 얼마 남지 않은 젊음으로 맞섰느니라. 옛날이 생각나서 즐거웠구나."

"실례하겠습니다."

보도진과 함께 들어온 오가 사사리 여류 초단이 승자에게 다가가서 귓속말을 했다.

"샤칸도 선생님. 회견 시간입니다만……."

"음."

그리고 샤칸도 선생님은 오가 씨에게 부축을 받으면서 자리에서 일어선 후, 이렇게 말했다.

"미안하지만 감상전은 생략하마. 이렇게 길어질 줄은 몰랐으니 말이다."

다리를 절면서 멀어져가는 그 모습은 평소의 샤칸도 선생님과 다름없었다.

대국 중에 본 소녀의 잔상은, 내 투료도 안에만 존재했다…….

♟ 발표

종국 후에 열린 회견을, 나는 방구석에서 보고 있었다.

『일본 장기연맹은 동서 장기회관의 재건축 사업을 주식회사 로리홈 측과 공동으로 진행하게 되었습니다.』

오가 씨는 이 자리에 모인 보도 미디어 측에 자료용지를 배포하면서 단적으로 설명했다. 평소 같으면 이 자리에 있을 회장의 모습은 보이지 않았다.

『정식 승인은 기사총회에서 결정하겠지만, 포괄적인 파트너십 계약을 체결할 예정입니다. 자세한 설명은 이케다 사장님께서 해 주시겠습니다.』

『로리홈 대표, 이케다 아키라라고 합니다.』

오가 씨에게 마이크를 넘겨받은 아키라 씨는 당당한 태도로 이야기를 시작했다.

하지만 젊은 여자라는 점 때문에 기자들이 반신반의하는 것 같았다. 애초에 회사의 명칭이…….

『당사는 여성의 활약을 응원하는 부동산 회사로서 근년 급성장을 이어가고 있습니다. 성장이 지나치게 빠른 만큼, 아직 모르시는 분도 계시겠죠.』

아키라 씨는 이 자리의 분위기를 민감하게 파악한 건지, 평소의 조폭…… 어험. 바이올런스한 분위기를 누그러뜨리며 말을 이었다.

『게다가 사장인 저를 비롯한 임원이 전부 여성입니다. 종업원도 9할 이상이 여성인데도 남성 우위의 부동산 업계에서 급성장하는 이유가 뭔지…… 짐작이 됩니까?』

"""……?"""

기자들이 고개를 갸웃거렸다.

『그것은! 우리 회사가 사원 교육에 장기를 채용하고 있기 때문입니다!!』

"""오오오……!!"""

열의 넘치는 아키라 씨의 어조에, 다들 점점 빨려들고 있었다.

『장기로 배운 대국관은 부동산 시세의 예측으로, 그리고 종반의 끈기는 영업으로, 끝까지 역전을 포기하지 않는 자세는 회사원에게 꼭 필요한 승부 정신으로 이어집니다. 장기에는 비즈니

스에 필요한 모든 것이 담겨 있죠. 저희는 장기를 배워서 부동산 업계의 명인이 되는 것을 목표로 삼고 있습니다.』

행사장 곳곳에서 질문이 쇄도했다.

"이케다 사장님도 장기를 두십니까?!"

『짬만 나면 칸사이 장기회관의 도장에서 두고 있습니다. 실력은…… 뭐, 초단에 살짝 못 미치는 정도일까요. 특기 전법은 한 수 손해 각교환입니다.』

"고풍스럽네…….", "저 사람은 진짜 장기꾼이야……!"

장기계는 장기를 두는 사람에게 매우 무르다. 회사의 이름 탓에 처음에는 수상쩍게 여겨지던 아키라 씨도, 이 발언 덕분에 바로 인정받았다.

사실은 연맹 도장에서 초등학생 상대로 발끈하며 약아빠진 반칙이나 써대는 변태 로리콤 도촬마라는 것을 알면, 이 평가도 180도 뒤집히겠지만 말이다.

『중요한 것은 전부 장기를 통해 배웠습니다…….』

아키라 씨는 눈물마저 맺힌 표정으로 어디서 들은 듯한 대사를 입에 담더니, 힘찬 목소리로 선언했다.

『그렇기에! 싸우는 여성을 지원하고 싶다는 생각을 가지게 되어서, 이번에 장기연맹 측에 새로운 여류 타이틀전 창설을 제안하게 됐습니다!!』

오오오오오! 행사장 전체가 들끓었다.

회관 재건축보다 훨씬 큰 서프라이즈다. 나도 그 말을 듣고 깜짝 놀랐다.

"여류 타이틀 창설?! 여류옥좌전 이후의 빅 뉴스잖아!"

"프로와 마찬가지로 타이틀이 일곱 개가 되는 건가?!"

"격식은?! 상금 액수는?! 타이틀의 이름은?!"

"타이틀전은 대국 횟수는 어떻게 됩니까?!"

『타이틀 이름은 아직 정해지지 않았습니다. 딱 하나 정해져 있는 건 여왕 및 여류옥좌를 능가하는 규모의 기전이 될 거란 점입니다. 즉──.』

아키라 씨는 살짝 뜸을 들인 후…….

『여류 순위전. 반드시 실현하겠다고 약속드립니다.』

<u>오오!!</u>

엄청난 흥분이 행사장을 물들였다.

『그리고 희망하시는 분께는 당사 서버를 이용한 VR 대국장을 개방하겠습니다.』

""""VR 대국장?!""""

화제의 메타버스 관련이 튀어나오자, 일반 언론사에서도 반응이 뜨거워졌다.

아키라 씨는 헤드셋을 들어서 보이며 말했다.

『개인적으로는 도입이 어렵던 딥러닝 계열 장기 소프트를 24시간 언제든 이용할 수 있는 환경을 갖추고 있습니다. 또한 최신 GPU를 도입할 수 있도록 암페어수를 증가시킨 당사 매물로의 이사도 할인가에 제공해드리는 《장기 한정 이사 플랜》도 준비하고 있습니다.』

"어, 어째서 그렇게까지 하는 거죠……?"

『로리홈의 사훈은 《육성》입니다. 아장아장 걷는 여아처럼 어린 회사입니다만…… 부디 여류기사 여러분과 함께 쑥쑥 성장하기를 바라고 있습니다.』

아키라 씨는 기자의 질문에 대답한 후, 마이크를 내려놨다.

그리고 마지막으로 마이크를 쥔 건—— 오늘의 승자였다.

『짐은 여류순위전의 창설과 동서 새 회관 건설이라는 두 위원회에서, 수장을 맡게 되었느니라. 여류기사인 짐이 맡는 건 불손한 일이겠지만…….』

샤칸도 선생님은 취임 이유를 이렇게 밝혔다.

『츠키미츠 회장님은 현역 A급 기사이며, 플레이어로서의 활약도 기대되고 있다. 하지만 짐은 보유한 타이틀이 하나뿐이라 한가하며, 그 하나조차도 현재 풍전등화 같은 상태지. 오늘은 타이틀을 잃고 이 회견에 임하게 되는 건 아닌가 해서 마음속으로 식은땀을 흘렸느니라……. 이 경사스러운 자리에 찬물을 끼얹지 않을까 해서 말이지.』

행사장 곳곳에서 호의적인 웃음소리가 들려왔다.

오가 씨, 아키라 씨, 그리고 샤칸도 선생님의 릴레이에 의해 흥분이 더욱 고조됐다. 마치 장기에서 좋은 수가 좋은 수를 부르는 것처럼 말이다.

"회장님을 비롯해 남성 기사가 한 명도 등단하지 않는 여성만의 기자회견인가. 멋진걸……. 기획한 사람은 오가 씨일까? 아니면——."

잘 만든 회견이다. 치나칠 정도로.

만약 여류명적전이 이렇게 주목을 모으지 못했다면 기자가 이 만큼이나 모이지는 않았을 것이며, 샤칸도 선생님이 타이틀을 잃었다면 분위기가 가라앉았을 것이다. 이 경사스러운 발표 자리에 패자가 선다면 씁쓸할 것이며, 제2의 《나니와의 백설공주》의 탄생이라는 화제가 더 주목을 받으면서 이 회견 내용이 빛을 보지 못했으리라.

소라 긴코라는 압도적인 광고탑을 잃은 장기계에 있어, 오래간 만에 밝은 화제의 회견이 열리는 것이다.

실패는 절대로 허락되지 않는다.

──어쩌면 샤칸도 선생님은…… 이 회견을 위해서 일부러 진 걸까?

"에이! 그럴 리가…… 없겠지?"

아무리 샤칸도 선생님이라도, 지금의 아이를 상대로 그런 게 가능할 리가…….

자신의 머릿속을 스친 생각을 떨쳐내려던, 바로 그때였다.

스마트폰이 울렸다.

"어? 어어……?!"

표시된 이름에 놀라서 다시 확인한 나는 구석으로 이동해서 통화 버튼을 눌렀다.

들려온 것은…… 반가운 느낌이 드는, 앙칼진 목소리였다.

『거기 있지?』

흑막이 등장했다.

"그래. 왜 입 다물고 있었던 거야?"

『너는 얼굴에 티가 나잖아.』

목소리의 주인—— 야샤진 아이는, 타인을 바보 취급하는 말투로 그렇게 말했다. 즉, 평소 목소리로 말한 것이다.

아마 다른 장소에서, 이 기자회견을 보고 있는 것이리라.

기자회견 대상을 전부 여성으로 통일한 것도, 회견 장소를 여류명적전 제3국으로 한 것도 야샤진 아이일 것이다.

——설마…… 나에게 이 회견을 보여주고 싶었던 걸까?

『저래 봬도 아키라는 경영자로서 꽤 우수해. 그룹에서 인망도 있지. 게다가 내 생각도 잘 헤아리거든.』

"…………."

『한동안 연맹과의 연락 담당을 맡길 생각이야. 무슨 일 있으면 도와주도록 해. 나는 바빠서 그럴 시간이 없거든.』

"나도 한가하진 않아."

목소리 톤은 평소와 같지만…… 아이에게서는 약간 지친 듯한 기색이 느껴졌다. 평소에는 좀 더 매섭게 말하는데, 오늘은 그러지 않았다.

기보를 보지 말라고 해서 보지 않았지만, 결과만은 귀에 들어왔다.

여왕전과 여류옥좌전은 양쪽 다 첫 대국에서 졌고, 세 번째 대국까지 천일수가 두 번이나 나왔다며 화제를 모으고 있다.

사상 두 번째 여자 장려회 3단이 상대다. 세간에서는 초등학생이 선전하는 것처럼 여기겠지만……

"물어보고 싶은 게 많지만, 딱 하나만 가르쳐 줘."

『좋아. 딱 하나만이야.』

"그래."

나는 숨을 들이마신 후, 단숨에 이렇게 말했다.

"몸은 괜찮아? 너라면 장려회 3단이 상대라도 이길 수 있어. 그러니 건강만큼은 잘 챙겨."

『…………………….』

"더블 타이틀전의 가장 큰 적은 피로야. 괜히 대국의 대책을 짜는 것보다, 휴식을 취하는 편이 나을 때도 있어. 몸이 무겁다고 느껴지면 잠을 자. 알았지?』

『물어보고 싶은 게, 그거야?』

"그래. 아키라 씨가 이쪽에서 사장 업무를 보고 있다는 건, 네가 혼자서 대국을 치르러 다니고 있는 거잖아? 무리하고 있는 거 아니야? 기운은 좀 있어?"

『방금 기운이 났어.』

왠지 방금보다 목소리가 밝아진 듯한 야샤진 아이가 순순히 그렇게 말했다.

『아, 이제 내려야겠네. 이만 끊을게.』

"어이?! 딱 하나만 가르쳐 준다고 해서 그것만 물어봤지만, 사실은 물어보고 싶은 게 진짜 많거든?! 일이 좀 정리되고 나면 다시 전화를――."

야샤진 아이는 다짜고짜 전화를 끊었다.

전화를 끊기 직전, 무슨 센터 앞? 이라는 안내방송? 같은 게 들렸다. 전철을 타고 있었던 걸까? 그런 것치고는 주위가 조용했던 것 같은데…….

"하아! 저 녀석은 하는 일이 전부 일방적이라니깐……."

스마트폰을 호주머니에 넣은 나는 잠시 망설인 후…… 방을 나섰다.

기자회견장에서는 현재 아키라 씨가 VR을 어필하고 있지만, 야샤진 아이가 이 타이밍에 연락을 준 것을 보면 중요한 발표는 이제 끝난 것 같았다.

올 때와 마찬가지로, 누구와도 마주치지 않도록 신경 쓰며 돌아가려 했지만——.

"이제 가시는 길입니까? 용왕."

올 때와 마찬가지로 눈길을 끌고 말았다.

아니, 눈길을 끌었다는 표현은 적절하지 않을지도 모른다. 상대는 앞을 못 보니 말이다.

"회장님……."

오가 씨를 대동하지 않고 홀로 소파에 앉아있던 그 사람은 발소리만으로 나를 알아본 것 같았다.

——여전히 괴물인걸.

곧 있으면 A급 순위전이 시작된다. 감각을 벼리고 있는 것이리라. 머릿속 장기판만으로 연구 중일지도 모른다. 이 사람은 바쁜 만큼, 이런 짬짬이 시간을 귀중한 연구 시간으로 삼을 것이다.

이 사람이 VR과 새로운 회관을 발표하는 자리에 동석하지 않은 이유를, 나는 안다.

이 사람의 머릿속에는 메타버스 같은 장난감보다 훨씬 넓은 세상이 펼쳐져 있기 때문이다.

──사부님도 무서웠어. A급에 있던 시절에는…….

순위전이 시작된 후로는 집안의 분위기가 명백하게 날카로워졌다. 그런 분위기 덕분에 충분한 수행을 할 수 있었다고도 생각한다.

『A급 기사들끼리는 웬만하면 같은 공간에 있기 싫어하는 법이지.』

오이시 씨의 말이 현실미를 지녔다.

확실히…… 이런 괴물들이 같은 공간에 있다면, 장기판이 없더라도 장기가 시작되고 말 것이다.

아유무는 A급 기사가 됐지만, 나와 그 녀석 사이에는 아직 이정도의 긴장감이 감돌지는 않는다. 다행인지 불행인지 모르겠지만 말이다.

"제자분을 만나지는 않을 겁니까?"

회장의 입에서 흘러나온 차분한 그 말에, 나는 답했다.

"지금은 그냥 두는 편이 나을 거예요. 그 애가 입은 상처는…… 하와이에서 제가 명인에게 입었던 상처와 같거든요."

나는 자기가 길러온 장기관을 뿌리째 부정당했다.

그리고 아이는 자신의 근간인 연구와 계산력이 박살 나고 말았다. 지는 방식까지 사제지간이 쏙 빼닮았다.

"자기 힘으로 다시 일어설 수밖에 없죠. 안 그래요?"

"흠."

방금 설명으로 이해해 준 것 같았다. 이 사람도 그 자리에 있었으니 말이다.

"그럼 스승은? 키요타키 군이라면 당신을 보고 싶을 것 같은데데……."

"도쿄에 가서 해야 할 일이 있어요. 지금 바로 안 가면 늦는 일이……."

"그거 유감이군요."

회장은 어깨를 으쓱했다.

그리고 정말 유감이라는 듯이 이렇게 말했다.

"일문이 늘어나는 것도 큰일인 듯합니다. 저와는 인연이 없는 이야기입니다만…… 그는 쭉, 그것 때문에 고민했지요."

◯ 봄비

어느새 비가 추적추적 내리기 시작했다.

"여류…… 순위전……."

기자회견장에서 밖으로 나온 나는 정원이 보이는 커다란 유리창 쪽으로 비틀비틀 다가갔다.

정보량이 너무 많아서 전부 받아들일 수가 없었다.

동서의 장기회관을 재건축한다는 건, 내가 아는 풍경이 크게 달라진다는 의미다.

특히 칸사이 장기회관은…….

"장소 변경도 포함해 검토한다는 건, 후쿠시마에서 다른 곳으

로 옮긴다는 말이겠지? 어디로? 설마 코베? 하지만 칸토와 너무 떨어져 있는 것 같은데…….'

이제까지 집에서 역 하나 거리였던 장기회관이 다른 곳으로 옮겨간다면, 생활에도 영향이 클 것이다.

도장 경영에도 영향이 있을지도 모른다.

――다른 사람에게도 영향이…… 아, 그래. 나와 아버지 말고는…….

야이치 군도, 긴코도. 그리고 아이도.

이미 칸사이 장기회관 근처에서 다른 곳으로 옮겨가고 말았다.

――나만, 우왕좌왕하고 있구나.

장기계는 앞으로 나아가고 있다. 과거를 물리적으로 뭉개면서. 영원히 변하지 않을 줄 알았던 타이틀의 숫자도 변하고, 장기회관마저 변한다.

그런 미래에 희망을 품는 젊은 세대도 있는가 하면, 따라가지 못해 마음이 꺾이는 늙은 세대도 있을 것이다.

――나는, 어느 쪽일까…………?

"케이카. 어이, 케이카!"

"어? 아…… 왜? 아빠."

"공적인 자리에서는 사부님이라고 부르라고 했재."

기모노에서 양복으로 갈아입어서 말쑥해진 아버지는 그런 잔소리를 입에 담았다. 충격을 받은 것 같지는 않았다. 기자회견 내용을 미리 알고 있었던 걸까?

"뭐, 됐데이. 그것보다, 아이가 안 보이니 좀 찾아봐 주지 않곳나? 곧 뒤풀이가 시작될 긴데."

"아이? 스마트폰으로 연락해 보면…… 아, 맞아. 아직 금고 안에……."

두 대국자의 통신기기는 입회인인 아버지가 방에 있는 금고에 보관하므로, 지금 막 샤칸도 선생님에게 돌려주고 있었다.

"리나 양. 아이는 어땠노?"

"상냥하고 공부도 열심히 하고 있더군요. 그리고 재능이라면 짐이 지금까지 싸운 여자들 중에서 최고겠죠. 타이틀을 거머쥐는 날도 멀지 않을 거예요."

그런 격전을 치른 후에 기자회견까지 했는데도, 샤칸도 선생님은 평소보다 기운이 넘치는 것처럼 보였다. 대국 중에 본, 그 소녀로 되돌아간 것처럼──.

"새롭게 생기는 타이틀을 초대 보유자가 되는 건, 그 아이일지도 모르죠. 혹은 또 한 명의 『아이』이려나요……."

"야샤진 아이 말이제? 내 사손이지만, 그 애도 참 장래가 두렵데이."

그런 대화를 등 뒤로 들으면서, 나는 아이를 찾기 위해 건물 안을 돌아다녔다.

결론부터 말하자면, 아이는 금방 찾았다.

분명 누구와도 만나고 싶지 않을 것이다.

그리고 자기 방에도, 검토실에도 없다. ……그렇다면, 찾을 장소는 자연스럽게 한정된다.

"아이."

히나츠루 아이는 비가 추적추적 내리는 정원에 있었다.

비가 내리니 밖에 있을 리 없다고 다들 생각한 바람에, 이제까지 사람들이 못 찾은 거야.

기모노 차림으로 하늘을 올려다보며 비를 맞고 있는 이 조그마한 도전자는, 패배를 온몸으로 표현하면서 나를 향해 돌아섰다.

"케이카 씨……?"

"응. 아빠…… 수염 영감이 스마트폰을 돌려주고 싶다네!"

나는 되도록 밝은 어조로 그렇게 말했다.

나를 돌아보는 아이의 얼굴이…… 너무나도 괴로워 보여서.

"그건 그렇고 엄청난 발표였어! 장기회관을 새로 짓는 데다, 여류에도 순위전이 생긴다잖아!"

여류기전은 전부 토너먼트 형식이기에, 여류기사는 한 번이라도 지면 장기를 둘 수 없게 된다.

1년에 열 번도 두지 못하는 사람도 있는 것이다. 나처럼…….

"다들 말했어. '프로 기사처럼 순위전이 있다면, 더 강해질 수 있는데.' 라고 말이야. 나는 그것만으로도 연간 대국 횟수가 두 배로 늘어날지도 몰라. 아, 하지만 아이처럼 계속 이기면 거꾸로 대국이 너무 많아져서 큰일일지도 모르지만──."

한 번 입을 열자, 말이 쉴 새 없이 흘러나왔다.

대국료를 받고 싶은 마음도, 솔직히 있다.

하지만 애초에 여류기사는 장기를 둬도 돈을 많이 받지 못한다. 그러니 돈보다, 강해지기 위한 장소를 얻고 싶어서 싸운다.

공식전에서 말이다.

"연수생 시절에 진심 어린 장기를 더 많이 뒀다니, 참 슬픈 현실이야."

아아…… 그래.

아이에게 이야기를 하면서, 나는 자신이 장기계의 변화를 긍정적으로 받아들이고 있다는 것을 실감했다.

──나도, 변할 수 있는 거야.

"그건 그렇고, 더 놀라운 건 스폰서야! 아키라 씨가 사장이라며? 아무리 생각해도 흑막은 그 애가 분명해! 미성년자에 이해관계자라서 대외적으로 나서지 못하는 건 알지만, 우리한테 미리 귀띔 정도는 해 줘도 되지 않았나 싶은걸?"

나조차도 앞으로 나아갈 수 있다.

그렇다면, 아이는 더 빠른 속도로 나아갈 수 있을 것이다. 한 번 졌다고 넘어질 리가 없다.

나는 그럼 마음을 담아 계속 이야기했지만…….

"아이……? 저기, 어떻게 생각해?"

"결판을 내고 싶었는데…… 여기에서…………."

"뭐?"

"결판을 낼 수 있었는데! 강해진 나를 보여주고 싶었는데! 그런데, 제대로 맞서 보지도 못했어……!!"

첨벙!

물웅덩이가 생긴 지면을 발로 걷어찬 아이는 떼를 쓰듯 분통을 터뜨렸다. 내 목소리는 전혀 들리지 않은 것 같았다.

"지면 안 되는데!! 아이는…… 아이는 더 빨리 나아가야만 하는데!! 그런데…… 그런데……!!"

"아이…………."

"소라 선생님이 질투해서, 그런 메시지를 보내지 못할 만큼 장기를 둬야 하는데! 종반에 수읽기를 실수해서 지다니……! 나는 약해 빠졌어!! 이 모지리!!"

"아이………………."

이것을 성장이라고 불러도 되는 걸까?

순수하게 싸워왔던 초등학생의 마음속에 싹튼, 타이틀을 향한 욕심.

더 이기고 싶다는 욕심.

그리고 자신의 재능에 대한 자신감. 객관적으로 봐도, 아이의 종반력은 여류기사의 틀을 초월했다. 최신형 연구 또한 대단하다고 생각한다.

하지만…… 3연승으로 샤칸도 선생님에게 이길 수 있을 만큼 강해졌다고 진심으로 생각하고 있다면, 그것은 자신이 아니라 『과신』이지 않을까?

아니다.

애초에 지금의 아이에게는…… 샤칸도 선생님조차 안중에 없다.

전야제에서 내가 읽었던 편지.

긴코의 메시지가 상상 이상으로 아이를 자극했을 것이다. 그런 의미에서 본다면, 나한테도 책임이 있지만——.

"이럴 때야말로 스승이 나설 차례 아닐까? 야이치 군⋯⋯."

아이는 균형을 잃은 채, 계속 울부짖었다. 상처 입은 조그마한 짐승처럼.

추적추적 내리던 비는 격렬한 소나기로 변했고⋯⋯.

그토록 흐드러지게 피었던 벚꽃은, 어느새 지고 말았다.

제3보

샤칸도 리나

키요타키 코스케

© Shirabii

■ 서점 영업

오사카에서 서둘러 도쿄로 이동한 나는 평소 거의 가지 않는 장소에 와 있었다.

"오오오! 진열되어 있어요! 내 책이 저렇게 잔뜩 진열되어 있다고요!!"

"진열되어 있군요. 저렇게 잔뜩……."

신주쿠에 있는 대형 서점.

9층인 이 가게 안에는 홀도 있으며, 작가의 토크 이벤트 같은 것도 열린다. 사장이 장기 팬이라 장기 이벤트가 열리기도 한다.

그래서 장기 서적 선반도 충실하게 갖춰져 있으며, 거기에 내 『쿠즈류 노트』도 놓여 있었다.

"이렇게 멋진 코너를 만들어 주시다니, 정말 감사합니다!"

나는 점원분을 향해 고개를 숙였다.

"네! 사상 최연소 2관이 되신 쿠즈류 용왕의 처녀작인 만큼, 큰마음 먹고 왕창 발주했습니다!"

장기가 취미인 그 점원분이 담당하는 코너는 조그마한 접이식 장기판이 놓여 있기도 해서, 서점 안에서도 꽤 눈에 띄었다.

장기판에 펼쳐진 국면도에서 비차와 각의 위치가 반대인 것을 보면 장기에 딱히 해박한 것 같지는 않지만…… 그런 사람이 열심히 코너를 만들어 줬다는 사실에 내 마음이 따뜻해졌다.

"기뻐……! 기뻐……"

"하지만 이 시점에서 책이 이렇게 잔뜩 쌓여 있는 걸 보면, 초동은 그렇게 좋지 않았나 보군요."

선반 사진을 찍어서 SNS에 투고한 쿠구이 씨가 굳은 표정으로 그렇게 말했다.

"초동……?"

"책은 날것입니다. 유통기한은 발매 후 2주 정도죠. 그 이후로는 판매량이 뚝 떨어집니다."

"네?! 2주…… 한참 전에 지났잖아요!"

그런데, 아직 이렇게 대량으로 남아 있는 것이다.

눈앞의 선반에 펼쳐진 광경이, 아까와 전혀 다른 의미에서 나에게 다가왔다.

"그렇다면…… 팔리지 않았다는 거야? 그렇게 열심히 쓴 책이……?"

"하, 하지만 열렬한 팬이 찾아주시기도 했어요!"

점원분은 '팔리지 않았다'는 부분을 부정하지 않으며, 허둥지둥 그렇게 말했다.

"열렬한 팬……?"

"네! 선반에 책이 놓인 순간, 혼자서 다섯 권이나 한 번에 사간 손님이죠!"

"정말인가요?!"

나는 무심코 점원분의 어깨를 움켜잡았다.

"어떤 사람이었나요?! 호, 혹시…… 초등학생 여자애 아니었나요?! 단발머리를 한 애 말이에요!!"

"네? 초등학생…… 여자애……?"

아차! 이래서는 내가 여자 초등학생에게 비정상적으로 집착하는 변태 같잖아!

"그게…… 40대 정도의 남성이었습니다. 엄청 멋진 분이시던데…… 맞아요. 산 책을 꼭 끌어안으면서 '후후! 이걸로 이 가게의 야이치 군을 내가 독점하게 됐는걸?' 하고 표지의 쿠즈류 선생님 사진의 귓가에 입을 가져가서 기쁜 듯이 속삭이던 모습이 기억에 남아 있어요."

"…………."

이 넓은 도쿄에서도, 그런 짓을 할 사람은 한 명뿐이다…….

게다가 여긴…… 신주쿠…… 분명 그 사람이야…….

"그렇게 열렬한 팬이 계시니 분명 더 팔릴 거라고 생각해 추가 발주를 했는데…… 이야, 장기 서적을 파는 건 어렵군요……."

그 후, 나는 서점 사무실에서 대량의 사인본을 만들게 됐다.

서점 측 사람은 머뭇거리며 '그럼 세 권 정도만…….' 이라고 말했지만, 쿠구이 씨가 말을 끊고 '여기 있는 모든 책에 사인해 주십시오! 알겠습니까, 용왕?!' 하고 어마어마한 위압감을 뿜으며 말했기에 거절할 수 없었다.

기사의 사인은 색지에 휘호를 쓰는 것과 마찬가지로 붓으로 쓰며, 낙관도 찍는다. 권당 작업 시간이 상당하기에, 세 시간 후에나 가게를 나설 수 있었다.

"이렇게 되면 인플루언서에게 의지할 수밖에 없겠군요. 요즘은 『TikTok 판매』라고 해서, 짧은 영상 소개를 통해 책의 판매량을 늘린다고 하니까요."

쿠구이 씨는 가게를 나선 후에도 책을 팔 방법만 생각했다.

"가장 좋은 건 명인이나 소라 4단계서 출연해 주시는 거지만, 지금은 명인전 도중이니까요. 타이밍이 좋지 않군요."

"맞아요. 올해 명인전은 금방 끝나려나……."

"명인전을 안 보고 계신 겁니까?"

"안 봐요……. 쿠구이 씨가 내 책을 명인께 보냈잖아요? 책에 쓰인 내용을 명인이 채용해 주지 않는다면 충격을 받을 것 같거든요……."

확실히, 신경 쓰이기는 했다.

명인이 내 책을 읽어 줄 것인가, 읽어 보고 어떻게 평가할 것인가……. 그런 것은 장기를 보면 바로 알 수 있다. 명인전 같은 큰 무대, 그것도 책이 나온 직후의 타이밍에 그 내용을 채용해 준다면 그것은 최상급 평가다.

하지만…….

"거꾸로 책 내용이 채용되더라도, 그것은 내 강점이 명인에게 흡수된다는 거니까요. 다음에 붙게 됐을 때 어떤 식으로 싸우면 좋을지 고민될 거예요……."

"채용된다면 솔직하게 기뻐하면 되지 않으려나요."

책이 팔리지 않는다면 자기 인생을 부정당한 기분이 되고, 책을 읽은 라이벌이 강해지는 것도 곤란하다.

그런 생각을 할 바에야, 책을 쓰지 않는 편이 좋았을까.

"아무튼 서점을 한 곳이라도 더 돌아보며 사인본을 많이 만들 수밖에 없습니다."

풀이 죽은 내 등을 손바닥으로 찰싹 소리 나게 때린 쿠구이 씨가 걸음을 재촉했다.

"사인한다고 판매량이 늘어날까요?"

"그게 아닙니다. 사인을 한 책은 출판사에 반품할 수 없으니, 그 시점에서 서점에서 사들인 게 됩니다. 팔리든 말든 저희가 알 바 아닌 거죠."

"그건 강매잖아요!"

"강매로라도 하지 않으면 제 목이 날아갑니다!"

하지만 그 후에 『쿠즈류 노트』는 날개 돋친 듯이 팔리게 된다.

그게 설마 그 인물 덕분일 줄은…… 이때는 아직, 상상조차 하지 못했다.

◌ 편집부

해가 질 때까지 서점을 돈 후, 나와 쿠구이 씨는 장기회관으로 향했다.

도쿄 센다가야에 있는 장기회관은 5층 건물이다.

1층은 매점. 2층은 도장. 3층은 사무국. 그리고 4층과 5층은 대국실과 숙박실과 방송용 스튜디오가 있다는 건 널리 알려져 있다.

하지만 건물 지하에 무엇이 있는지는 거의 알려지지 않았다.

아니, 지하실이 있다는 사실조차도 알려지지 않았다.

"옛날에는 식당이 여기에 있었지."

어둑어둑해서 압박감이 느껴지는 지하실의 주인은 책과 서류가 어지럽게 쌓여 있는 책상 위에 걸터앉으면서 그렇게 말했다.

"그러고 보니…… 사부님에게 들은 적이 있어요. 꽤 맛있어서, 도쿄에서 대국할 때면 거기 도시락을 주문했다고요. 그런데 어느새 망해버려서 아쉬웠다고 하셨죠."

"키요타키 군 말인가. 그는 뭐든 맛있게 먹었지."

50대인 사부님을 이런 식으로 부른 그 사람은 원래 우리와 마찬가지로 칸사이의 기사였다.

하지만 그 말투에서는 도쿄 토박이의 억양이 섞여 있었다.

"편집장님…… 아니, 사부님."

마찬가지로 표준어를 쓰던 쿠구이 씨가 묶여뒀던 머리카락을 풀면서 말했다.

"그런 옛날이야기를 들으러 온 게 아닙니데이."

"알아. 리나 양 때문이지? 하아, 상사를 재촉하지 말라고."

내가 도쿄에서 할 일.

그것은 서점 영업 외에도, 하나 더 있다.

아유무의 프러포즈를 성공시키기 위해 샤칸도 선생님을 설득……하기 전에, 우선 선생님의 과거를 잘 아는 사람한테 이야기를 듣는 것이었다.

옛날에는 식당이었던 지하실에는 현재, 출판 부문이 자리 잡고 있었다.

즉, 편집부다.

연맹의 기관지인 장기 전문잡지와 명국집과 전법서 같은 단행본이 만들어지고 있다. 내 책도 여기서 내줬다.

편집부원은 여섯 명으로 소수정예지만, 프리 장기 라이터도 출입하고 있기에 평소에는 더 시끌벅적할 것이다.

나는 칸사이 소속이라 경험이 없지만, 원고를 의뢰받은 기사가 여기서 집필하는 일도 있다고 한다……. 예를 들자면, 저기 있는 여류옥장처럼 말이다.

"그런데 아까부터 츠키요미자카 씨는 뭘 쓰고 있는 거예요? 반성문?"

"확 죽여버린다. 자전기 쓰는 거라고, 멍청아."

연필의 뭉툭한 부분으로 머리를 긁적이면서 독설을 뱉은 츠키요미자카 시는 '죽여버린다'고 말을 하는 것에 비해 영 기운이 없었다.

"한가하면 여기서 뭐라도 쓰란 말을 들었거든. 너희가 늦게 와서 이렇게 된 거야, 젠장……."

"지각한 건 미안하지만, 정 싫으면 거절하면 되지 않아요?"

"거절했다간 나중에 나에 관한 시답잖은 소리를 써댈지도 모르잖아."

"그렇데이. 사부님은 괴상한 별명을 붙이는 게 특기인데다, 안 그래도 져서 기분 나쁜 장기의 관전기에다 요상한 소리를 적어댈지도 모르는 기다……. 그건 제자인 내도 다 질릴 지경이데이. 물에 빠진 개를 막대로 때리는 짓거리다 아이가. 내와 같은 교토 사람이라는게 믿기지 않을 지경이데이."

쿠구이 씨와 같은 교토 사람이라서 그런 것 아닐까요?

"펜은 장기말보다 강하다, 라는 거지."

끌끌끌 하고 인상적인 웃음을 터뜨린 그 노인은 말을 이었다.

"아무리 좋은 장기도, 나 같은 기자가 글자로 남기지 않으면
『명국』이 되지 못하는 거야."

카야오쿠 타이세이 7단.

《노사(老師)》라 불리는 이 은퇴 기사는 기사로서 화려한 실적
은 없다. 본인도 말하듯이 프로 기사로서는 아무런 실적도 남기
지 못했다.

하지만 그 대신, 방대한 문장을 남겼다.

"이용 가치가 없는 평범한 대국을 재미있는 관전기로 만들어
팬을 기쁘게 하는 거야. 고마워해 줬으면 좋겠군."

"헛소리 말라고, 이 영감탱이야! 네가 《공세의 대천사》란 별명
을 붙인 바람에 나는 친척들한테 '천사야~' 하고 불리게 된 데
다, 대국 때마다 남들이 나한테 공격형 장기를 기대한다고, 짜
샤!"

"맞습니데이, 사부님. 내도 깔끔하게 외통수를 둬서 이겼는디,
인터넷에는 '유린 포인트가 부족해', '더 잔혹한 마치 양이 보
고 싶어' 같은 말이 올라온다 아닙니꺼. 외통수를 두면 팬들이
실망하는 기사는 전대미문입니데이."

《공세의 대천사》도 《유린의 마치》도, 카야오쿠 선생님이 장기
잡지에 쓴 별명이 그대로 정착한 것이다.

불가사의하게도, 그런 이름이 퍼지면 주위에서도 그 이름에 맞는 행동을 기사에게 기대하게 된다.

그 기대가 본인의 행동을 속박하게 된다.

"이름은 이 세상에서 가장 짧은 저주입니데이. 사부님은 대체 몇 명한테 저주를 건 겁니꺼?"

"제자인 너한테 밀릴걸? 《나니와의 백설공주》 하나가 천 명 몫의 위력을 지녔거든."

사제지간은 깔깔 웃었지만, 눈은 전혀 웃고 있지 않았다. 섬뜩하네.

무시무시하게도…… 이 노사가 '재능이 있다', '주목할 가치가 있다' 라고 적은 기사는 거의 예외 없이 활약한다.

그런 의미에서 보자면 장기계에 크나큰 영향을 끼칠 수 있는 인물이다. 그리고 츠키요미자카 씨는 친척한테 천사야~ 라고 불리는 거야? 귀엽네…….

"샤칸도 선생님의 별명은 《이터널 퀸》이죠? 그것도 카야오쿠 선생님이 지으신 건가요?"

"그건 당시에 있던 퀸 타이틀을 전부 획득했을 때, 내가 지어준 거지."

노사는 내 질문에 자연스럽게 답하더니…….

"뭐부터 이야기할까 했는데…… 그 이야기부터 할까. 리나 양에 관한 이야기 중에서는 대외적으로 알려지면 안 되는 게 많거든. 나도 잘 정리할 자신이 없군."

"대외적으로 알려지면 안 되는 이야기……?"

샤칸도 선생님은 여류 장기계의 제1인자로서 쭉 주목을 받아 온 인물이다. 나쁜 소문은 들은 적이 없다.

나와 사저에게도 항상 상냥했다.

그런 선생님의 과거에…… 대체 무슨 일이 있는 걸까?

그것이 아유무의 프러포즈를 거절한 이유일까……?

"내가 별명을 지을 것도 없이, 다들 자연스레 이렇게 불렀지. 경멸과 그 이상의 압도적인 공포를 담아서 말이야."

그 이름을, 당시의 감정을 타임캡슐처럼 담으며, 노사는 입에 담았다.

샤칸도 리나가 지닌 또 하나의 별명을——.

"《킬러》."

♟ 프로보다 강한 여류

"킬……러?"

"응. 샤칸도 씨는 분명 그렇게 불렸단다. 꽤 오래전 일이지만…… 말이지."

나타기리 선생님은 그렇게 말하더니, 자리에서 일어나서 책장 앞에 섰다.

이곳은 선생님 집의 서재.

평소에는 옆집인 연구방(나와 로쿠로바 선생님이 살고 있는 집)에서 연구회를 가지지만, 나는 오늘 이 서재에 처음으로 들어왔다.

──어엿한 기사로 인정받은⋯⋯ 걸까?

이 방의 모든 벽면에 자리한, 천장에 닿을 만큼 큰 책장에는 장기 서적과 기보 파일이 가득 꽂혀 있었다.

『잡지』, 『기보』, 『전법서』, 『장기연감』⋯⋯ 마치 도서관처럼 세세하게 분류된 책장에 압도당한 채, 나는 선생님의 말에 귀를 기울였다.

참고로 로쿠로바 선생님은 옆집에서 요리하고 있다. "도와드릴까요?" 하고 물어봤지만⋯⋯ 뭐, 뭐라고 답할지는 물어보기 전부터 알고 있었다. 좋아하는 사람에게 자기가 직접 만든 요리를 대접하고 싶은 법이잖아? 참 귀엽다니깐~.

"아, 그래. 책 하니 생각났는데──."

나타기리 선생님의 손가락이 책장의 어느 장소에서 멈췄다.

『좋은 남자』라고 분류된 장소에서⋯⋯.

"야이치 군이 책을 냈잖아? 명인은 그걸 읽고 파워업했어."

"사부님의 책을요?!"

"명서야. 대단한 책이라고 생각해. 나도 탐닉하듯 읽었지. 하지만 솔직히 말하자면, 명인전이 끝난 후에 출판해 줬으면 했다니깐."

『좋은 남자』 코너에 표지가 보이도록 놓여 있는 『쿠즈류 노트』의 표지를 손가락으로 훑듯이 매만지면서, 나타기리 선생님은 한숨을 내쉬었다.

"나와 명인의 차이는, 아이 양을 통해 야이치 군의 감각을 흡수했느냐 하지 않았느냐였어. 하지만 야이치 군이 쓴 책을 읽은 명인도 그 감각을 손에 넣었지……. 나보다 정밀도는 떨어지겠지만, 텅 비어 있던 부분을 그걸로 채운 거야. 감도는 저쪽이 더 뛰어났다는 거지!"

나타기리 선생님은 반왕전에서 명인을 궁지에 몰았지만, 이번 명인전에서는 개막부터 3연패를 하고 있었다.

한 번만 더 지면 선승제 승부가 끝나는데…… 괜찮은 걸까? 나와 연구회를 가져도…….

"저기…… 그렇게 대단한 책인가요?"

"읽어 보지 않은 거야?"

"네. 저기…… 도전자가 될 줄 몰라서, 샤칸도 선생님을 상대할 대책을 짜느라 급급했거든요. 그래서——."

"빌려줄게! 나는 마음에 든 책이면 사용용, 보존용, 감상용, 사용용, 이렇게 네 권 사거든. 요즘은 전자책으로도 사니까 실질적으로 다섯 권 가지고 있어. 게다가 이 책은 포교용으로 쓰려고 잔뜩 샀다니깐!"

사용용과 감상용의 차이를 모르겠고, 사용용이 어째서 두 권인지도 왠지 섬뜩해서 물어보지 못했다.

"멋진 표지야……. 기모노 차림으로 장기판과 마주한 야이치 군의 사진이 크게 실려 있잖아. 하지만, 저자 프로필 사진은 더 끝내주거든? 후후♡ 봐, 스마트폰 벽지로 삼았어♡"

"그, 그럼…… 한 권 빌려 갈게요."

나는 책을 펼쳐 보았다. 저자 프로필 사진은 확실히 멋졌다. 바닷가에서 환하게 미소 지은 사부님 사진이다. 보물이네요.

문제는…… 누가, 언제, 어디서 이 사진을 찍었나……야. 적어도 내가 모르는 상황에서 촬영된 사진이니까…….

커버 날개 부분에 실린 저자 프로필 사진 아래편에는 프로필이 적혀 있으며, 거기에는 '사진은 집필 중에 방문한 아마노하시다테에서 찍은 것'이라고 적혀 있었다. 나, 가 본 적 없어…….

그리고 판권장을 확인해 보니——『촬영 · 편집 · 구성 협력 : 쿠구이』.

흐음~?

호오~? 아하~? 내가 도쿄에서 필사적으로 싸우고 있을 때, 사부님은 쿠구이 선생님과 여행을 즐긴 건가요? 참 즐거웠겠네요……?

"역시 됐어요! 사부님은 모지리!"

"모지리?"

나타기리 선생님은 내 사투리를 듣고 고개를 갸웃거린 후, 이렇게 말했다.

"그건 그렇고, 야이치 군의 이해력은 대단해! 소프트의 장기를 이렇게까지 언어화하다니…… 만약 백 년 후의 장기가 존재한다면, 그걸 해석할 수 있는 건 야이치 군밖에 없지 않을까?"

사부님이 책을 썼다는 건 알고 있었다.

그것을 읽지 않은 건………… 바빠서지만…….

동요할 게 틀림없어서다.

그 책에 나에 대해 실려 있지 않다면…… 며칠은 풀이 죽어 지낼 것이다.

하지만, 만약……….

그 책에 나에 대해 실려 있다면………….

——타이틀전마저 내팽개치며, 사부님의 곁으로 갈지도 모르니까…….

나는 짧게 자른 머리카락을 매만지면서 화제를 돌렸다.

"그것보다 샤칸도 선생님에 관한 이야기를 해 주시지 않겠어요? 《킬러》라고 불리던 시절의, 선생님에 대해서요."

"내가 프로 데뷔전에서 졌다는 걸 알고 있지?"

"네. 저기…… 여류기사에게 지셨다고………… 어?"

무시무시한 사실을 눈치챈 나는 얼굴이 새파랗게 질렸다.

"서, 설마……!!"

"샤칸도 리나 여류 4관."

선생님은 책장의 『기보』 코너에서 두꺼운 파일을 꺼내더니, 그 파일의 가장 앞에 실린 기보를 가리켰다.

"여류 타이틀을 제패한 시절의 그 사람이, 내 프로 데뷔전 상대였어……. 여류기사는 성적이 뛰어나다고 인정되면 프로 기전에 출전할 수 있거든. 최하급 프로 기사와 동급으로 취급돼."

"그래서…… 데뷔전을 치르게 된 나타기리 4단과 붙은 건가요?"

"그때 일은 지금도 똑똑히 기억해. 아침에 눈을 뜬 순간부터, 전부 말이지."

나는 기보를 살펴보았다.

날짜는 20년도 더 됐다.

하지만 그때 전개된 장기는———.

"이, 이건…… 진짜로, 선생님의 데뷔전인가요?! 진짜로요?!"

"나도 놀랐어."

그 기보를 본 순간, 눈치챘다.

왜 나타기리 선생님이 명인전 도중에 나와 연구회를 가지는지를 말이다.

"자기 데뷔전과 같은 장기가 여류 타이틀전에서 등장했으니 말이야!"

"59수째의 국면이…… 완전히…… 일치해…………."

여류명적전 제3국에서, 내가 진 장기와…….

물론 세세한 부분은 달랐다.

나타기리 선생님과 샤칸도 선생님의 장기는, 각교환으로 막을 올린 후에 서로가 비술을 총동원하며 그 국면에 도달했다.

"내 데뷔전에서는 서로 결정타가 없어서 교착 상태가 이어졌어. 하지만 아이 양과의 장기에서는 샤칸도 씨가 공세를 펼치는 수순을 발견했지. 즉———."

장기계 제일의 연구가는 단언했다.

"샤칸도 씨는 경험만으로 장기를 두고 있는 게 아냐. 경험한 국면을 꾸준히 연구한 거지. 그 사람의 실력을 뒷받침해 주는 건, 과거에 둔 장기를 계속 연구한 탐구심이 틀림없어."

"경험과…… 연구…………."

"나는 인생의 대부분을 장기에 바쳤다고 자부해. 하지만 샤칸도 씨는 비유가 아니라 인생 전부를 장기에 바쳤을 거야. 장기가 그걸 증명해 주고 있어."

"…………."

"이때만이 아니야. 나는 샤칸도 씨와 공식전에서 세 번 붙어서, 세 번 다 졌어. 당사자 말고는 아무도 신경 쓰지 않을 듯한, 불명예 기록이지."

세 번이나?!

그것도, 나타기리 선생님을 상대로 전승을 거뒀다니…….

"어째서 샤칸도 선생님은, 이렇게나 강하신데――."

"여류명적 이외의 타이틀을 다 잃은 건지 궁금하니?"

"네……."

"직설적으로 말하자면, 샤칸도 씨가 연구하는 건 프로와 싸우기 위한 장기라서 그렇겠지. 아이 양이 젊은 프로에게 필적하는 실력을 발휘했기에, 샤칸도 씨가 진정한 실력이 발휘했을 거야."

믿기지 않는 말이지만, 나는 부정할 수 없었다. 대국 중에 보였던, 젊어진 샤칸도 선생님의 환영이 그것을 증명하고 있었다.

"그 스승인 아시가라 사다토시 선생님은 어둠의 세계에 속해 있다 편입 시험을 통해 6단이 되어 프로 자격을 딴 특수한 경력을 지닌 인물이야. 알고 있니?"

"그런 길을 거쳐서 프로가 된 인물이 있다는 건 조사해 본 적이 있어요."

"반세기도 더 전의 일이거든. 연맹의 규정도 명확하지 않았다고나 할까, 애매한 부분이 있었던 건 사실이야."

조사해 보고 안 건데, 옛날에는 제도가 획획 바뀌었다.

당시 권력자와 스폰서의 뜻에 따라, 프로가 되기도 하고 되지 못하기도 했다. 장려회 시스템 또한 간단히 뜯어고쳐졌다…….

"어둠의 세계에서 중요한 건 이기는 게 아니야. 상대를 최대한 살찌운 후에 최대한 착취하는 거지. 그러기 위해서는 실력 말고도 더 필요한 기술이 있어. 그게 뭘까?"

"일부러 져 주는 것……인가요?"

"상대에게 눈치채지 못하게 서서히 판돈을 올리기 위해선, 일부러 져 주는 기술도 필요하겠지."

어렴풋하게나마…… 나타기리 선생님이 하고 싶은 말이 뭔지 알 것 같았다.

첫 대국과 두 번째 대국에서는 샤칸도 선생님이 모든 실력을 발휘하지 않았다. 그리고 그것은 내가 우쭐대게 만들기 위해서였다.

여기까지의 이야기를 듣고, 그렇게 생각했지만——.

"내가 오늘 아이 양에게 연구회를 가지고 싶다고 말한 건…… 닮았기 때문이야."

"닮았다고요?"

"명인전에서 장기판을 사이에 두고 마주한 명인과 샤칸도 씨가 말이지."

"윽?! 명인과…… 닮았다니……."

"정상에 서야만 보이는 게 있어."

나타기리 선생님은 소름이 돋을 만큼 차가운 목소리로 말했다.

"그리고 정상에 설 수 있는 건, 그 시대에 한 명뿐이야. 다른 누구도 본 적이 없는 경치를 보고 있다는 건, 승부에 있어 매우 유리하게 작용하겠지."

"뭘…… 본 걸까요? 샤칸도 선생님과…… 명인은……."

"글쎄? 나는 한 번도 거기에 서본 적이 없거든."

어깨를 으쓱한 나타기리 선생님은 책장 한 편을 응시했다.

『신』이라 이름 붙여진 코너를 말이다.

거기에는 역대 영세 명인이 쓴 책만이 꽂혀 있었다.

"그게 뭔지 알아낸 후, 그 이상 가는 무언가를 향해 손을 뻗어야만 해. 그러지 못하면…… 우리의 도전은 끝나고 말아."

나는 그제야 이해했다.

자신이 얼마나 궁지에 몰렸는지를.

자신이…… 얼마나 위대한 존재와 싸우고 있는지를…….

"상대는 40년 넘는 세월을 들여, 서서히 실력을 길렀어. 그것을 열한 살 소녀가 2주 만에 어떻게 해야 한다니…… 후훗! 장기계는 정말 무모한 짓을 강요하는 것 같지 않아?"

◯ 킬러의 사랑

"그 명인이 7관 제패를 달성해서 공전절후의 장기 붐이 일어난 후, 무슨 일이 일어났는지 알아?"

센다가야의 지하에서는 노사의 독주회가 이어지고 있었다.

"전대미문의 불황이었어. 지금의 『긴코 쇼크』는 비교도 안 될 정도였지. 1강 시대의 폐해는 세간에서 쉽게 질린다는 점에 있어. 그래서 리나 양은 자신이 지닌 타이틀을 전부 나눠줬지. 그 눈에 들 만큼 강하고, 또한 아름다운 소녀들에게 말이야."

당사자인 소녀(?)들 앞에서, 노사는 날카로운 세 치 혀를 계속 놀려댔다. 나는 가슴이 철렁했지만…… 반론할 수가 없다.

"즉, 리나 양은 말이지? 여류기사는 자기 상대로 여기지 않는 거야. 그 애는 항상 본격파 장기를 공부하고 있거든. 앉은비차도, 몰이비차도 말이지."

그 말에는 설득력이 있었다. 여류명적전 제3국은 본 후이기에 더 그랬다.

"그리고 그것은, 그 애의 스승이 평생 안고 있던 콤플렉스에서 유래된 거야. 천재라 불린 망자들이 자신의 욕망과 열등감을 충족시키기 위해 창조한 괴물…… 그것이 《킬러》이자, 샤칸도 리나라는, 여류기사의 최고걸작인 거지."

"야, 쓰레기."

츠키요미자카 씨가 나에게 말을 걸었다. 눈빛이 무시무시했다.

"배고프니까 뭐라도 시켜 먹으면서 이야기를 듣자고. 꽤나 긴 이야기가 될 것 같거든……."

"그러죠. 마침 저녁 먹을 시간이니까요."

나도 오늘은 서점 영업을 뛰느라 제대로 된 식사를 못 해서 배고파 죽을 지경이었다. 하지만 뭘 먹을지는 이야기를 들려주는 카야오쿠 선생님의 의견을 존중해야 할 것이다.

"뭔가 먹고 싶은 음식 있어요?"

"ˮ라멘.ˮ"

스승과 제자가 한목소리로 그렇게 말했다.

그러고 보니 교토는 칸사이에서도 알아주는 라멘 격전지이며, 맛이 진하고 기름진 녀석이 선호된다. 그 이유를 쿠구이 씨에게 물어보니 '전통의 맛에 질려서 그렇데이······.' 라는 매우 의미심장한 대답을 들었다. 교토의 어둠은 참 깊은 것 같았다.

배달시킨 라멘을 넷이서 후루룩거리면서, 노사의 이야기를 계속 들었다.

"리나 양이 갓 기사가 된 시절에는 말이지······. 여류기사에게 지는 건 꼴사나운 일이었어. 장려회에서도 여자에게 지면 삭발하는 습관이 있을 정도였지."

"쳇, 빌어먹을 이야기네······."

가장 먼저 식사를 마친 츠키요미자카 씨는 젓가락을 한 손으로 부러뜨리며 그렇게 말했다.

장려회 경험이 있는 이 사람도, 그런 행위에 직면했을 것이다.

그러고 보니 사저 때도 『타도 소라 긴코 모임』이라는 게 만들어졌었지. 그건 성별보다 본인의 성격 때문에 가까웠지만······.

"그럼 샤칸도 선생님은 프로 기사와의 대국 성적이 매우 좋았나요? 그래서 《킬러》라고 불리게 됐다든지."

"아냐. 한 3할 정도였어."

"3할?"

그래도 충분히 뛰어나다.

하지만 《킬러》라고 불릴 정도일까?

"재미있는 걸 가르쳐 줄까? 당시의 회장에게 반발하던 기사의 비율이 딱 3할이었어."

"""……!!!"""

그 말은, 즉──.

"알겠지? 그 애는 회장의 전속 암살자였던 거야."

지금 회장은 츠키미츠 세이이치 9단이지만, 방금 말한 회장은 당연히 다른 인물이다.

전 회장도, 그 전 회장도 칸토의 기사로, 장기 집권을 했었다.

그 권력의 원천은…….

"기사는 개인사업자의 모임이며, 하나같이 어린애 같은 녀석들이거든. 장기 실력으로 따르게 만드는 방법밖에 없어. 그래서 이사나 회장에는 실적이 있는 현역이 취임하는 경우가 많은데…… 그래도 말을 안 듣는 녀석은 꼭 있지."

"그때는 《킬러》가 나선다는 겁니꺼?"

프로가 프로에게 지더라도 『수치』는 되지 않는다.

하지만…… 여류기사가 상대라면?

"망령이 든 스승의 소망을 이뤄주기 위해, 그리고 여류기사의 지위를 끌어올리기 위해, 그 애는 권력이 필요했어. 당시의 회장은 권력을 유지하기 위해 《킬러》가 필요했던 거야. 지금은 말도 안 되는 소리지만, '여류에게 지면 은퇴한다'고 공언하던 고단자도 있던 시절이거든."

"""…………."""

어렴풋이 드러난 어둠이 너무나도 깊었기에, 숨 쉬는 것조차 잊으며 이야기에 몰입했다.

"프로 기전에 여류가 출전할 수 있게 한 것도, 리나 양을 프로와 쉽게 맞붙도록 하기 위해서였어."

확실히 이사회가 손을 쓴다면, 대진은…… 누구와 누가 대국을 할지를 어느 정도 조작할 수 있을 것이다.

"그리고 이사회에게 복종하는 녀석은 도와주고, 반항적인 녀석은 인정사정없이 죽였던 거야. 여류에게 지면 팬이 떠나고, 기업 장기부의 고문이나 개인 지도 같은 수입도 끊어지지. 대국료가 지금만큼 많지 않던 당시에 그것은 프로로서 죽음을 의미해."

"자, 잠깐만요! 샤칸도 선생님이…… 일부러 져 주기도 했다는 건가요?!"

"확실한 증거는 없지만 말이지. 기보를 봐도 봐준 흔적은 없어. 하지만——."

"하지만? 뭐죠?"

"옛날에는 그것도 장기 기술로 여겨졌어. 『진검사(眞劍師)』라 불리는 녀석들이 아직 존재하던 90년대 초에는 말이야."

"어이어이, 이야기가 갑자기 수상쩍어지는 거 아냐? 아앙?"

츠키요미자카 씨의 눈에는 명확한 살의가 어려 있었다.

당연했다. 지금 자신들이 거머쥔 지위가 그런 더러운 거래 끝에 생겨난 것이란 말을 듣고 '아하, 그랬군요.'라며 납득할 수 있을 리가 없다.

"그 할망구가 엉터리 대국을 했다고? 증거는 있어? 있냐고."

"있어."

"그게 뭔데?"

"나한테 져 줬거든."

"윽…………."

츠키요미자카 씨도 그 말을 듣고 말문이 막혔다.

하지만 제자는 바로 납득했다.

"그라믄 확정입니데이."

"그렇지? 뭐, 장기계나 스모계나 옛날부터 승부 조작이 존재하긴 했어. 대국 전에 수상한 전화가 오는 일도 있었지."

"전화라니…… 직접적으로 승부 조작을 제안하는 건가요?"

"아냐. 은행 계좌만 말하고 끊어."

"은행 계좌?"

"거기로 돈을 넣으면 져 주겠다. 안 넣으면 끝장 승부다. 패배가 많은 상황에서 이런 걸 당하면, 확 돈을 넣고 싶어지는 법이지."

다행히 돈이 없어서 주고 싶어도 못 줬지만 말이야…… 노사는 그렇게 말하며 씨익 웃었지만, 나는 전혀 웃을 수 없었다.

"이야기가 옆으로 샜는걸. 으음, 어디까지 이야기했더라?"

"샤칸도 선생님이 역대 회장을 위해 이런저런 일을 했다는 부분까지입니데이. 나이를 먹으면 5분 전 일도 기억 못 하는 겁니꺼?"

"맞아. 연맹 회장직을 옛날부터 칸토가 독점했고, 그런 회장한테 가장 큰 눈엣가시가——."

"칸사이……."

내가 짤막하게 답하자, 카야오쿠 선생님은 만족한 듯이 고개를 끄덕였다.

"그런 칸토와 칸사이가 어떤 일을 둘러싸고 본격적으로 다툰 시기가 있지. 뭔지 알아?"

"글쎄요? 항상 티격태격하는 느낌인데요……."

칸사이 사람은 칸토 사람을 '폼잰다' 면서 질색하고, 칸토 사람은 칸사이 사람을 '짜증난다' 면서 멀리하며 서로에게 혐오감을 품고 있다. 나는 《서쪽의 마왕》이라고 불릴 지경이다. 평범하게 장기를 뒀을 뿐인데 말이지~?

하지만 노사의 입에서 나온 것은 내 예상을 아득히 능가하는 규모의 발언이었다.

"장기회관 재건축 문제야."

"윽?! 그, 그 일과 연관되어 있는 건가요……?"

어제, 아키라 씨의 회사가 동서 장기회관을 다시 짓는다는 발표가 있었다. 그 위원장을 샤칸도 선생님이 맡는다는 것도 같이 발표됐다.

인과관계가 장기판 위의 장기말처럼 복잡하게 얽혀 있다…….

"칸토의 장기회관을 재건축하는 건 좋아. 당시에도 심하게 노후됐거든. 하지만 그 비용을 마련하기 위해, 이사회는 아직 새 건물이었던 칸사이 장기회관을 팔려고 했어. 오사카역에서 걸어서 갈 수 있는 데다, 대로변에 있는 일등지잖아. 빌딩을 통째로 팔아치우고 더 싼 토지를 사거나, 아니면 다른 빌딩을 빌려서 대국하면 된다고 한 거야."

"칸사이 측은 열이 뻗쳤겠군요."

"당연하지. 《나니와의 제왕》 자오 타츠오 9단을 필두로, 단결해서 철저 항전 태세를 보였어. 아예 연맹을 둘로 나눠서 새로운 단체를 만들자는 이야기까지 나온 거야."

프로레슬링을 좋아하는 자오 선생님이라면 그러고도 남는다. 신일본 장기연맹 같은 걸 만들 것 같다.

"하지만 칸사이의 규모는 칸토의 1/4 정도잖아요? 독립해도 유지하기 어렵지 않을까요?"

"핵심은 사상 최연소 명인인 츠키미츠 세이이치였어."

"앗!"

맞아. 그 시절이면──.

"당시는 현 명인의 7관 달성에 따라 무관까지 추락했던 츠키미츠가 다시 명인으로 올라섰던 시절이지. 영세명인 자격자로서 17세 명인이 되었고, 용왕 타이틀까지 손에 넣어서 제2의 전성기를 맞이했어."

"아하……. 확실히 그 시절이라면 독립하자는 이야기가 나올지도 모르겠네요."

칸사이의 절정기라고 해도 과언이 아니다.

그리고 츠키미츠 선생님이 타이틀을 잃은 후로는 《휘젓기의 마에스트로》가 두각을 보일 때까지, 칸사이는 암흑기에 돌입한다. 지금은 내가 있지만 말이야!

"《킬러》의 표적은 츠키미츠 세이이치였어. 칸사이의 지보인 용왕 명인을 여류기사가 쓰러뜨린다면 '칸사이 기사는 별것 아니다' 가 되지. 새로운 단체를 만들더라도 스폰서가 붙지 않을 거야."

쿠구이 씨는 어처구니없다는 투로 중얼거렸다.

"용왕 명인을 여류기사가 쓰러뜨리면 장기계 전체가 피해를 보는 거 아닙니꺼?"

"그런 머리가 돌아가는 녀석들이라면 애초에 대립하지 않아."

"하지만 츠키미츠 회장님과 샤칸도 선생님이 공식전에서 대국을 둔 적은 한 번도 없을 텐데요?"

내 기억으로는 분명 그러했다.

왜냐하면 얼마 전에 샤칸도 선생님이 둔 공식전 기보를 데이터베이스로 전부 살펴봤거든. 이유는 말하지 않겠다.

"그래. 칸사이에 홀로 쳐들어온 《킬러》도, 결국 츠키미츠 세이이치에게 도달하지 못했어. 그 전에 붙은 강철의 벽한테 막혔지."

강철의…… 벽?

"리나 양은 말이야. 노렸던 표적을 절대로 놓치지 않았지. 상부에서 의뢰한 상대는 확실하게 죽였어…… 단 한 명을 빼고 말이야."

"그 상대가 강철의 벽인가요?"

"그래. 첫 대국에서 진 후로, 한 번도 이기지 못한 거야. 장기 자체가 성립하지 않았지."

칸사이 기사이며, 샤칸도 선생님과 대국을 한 적이 있으며, 당시에 아직 젊었다?

으음…… 생각이 안 나는걸.

"하지만 샤칸도 선생님은 젊은 시절의 나타기리 씨나 오이시 씨도 날려버렸잖아요? 그런데 어째서——."

"사랑에 빠지고 말았거든."

너무 뜻밖의 단어가 튀어나오자, 내 머릿속은 새하얗게 됐다.

사랑? 이라니——.

"샤, 샤칸도 선생님이…… 대국 상대를 좋아하게 된 건가요?!"

"그래. 결혼 직전까지 갔어."

"겨——."

"""결호오오오오오오오오오오오오오오오오오오온?!"""

아니, 잠깐만? 저기…… 어? 잠깐만?

애초에 샤칸도 선생님의 이야기를 듣게 된 것은, 아유무의 프러포즈를 성공시켜 주기 위해서인데…….

——샤칸도 선생님에게 좋아하는 상대가 있다면, 그 시점에서 게임 끝 아니야?

어, 엄청난 폭탄을 캐내고 말았어…….

"칸토의 여류기사 사이에서는 꽤 유명한 이야기인데 말이야. 료 양은 모르나 보지?"

"뭐, 나는 친구가 적거든."

츠키요미자카 씨는 혀를 차면서 눈앞의 테이블 위에 거칠게 다리를 올려놨다. 하긴, 친구가 없을 거야. 이 사람은 완전 양아치거든. 무섭네.

　한편──.

　"…………."

　쿠구이 씨는 아무 말도 하지 않았다. 저 반응을 보아하니, 이 사람은 처음부터 전부 알고 있었으면서 일부로 입 다물고 있었던 패턴이다. 암여우는 더 무섭네.

　"재미있는 구경거리였지. 나는 아침부터 카메라를 들고 칸사이 장기회관 앞에서 《킬러》가 오기를 기다리고 있었어. 어쩌면 칸사이 녀석들이 대국실에 들어서기 전에 리나 양을 납치할지도 모르잖아? 당시에는 그 정도로 칸토와 칸사이의 사이는 그 정도로 험악했고, 샤칸도 리나란 존재는 그 정도로 기피되고 있었거든."

　"아무리 그래도 납치는……."

　"하지만 그걸 걱정한 사람은 나만이 아니었어."

　"윽?! 누가──."

　"리나 양의 그날 대국 상대가, 나보다 먼저 장기회관 앞에서 기다리고 있었던 거야."

　20년도 더 된 광경이, 어찌 된 건지 내 머릿속에 똑똑히 떠올랐다.

　나니와스지 대로를 천천히 걷는, 젊고 아름답지만, 살기를 두른 샤칸도 선생님의 모습.

　그리고 붉은색 벽돌 건물 앞에 선…… 듬직한 남자의 모습이 말이다.

"그 기사는 자기를 죽일 총을 품에 넣고 있는 상대에게……<ruby>장기말</ruby> 지팡이를 짚으며 걸어오는 킬러를 향해, 빙긋 웃으며 이렇게 말한 거야. '당신과 장기를 두는 날을 고대했습니다. 자, 손을 이리 주십시오.' 라고 말이지."

여류기사라는 사실만으로도 경멸당하던 시대에.

《킬러》라 불리며, 더러운 일을 맡았던 자신에게.

자기가 죽이려던 상대가 누구보다도 자신에게 상냥하게 대해 준다면…….

"반할 만도 하네."

양아치…… 츠키요미자카 씨조차 눈을 약간 반짝이며 그렇게 말했으니, 귀족 취향인 샤칸도 선생님이라면 휙 넘어가 버릴지도 모른다.

카야오쿠 선생님도 진지한 목소리로 말했다.

"좋은 남자라고 생각했어. 사형인 츠키미츠 세이이치의 그림자에 가려서 눈에 띄지 않았지만, 언젠가 명인이 될 남자라고 생각했어……. 그 사내다움에, 이제까지 남자한테 전혀 흥미가 없던 《킬러》마저 한 방에 녹아웃되고 말았거든!"

어? 사형? 츠키미츠 선생님이?

그럼 강철의 벽이란 사람은…… 츠키미츠 선생님의 사제?

"어……?"

카야오쿠 선생님이 지금 누구 이야기를 하는 것인지, 나는 어렴풋이 눈치챘다.

눈치챘지만…… 뇌가 그 이름을 도출하는 것을 거부했다.

왜냐하면…….

"저기, 잠깐만요? 그…… 그 사람은, 설마——."

내 절친의 사랑을 방해하고 있는 게, 내—— 인 것이다.

"바로 그 설마지. 드디어 눈치챈 거냐? 용왕."

입가를 슬쩍 말아 올린 노사는 그 이름을 입에 담았다. 강철의 벽의 이름을 말이다.

"키요타키 코스케. 네 스승이야."

♟ 서툰 사람들

여류명적전 제4국 전날.

나는 도쿄에서 대국지로 향하는 관계자 일행과 마주치지 않도록 조심하면서, 신칸센을 타고 서쪽으로 향했다.

"설마 도쿄와 오사카를 이렇게 왕복하게 될 줄은 몰랐어…….
그것도 대국 때문이 아니라, 전혀 다른 일 때문에……."

사랑의 큐피드조차도 조금은 더 차분하게 활동할 것 같은데.

오사카의 노다에 있는 키요타키 일가의 집에 도착한 것은 점심 때를 약간 지났을 즈음이었다.

"다녀왔습니다~."

이 집에 올 때는 곡 그렇게 말하라고 케이카 씨에게 교육받았기에, 내제자를 졸업한 후에도 나와 사저는 그렇게 말하며 집 안으로 들어간다. 맞이해 주는 케이카 씨도 '잘 다녀왔니?' 라고 말해 주는 게 정석이다.

하지만 오늘, 나를 맞이해 준 건…… 이 집의 주인이었다.

"왔나."

"사부님? 케이카 씨는요?"

"2층이데이. 내가 좀 화나게 했다 아이가."

2층으로 이어지는 계단을 힐끔 쳐다본 후, 사부님은 이 집 안쪽에 있는 다다미방으로 향했다. 나도 신발을 벗고 그 뒤를 따랐다.

"그런데 야이치."

앞장을 서던 사부님이 꾸짖는 투로 말했다.

"여류명적전 제3국 때, 대기실에 왔었제? 와 사부인 내한테 인사도 안 한기고?"

"책을 낸 바람에 바빴어요. 사부님은 낸 적이 없어서 모르겠지만요."

"니의 그 요상한 책이 팔리긋나. 안 내는 편이 낫데이."

"또 억지 부리신다."

사부님이 책을 읽어 줬다는 게 기쁜 나머지, 무심코 밝은 목소리로 그렇게 말했다.

나에게 말도 없이 아이를 도쿄로 보낸 것과, 긴코가 지금 어디에 있는지 가르쳐 주지 않는 것 때문에 아직 응어리가 남아 있었다.

하지만…… 시간을 두고 냉정하게 생각해 보니, 사부님이 옳았다는 생각이 들었다. 내 힘이 부족했다는 사실을 인정하는 것 같아서 분하지만 말이다.

"이제부터 현지에 갈 끼가?"

"갈지도 모르고, 안 갈지도 몰라요. 제가 간다고 결과가 달라지진 않을 거잖아요."

"아이는 힘을 얻을 거데이. 고집은 그만 부리는 게 어떻겠노?"

"딱히 고집을 부리는 건……."

"상대는 강적이데이. 그런 성격의 애라도, 니 조언이라면 들을 기다. 조언 행위는 금지되어 있지만, 현지에서라면 그 정도는 다들 눈감아줄 기다."

"확실히 샤칸도 선생님은 타이틀전 경험도 풍부하시니까요. 하지만 경험 차이 운운을 하다간 평생 이기지 못할 거예요."

"내가 말하는 건 그 아이가 아닌 기다."

"야샤진 아이 말인가요?"

샤칸도 선생님과의 일 때문에 여류명적전 이야기일거라고 생각했는데, 그러고 보니 거의 같은 스케줄로 진행되는 여왕전과 여류옥좌전도 제4국을 맞이했다.

하지만 그쪽은 걱정 없다.

"야샤진 아이는 두 번째 타이틀전이니까, 눈곱만큼도 걱정 안 돼요! 작년에 사저 상대로 후수에서 천일수를 얻어낼 만큼 장기도 완성——."

"그 애의 장기는 지금 엉망진창이데이. 양쪽 다 한 번만 더 지면 타이틀을 놓칠 상황인 기다."

"네?!"

"상대는 여자라고 해도 연상의 장려회 3단 아이가. 이번에는 한 수 배울 생각으로 싸우고 있는 거 아니긋나? 이상한 서반을 뒀다가 혼자 자빠진 듯한 장기도 몇 번 있었데이."

"아이가………… 그런가요……."

하지만 나에게 전화해 줬을 때는 여유로워 보였다. 설마 나에게 도움을 청하는 신호였던 걸까? 그런 느낌은 없었는데…….

"영차……. 자, 앉그라."

다다미방으로 나를 안내한 사부님은 상석에 앉았다.

나는 좌탁을 사이에 두고 맞은편에 앉았다. 평소 같으면 차를 내올 케이카 씨가 2층에서 내려오지 않기에, 다과는 없었다.

"그런데, 칸나베 군이 리나 양에게 반지를 내밀고 프러포즈를 했다는 게 사실이가?"

"사실이에요. 본인은 완전 진지하다니까요."

"그 소년이……."

아유무는 샤칸도 선생님을 따라서 이 집에 왔다가 묵고 간 적이 몇 번 있다. 사부님에게 자주 '망루를 가르쳐 주세요.'라며 지도 대국을 요청했고, 올곧고 소질 있는 아유무의 장기와 성격을 사부님도 마음에 들어있다.

그리고 두 사람은 공식전에서…… B급 2조 순위전에서 대국을 하기도 했다.

그 사투를 볼 때는, 두 사람이 기사의 자존심만을 걸고 싸우는 것 같았다.

하지만 이제 와서 다른 감정도 복잡하게 얽혀 있다는 것을 알았다. 그래서 아유무는 그토록 감정적이었던 걸까.

——결혼하고 싶을 만큼 동경하는 누나의 전 남친과 싸우는 거나 마찬가지였잖아.

하지만 사부님은 서반에 실수를 범하긴 했지만, 대국이 끝날 때까지 냉정함을 잃지 않았다.

그 차이가 신경 쓰였다.

지금의 사부님이…… 샤칸도 선생님을 어떻게 생각하는지가 말이다.

"그러니 가르쳐 주세요. 사부님과 샤칸도 선생님의 관계를."

칸토에서는 소문이 무성하게 돌고 있으며, 그 안에는 진실도 섞여 있을 것이다.

하지만 결국, 진상은 본인들만 안다. 두 사람이 서로를 어떻게 생각하고 있었는지…….

그래서 확인할 필요가 있다. 두 사람에게 직접.

"두 분은 결혼 직전까지 갔다고 들었어요. 그게 사실인가요?"

"주위에서 막 밀어붙인 건 사실이데이……."

사부님은 미묘한 표현으로 그 사실을 인정했다.

"리나 양의 스승이신 아시가라 선생님과, 내 스승 격이신 자오 선생님 사이에서 이야기가 오갔제. 본인들은 모르는 데서 말이데이……. 장기 회관 재건축 때문에 칸토와 칸사이가 다툰 건 아나?"

"《노사》께서 이야기해 주셨어요. 츠키미츠 선생님을 해치러 온 샤칸도 선생님을, 사부님이 막았다면서요?"

"응. 내와 리나 양의 혼인은 그 화해 의식 같은 것인 기다."

"정략결혼인가요?"

"그렇게 거창한 것일 리가 없다 아이가."

사부님은 수염을 살짝 잡아당기면서 말했다. 부끄러움을 숨길 때의 버릇이다.

"장기회관 재건축 문제를 없던 일로 하는 대신, 칸사이는 당시의 정권을 지지한다. 그리고 《킬러》 같은 행위에서 리나 양을 해방해 준다…… 내로서는 마지막 조건이 가장 중요했데이."

"그럼 사부님도 마음이 없었던 건 아니네요?"

"후우……."

기나긴 한숨을 내쉰 후, 사부님은 이렇게 말했다.

"내한테는 과분할 정도로 미인이었고…… 무엇보다 장기가 아름다웠데이."

"장기가……."

"진검사의 제자인 데다, 여류기사. 색안경을 끼고 보는 기사도 많았지만, 내가 리나 양과 처음으로 공식전에서 둔 장기는 완전 본격파 서로 망루데이. 그야말로 명인전에서 둬도 손색이 없을 정도로 격조 높은 장기였던 기다."

『격조』나 『본격』 같은 단어는 요즘 듣지 못한다. 컴퓨터는 표현할 수 없다고 여겨지는, 인간적인 장기에 대한 칭찬이다.

"가 장기는 올바르기 그지없었데이. 그런데 그런 사람이 자기 자신을 굽힐 수밖에 없다면, 그런 장기계는 잘못됐다고 생각했던 기다."

사부님다운 대답이다.

상대의 외모와 성격보다, 장기의 아름다움을 칭찬한다. 마치 20세기에서 온 듯한 장기 바보이자…… 나와 긴코가 동경한, 세상에서 가장 촌스럽고 멋진 기사다.

샤칸도 선생님이 좋아하게 된 것도 이해가 된다. 진심으로 그렇게 생각했다.

하지만 신경 쓰이는 점도 있다.

이제까지의 이야기를 들어볼 때, 사부님은 샤칸도 선생님을 좋아한다기보다…… 동정하는 것처럼 느껴졌다.

"하지만 결국…… 사부님은 재혼하지 않으셨죠? 왜죠?"

"죽은 아내를 잊지 못했데이. 그뿐이다."

사부님은 짤막하게 답한 후, 덧붙여 말했다.

"날이 갈수록 아내를 닮아가는 딸이 눈앞에 있었다 아이가."

"아……."

"실은 제3국 후에 케이카도 내한테 같은 질문을 했데이. 그래서 이렇게 대답해 줬더니, 삐친 기다. '뭐든 다 내 탓으로 돌리지 마.' 라믄서…… 그럴 생각은 없었는디……."

"사부님."

나는 모으고 앉은 무릎을 움켜쥐면서 물었다.

"혹시, 우리 내제자 때문에——."

"긴코와 니를 제자로 들인 건, 리나 양과의 혼담이 깨진 후데이. 니들이 원인일 리가 없다 아이가. 괜히 책임 느끼지 말그라."

"네……."

"그르니 더는 옛날 일을 캐지 말아도."

"윽……!"

상냥하지만, 굳은 어조로 사부님은 말했다.

마치 강철의 벽 같은 굳은 결의가 그 목소리에 담겨 있었다.

"츠키미츠 씨가 전부, 깨끗하게 정리해 줬데이. 장기회관 재건축 문제도 그렇고, 여류기사의 지위도 향상됐다 아이가. 그러니 니들은 아무 걱정 말그라."

그것은 상냥함이라는 탈을 뒤집어쓴 명령이었다.

"낡은 장기회관과 함께, 낡은 장기계도 사라질 기다. 니들에게는 깨끗한 것만 남겨주고 싶다는 부모 마음인 기다. 츠키미츠 씨도, 내도, 리나 양도…… 니와 아유무 군과 아이가 그저 장기에 집중하기를 바란데이. 과거를 버리고 밝은 미래를 만들어나가기를……."

사부님이 하고 싶은 말은 이해가 된다.

그것이 애정에서 비롯된 말인 것도 안다. 컴퓨터가 인류의 경험을 전혀 활용하지 않으며 만들어낸 새로운 장기가 현대 최강인 것처럼, 과거에 집착해서는 미래를 놓치고 만다. 강해지기 위해서는 앞만 보며 나아가야만 한다.

하지만.

"그럼………………."

──그럼 긴코는 어떻게 되는데?

"……………………………."

나는 차마 그 말을 입 밖으로 토하지 못했다.

그 애는 사부님이 말하는 『낡은 장기계』의 일부 아닐까? 샤칸도 선생님처럼 너무 강해진 바람에 『윗』사람들에게 이용당했고, 제도의 틈바구니에서 발버둥 친 끝에…… 으스러지고 만 그 애는…….

──그 애는 샤칸도 선생님과 같지 않나요?

과거를 알면 알수록 그런 생각이 강해졌다. 히나츠루 아이와 야샤진 아이의 활약이 사람들의 기억에서 《나니와의 백설공주》를 지워버리는 것이 두려웠다.

게다가, 전부 몰랐던 것으로 치부한다면…… 언젠가 같은 실수를 되풀이하고 말 것이다. 옛날의 정석을 몰라서 지는 것처럼 말이다.

"옛날이야기는 이걸로 끝이데이! 오늘은 이대로 제4국의 대국장으로 갈기가?"

"아, 여기서 자고 갈까 해요……. 그리고 저는 여류명적전에 간다고는 한마디도 안 했거든요?!"

"그래."

사부님은 고개를 끄덕인 후, 천장을 올려다보며 말했다.

"그럼 2층에서 삐쳐 있는 반항기 딸내미에게 방금 이야기를 해주지 않긋나?"

△ 다녀왔어!

여류명적전 제4국은 오카야마현 쿠라시키시에서 치러졌다. 고속철도를 이용하면 오사카에서 한 시간 반에 갈 수 있는 장소지만, 나는 처음 와 본다.

한편, 샤칸도 선생님은 이미 스무 번 넘게 이곳을 찾았다.

"쿠라시키의 여러분, 다녀왔어!"

전야제에서 샤칸도 선생님이 그렇게 인사하자, 그 자리에 모인 쿠라시키의 장기 팬들이 환호했다.

쿠라시키는 여성 시장이 20년 넘게 시장을 맡고 있으며, 장기계에서 활약하는 여성을 응원하겠다는 취지로 여류 타이틀전을 유치했다.

당시부터 쭉 여류명적이었던 샤칸도 선생님은 시장의 기대에 부응하기 위해, 타이틀전에 부응하기 위해, 타이틀전에 맞춰 아마추어 대회와 어린이를 위한 장기 교실을 계속 개최해 왔다. 대국 후의 피로가 남은 상태에서도, 직접 지도 대국을 할 정도로 힘을 쏟고 있다.

선생님의 모든 행동에는 이유가 있으며, 여류기계 발전을 위해 모든 인생을 바쳐왔다는 것이 타이틀전에서 동행하면서 느껴졌다…….

이 『○○의 여러분, 다녀왔어』라는 인사도 샤칸도 선생님은 전야제에서 꼭 쓰는 단골문구이며, 그것은 전에도 이 장소에 온

적이 있다는 의미다.

나는 『처음 뵙겠습니다』인데, 선생님은 『다녀왔어』.

하코네와 카마쿠라만이 아니다. 이 일본 전체가 샤칸도 선생님의 홈그라운드이며…… 그것은 대국장만이 아니라는 것을, 나는 다음날 알게 된다.

"시간이 되었으니, 샤칸도 여류명적의 선수로 대국을 시작해 주십시오."

입회인의 신호에 맞춰 예를 표했다.

처음에는 긴장됐던 이 순간도, 네 번이나 경험해서 그런지 익숙해졌다.

게다가 이번에는 후수다. 상대가 어떻게 나오는지 보고 대응할 수 있기에, 나는 어깨에 들어간 힘을 뺐다.

──제3국 때처럼 너무 긴장하진 말자. 마음을 편히 먹고 수를 두는 거야…….

『평소처럼 두면 이길 수 있어』라는 로쿠로바 선생님의 조언인지 위로인지 알 수 없는 말이 지금은 참 믿음직했다.

"그럼…….

샤칸도 선생님의 첫 수는── 비차 앞의 보를 전진시키는, 2육보.

"""오오!!"""

첫수를 촬영하려고 모여든 보도진이 무심코 탄성을 터뜨렸다.

"여류명적은 서로걸기를 선택하는 건가?!"

"제3국에서는 이겼지만, 개막 때부터 연패했던 전법이잖아?"

"엄청난 배짱…… 아니, 도전자의 특기 전법을 완전히 꿰뚫어 봤다는 걸까……?"

단 한 수.

첫수를 뒀을 뿐인데, 다양한 의도를 읽을 수 있다. 하지만 그 안에서 무엇이 정답이고 무엇이 오답인지 알아내는 건 불가능에 가깝다. 단판 승부인 토너먼트에서는 느낄 일이 없는 이 선승제 승부의 중압감에, 나는 벌써 짓눌리고 있었다.

이 전개는 당연히 예상했다.

그에 맞설 전법도 준비해 뒀다.

하지만…… 첫수 2육보를 이렇게 두 눈으로 보자, 망설임이 생겨났다.

"뭐야. 안 두잖아?"

"벌써 5분이나 저러고 있는걸……."

보도진이 짜증을 내기 시작했다. 좀 더 마음을 진정시킨 후에 두고 싶었지만…… '빨리 둬'라는 실내 분위기에 재촉당한 것처럼, 내 손은 자연스럽게 장기판 위로 뻗어나갔다.

나는―― 각의 길을 여는, 3사보를 뒀다.

""서로걸기 회피?!""

찰칵찰칵 하고 카메라의 플래시가 터졌다.

"호오."

홍차를 마시던 샤칸도 선생님이 약간 놀란 듯이 한숨을 쉬었다. 그리고 찻잔과 찻잔 받침을 내려놓은 후, 각의 길을 열었다.

다음 한 수를 두는 데는 용기가 필요했다.

"윽……!!"

나는 손가락 끝에 힘을 주며, 중앙의 보를 전진시켰다.

아까와 비교도 되지 않는 술렁거림이 생겨났다.

"""어어어어엇?!"""

놀라는 것도 무리는 아니다. 내가 선택한 작전은, 분명 누구도 예상하지 못했을 것이다.

내가…… 몰이비차를 뒀으니 말이다.

"싱글벙글 중비차인가. 예상 밖의 장기를 준비했는걸?"

'예상 밖' 이라고 말하면서도, 샤칸도 선생님의 표정에는 놀란 기색을 찾을 수 없었다. 오히려 즐기는 듯한 여유마저 느껴졌기에, 나는 벌써 후회에 사로잡혔다.

《이너털 퀸》은 앉은비차도, 몰이비차도 둔다. 명인과 마찬가지로 완벽한 올라운드 플레이어.

아니, 여류기사 중에는 몰이비차파가 프로 기사보다 많다. 그러니 몰이비차를 상대해본 경험만 본다면 명인 이상일지도 모른다.

그야말로, 진정한 올라운드 플레이어.

──그 어떤 전법을 써도 받아낼 수 있을 거야……. 그렇다면 역시 서로걸기를 쓰는 편이……?

그런 후회를 떨쳐내려는 듯이…….

"이렇게!!"

나는 비차로 손가락을 가져가서, 세로로 쭉 미끄러뜨렸다.

중앙에 있는 비차를 보자 가슴이 뜨거워졌다. 『싱글벙글 탕』에서 사부님과 함께 몰이비차 수행을 했던 나날이 생각난 것이다.

──텐짱처럼 독창적인 몰이비차를 두는 건 무리지만…… 종반의 휘젓기 대결이라면!!

오이시 미츠루 9단 같은 휘젓기를 머릿속에 떠올리며 진지를 구축했다.

그런 말의 움직임을 본 샤칸도 선생님은 반갑다는 투로 이렇게 말했다.

"흠…… 앉은비차파로 보이지 않을 만큼, 경쾌한 휘젓기구나. 마치 젊은 시절 《휘젓기의 마에스트로》와 장기판을 사이에 두고 마주 앉았을 때 같은 압박이 느껴지는걸."

"윽!!"

"하지만…… 그 소년은 좀 더 강했었지."

이미지하고 있는 인물을 들켜서 동요한 나에게, 샤칸도 선생님은 초스피드로 오른쪽 은을 단독 돌격시켰다!

"초속(超速)……!!"

싱글벙글 중비차 대책으로 가장 유효하다고 알려진, 초속 3칠 은 전법.

물론 대책은 세워뒀다.

하지만──.

"어엇?!"

샤칸도 선생님의 은이…… 3칠 지점을 그대로 지나치며 더 깊숙이 돌진했다!!

초속을 능가하는 속도감으로 돌진하는 은! 내가 미리 세워둔 온갖 대책을 무시하는 것처럼! 믿기지 않을 만큼 강렬하게!

"너…… 너무 빨라?!"

"노인은 성미가 급하거든."

그 은은 마치 잔 다르크처럼, 내 싸기로 돌격했고——!!

♟ 돌아갈 장소

"저 자국. 기억해?"

"응? ……자국?"

케이카 씨가 손가락으로 가리킨, 카펫 구석.

거기에는 동그란 자국이 몇 개나 존재했다.

장기판의 다리 부분이 남긴 네 개의 조그마한 자국. 거기서 조금 떨어진 곳에는 어린애의 무릎 크기 정도의 동그란 자국이 있었다.

"저건 야이치 군과 긴코가 무릎을 대고 있던 위치야."

"아…… 사부님의 말을 듣고 장기판에서 떨어져 앉게 됐었지. 너무 붙으면 문제가 생겨서 말이야."

"툭하면 박치기를 했잖아."

"긴코는 분명 일부러 그런 거야. 자기 차례일 때는 한 번도 안 했거든. 그리고, 장기로 지면 내 머리카락을 잡아 뜯기도……."

나와 케이카 씨는 그렇게 옛 추억을 즐겁게 이야기했다.

하지만 곧 해가 진다.

슬슬 필요한 이야기를 해야 할 것이다. 장기…… 그리고 사부님의 이야기를 말이다.

제4국.

아이가 선택한 전법은—— 중비차.

"후수에서 몰이비차를 두는 건 좋아. 그것 자체는 나쁜 선택이 아니야."

아이의 싱글벙글 중비차는 오이시 씨가 직접 전수한 것이며, 수읽기의 힘에 뒷받침된 휘젓기 감각은 희귀한 재능이다.

"하지만…… 에이스 전법이 봉인되었다고 허겁지겁 기습을 선택해선, 승산이 낮아."

기습은 상대의 예상에서 벗어나야 비로소 의미가 있다.

게다가 샤칸도 리나라는 기사는 온갖 전법에 정통하며, 제3국에서 보여준 것 같은 『자기만의 조그마한 방』을 무수하게 가지고 있다. 오랜 시간에 걸친 독자적인 연구를 통해, 부분적인 결론을 얻은 것이다.

오늘 장기에서도 선생님은 서반부터 보여줬다.

"여기를 봐. 이 29수부터 시작되는 각의 움직임 말이야."

나는 기보 중계의 수를 가리키며 설명했다.

"초속 중에 각을 전환시키는 이 수는 샤칸도 선생님의 독자적인 것이야. 전례는 세 번뿐이고, 전부 다 『샤칸도 리나』가 썼어. 좋고 나쁨을 떠나, 샤칸도 선생님은 자기만이 아는 세계에 발을 들인 거야."

"그 세계라면, 나도 경험해 본 적이 있어."

케이카 씨는 기보에서 눈을 떼며 말했다.

그 시선은 현재가 아니라, 과거를 향하고 있었다.

"마치, 가시나무 숲처럼…… 그 어떤 공격을 펼쳐도 오히려 나만 상처 입을 것 같았어. 공격을 펼치고 있는데, 점점 형세가 나빠지지 뭐야……."

"하지만 케이카 씨는 이겼잖아?"

"운이 좋았을 뿐이야."

키요타키 가 2층에 있는 어린이방.

거기서 나와 함께 아이의 장기를 검토하던 케이카 씨는, 방 한편을 쳐다보면서 이렇게 말했다.

"필사적으로 발버둥을 치다 보니, 러키 펀치가 명중했어."

거기에는 나와 서자가 어린 시절에 획득한 무수한 상장과 트로피가 장식되어 있다.

그중에 딱 하나, 케이카 씨의 것이 있다.

아마추어 시절…… 초등학교 3학년 때, 출전했던 장기 대회에서 3위를 하고 받은 상장이다.

그 상장에는 당시의 사진도 첨부되어 있다.

긴장한 표정으로 상자를 들고 있는 케이카 씨와, 그 옆에 선 젊은 시절의 샤칸도 선생님의 사진이다.

"게다가 지금은…… 내가 실력으로 이긴 게 맞는지, 자신이 없어. 나를 여류기사로 만들어 주려고 일부러 봐준 걸지도 모른단 생각을 하고 말아. 내가……."

"……."

"내가…… 키요타키 코스케의 딸이니까……."

"케이카 씨……."

"장기를 모독하는 짓을 할 분이 아니라는 걸, 머리로는 알아. 하지만…… 감정 정리가 안 돼. 이상한 소리를 해서 미안해."

나는 아무 말도 하지 않았다. 샤칸도 선생님이 《킬러》로 불리며 은밀히 어떤 일을 했는지는 케이카 씨가 모르는 게 그나마 다행이었다.

여류기사가 된 후로는 거의 이기지 못하는 것도 영향을 끼치고 있을 것이다. 사부님과 샤칸도 선생님의 관계를 안 후의 케이카 씨가 너무나도 안쓰러웠기에…….

나는 오사카에 남아서, 오래간만에 케이카 씨와 함께 시간을 보내기로 했다.

이 제4국.

나는…… 쿠라시키에 가지 않았다.

오사카에서 두 시간이면 도착하지만, 두 사람의 대국을 볼 용기가 없었다.

아이를 응원하기는 했다. 얼굴을 마주할 마음은 아직 없지만, 그 생각만은 흔들리지 않았다.

하지만 그와 동시에, 샤칸도 리나의 너무나도 처절한 과거를 안 바람에, 아이의 승리만을 순수하게 바라는 것은 어려워졌다…….

솔직하게 말하겠다.

나는 쭉 아유무의 프러포즈가 실패하기를 바랐다.

그 프러포즈가 성공하는 모습을 보는 게 두려웠다. 나이 차이가 있는 사제지간이 맺어지는 광경을 목격한다면…… 내 안의 무언가가 무너지고 말 것 같았다.

무시해버리기에는, 아유무와 샤칸도 선생님은 나와 너무 가까운 사람들이니까…….

하지만 지금은.

나는 아유무를 기른 샤칸도 선생님에게 공감하고 있다. 사부님을 사랑한 샤칸도 선생님이, 누구보다 행복해졌으면 한다고 생각하기 시작했다.

그리고…… 샤칸도 선생님에게 있어 최고의 행복이 뭔지 진지하게 생각하기 시작했다.

"이게 샤칸도 선생님의 노림수 아니었을까?"

"노림수? 그게 뭔데?"

"대국 상대가 망설임을 품게 하는 거야."

나는 머릿속에 떠오른 생각을 그대로 입에 담았다.

"예를 들어…… 아이가 모든 대국에서 서로걸기를 뒀다면, 샤칸도 선생님이라도 곤란했을 거야. 나조차도 아이의 서로걸기에 당할 뻔한 적이 있거든."

"…………."

케이카 씨는 아무 말 없이 내 이야기를 들어줬다.

"하지만 아이는 이번 대국에서 그 기회를 내팽개쳤어. 샤칸도 선생님의 첫수 2육보에, 비차 앞의 보를 전진시키는 8사보로 맞서지 못한 거야."

나는 말을 하면서, 떨쳐낼 수 없는 위화감이 들었다.

정말 그럴까?

샤칸도 선생님의 노림수가 과연 그것일까? 서로걸기를 또 둔다면, 진짜로…… 아이에게 기회가 찾아올까?

──그렇게 단순한 이야기가 아니다.

승부사의 본능이 나에게 속삭이고 있다.

샤칸도 리나가…… 《킬러》가 진정으로 두려워하는 건, 그런 깜찍한 짓이 아니라고 말이다.

현시점에서 딱 하나, 알 수 있는 건──.

"샤칸도 선생님은 선승제 승부를 하고 있어. 하지만 아이가 하는 건 게임 공략의 발표회야."

매정하지만, 그렇게 말할 수밖에 없다.

아이는 상대를 보고 있는 것 같지만, 보고 있지 않다. 자신이 그나마 잘 둘 수 있는 전형을 순서대로 두고 있을 뿐이다.

샤칸도 선생님은 그것을 간파해서, 대처했다……. 아이는 자기가 기습을 날렸다고 생각하지만, 오히려 그 전법 탓에 상대의 기습에 걸려들고 말았다.

"승부는 최종국."

아직 제4국이 이어지고 있지만, 결말은 누가 봐도 명확했다.

샤칸도 선생님의 변칙적인 초속은, 아이의 싱글벙글 중비차를 완전히 봉쇄했다.

장기말로 휘젓는 건 고사하고 공세조차 제대로 펼치지 못한 채, 몰이비차는 무참하게 짓밟히고 있었다. 마에스트로가 본다면 분노를 터뜨릴 정도로 꼴사나운 장기였다.

"선후수가 어떻게 되든 간에…… 자기가 돌아갈 장소가 어디인지 깨닫지 못한다면, 결국 같은 일이 되풀이될 뿐이야."

아이가 돌아갈 장소.

거기가 어디인지——.

"시험받고 있는 건, 나일지도 몰라."

자신이 내제자 생활을 보낸 사부님의 집 아이들 방에서 케이카 씨와 나란히 앉은 채, 나는 그렇게 중얼거렸다.

카펫에 남아 있는 조그마한 무릎 자국을 응시하며…….

여류명적전 제4국은 109수만에 여류명적의 승리로 끝났다.

도전자가 일찌감치 2승을 거두면서 타이틀 탈취에 장군을 걸었던 이 선승제 승부는, 최종국까지 이어지는 대혼전이 됐다.

승수는 동일. 하지만 흐름은 완전히…… 샤칸도 리나 쪽으로 넘어갔다.

제4보

칸나베 아유무

나타기리 진

△ 기억 속에서

"도착했어. 일어나, 야이치."

"흠냐……?"

코를 잡힌 바람에 잠에서 깨어나 보니, 은색 머리의 일곱 살 여자애가 언짢은 표정으로 내려다보고 있었다.

맞아. 생각났어. 나는 이 여자애…… 긴코와 함께 고속철도를 타고 도쿄에 왔어.

"어느새 잠들어 버렸네. 이번에는 꼭 후지산을 볼 생각이었는데…… 시즈오카는 왜 그렇게 긴 걸까?"

"몰라. 바보."

창가 좌석에 앉아있던 긴코는 나를 밀치며 통로로 나가려 했다. 하지 마. 그러다 넘어져…….

"어이~! 아유무~!!"

시나가와역에서 내린 후, 신주쿠에서 아유무와 합류했다. 약 두 달만의 재회였다.

우리를 본 아유무는 약간 놀란 듯한 표정을 지었다.

"항상 손을 잡고 다니는 거야?"

"'사부님의 명이거든.'"

나와 긴코가 한목소리로 말했다. 사부님은 도쿄에 가는 걸 허락해 주는 조건으로 '장기 둘 때 말고는 한 시라도 손을 놓으면 파문'이라고 엄하게 명했다.

앞장을 선 아유무를 뒤따르며 도착한 곳은 역 근처에 있는 커다란 호텔이었다.

"잘 왔느니라. 짐의 제자가 항상 신세를 지고 있구나."

얼마 전, 여류옥장 타이틀을 방어한 샤칸도 리나 여류 4관은 '여류옥장전으로 미야자키에 가 있는 동안, 제자를 맡아준 답례'라면서 우리를 도쿄로 초대해 줬다.

교통비와 체류비도 부담해 주는 데다, 호텔 라운지에서 한 번도 본 적 없을 만큼 호화로운 애프터눈 티세트까지 대접받았다.

열심히 케이크를 먹어대는 우리와 다르게, 아유무는 샤칸도 선생님을 위해 홍차를 타거나 케이크를 접시에 덜었다. 역시 초등학교 5학년쯤 되면 어른스럽네.

"그대들은 항상 손을 잡고 다니는 게냐?"

"네. 사부님의 명이거든요."

이번에는 한목소리로 말하지 않았다. 긴코가 침묵을 지켜서 그렇다.

낯가림이 발동한 연하의 사저를 내가 소개했다.

"내…… 제 사저인 소라 긴코예요. 연수회에도, 장려회에도 속해있지 않아요."

"코스케 씨한테서 자주 이야기를 들었느니라. 만나서 반갑구나…… 라고, 하면 되려나?"

"…………."

긴코는 결국, 제대로 인사하지 않았다. 그래도 케이크는 전부 먹어 치웠다.

"어이~ 아유무. 칸토는 장기회관에서 연구회를 하면 안 된다는 게 진짜야?"

"그래. 기사와 장려회 회원이 너무 많거든."

샤칸도 선생님은 바빠서 한 수 배우지 못했지만, 우리는 아유무의 안내를 받으며 도쿄에 온 목적을 달성하기 위한 활동을 시작했다.

도장 깨기…… 아니, 도장 순회다.

"그래서 도장을 거점으로 연구회를 가져. 도쿄의 도장은 프로의 소굴이지. 거기에 쳐들어가는 게 어떤 의미인지…… 직접 맛보도록 해."

"바라는 바야."

긴코는 자신만만한 투로 그렇게 말했지만, 긴장했다는 건 땀이 밴 손바닥으로 알 수 있었다.

신주쿠에서 시작해, 하치오지, 키치죠지, 카마타, 료고쿠, 오기쿠보, 오카치마치…… 도쿄의 주된 장기도장에 쳐들어가서 무사 수행을 했다.

겨울방학의 일주일 동안, 우리 셋은 장기를 실컷 뒀다.

하치오지에 사는 츠키요미자카 료한테도 말해 보려고 했지만, '관두는 편이 좋을 거야.' 라는 케이카 씨의 조언에 따라 이번에는 관뒀다. 긴코와 만나게 하는 건 위험하다고 한다.

"젠장! 저 아저씨한테 왜 못 이기는 거야……."

도장에는 『보스』 같은 존재가 있으며, 우리는 몇 번이나 벽에 부딪쳤다.

　"결심했어! 오사카에 돌아갈 때까지, 반드시 저 아저씨한테 3연승할 거야!"

　"나는 저 대머리를 담가버릴 거야."

　"긴코, 저 사람은 프로거든?!"

　흉흉한 소리를 하는 사저를 말린 나는 졌는데도 담담한 절친에게 물었다.

　"아유무는? 목표를 세웠어?"

　"A급에 들어갈 거야."

　아유무는 도장 벽에 붙은 리그표를 응시하면서 그렇게 말했다.

　강한 도장에는 보통 리그전을 하며, 정점인 A급에는 아마추어 타이틀 보유자나 장려회 유단자 혹은 젊은 프로 기사의 이름이 들어가 있다. 지금의 우리로서는 대국조차 할 수 없는 사람들이다.

　"우와, 대단해! 저기 들어갈 거야? 이 일주일 만에?"

　"내가 말하는 건 저 A급이 아니야."

　아유무는 장기판을 쳐다보며 그렇게 말했다. 그리고 7년 후, 그 말을 현실로 만들었다.

　"나, 왠지 무지 강해진 것 같아!"

　장기만 두면서 보낸 이 일주일은 순식간에 끝나고 말았다.

　"오사카에 돌아가서 써먹고 싶은 전법도 엄청 많아! 카가미즈 씨한테 한 방 먹일 수 있을까?!"

"히우마 오빠가 그런 이상한 전법에 걸려들 리 없거든?"

그렇게 말한 긴코 또한 손가락이 근질근질한 것 같았다. 장기를 두고 싶어 참을 수 없다는 게 느껴졌다. 손을 맞잡고 있거든.

고속철도 탑승장까지 배웅을 나온 아유무를 손가락으로 가리키며, 나는 선언했다.

"나도 금방 5급이 되어서 따라잡겠어! 3단 리그에서 붙자!"

"그래. 기다릴게."

저 거만한 태도가 마음에 안 들어! 뭐, 내가 6급에서 B가 붙었으니 어쩔 수 없지만 말이야.

"저기."

그런 아유무에게, 긴코는 마지막으로 이런 질문을 던졌다.

"왜 샤칸도의 제자가 된 거야?"

"…………."

아유무의 표정이 굳어진 게 느껴졌다. 자기 스승의 이름을 함부로 불렀기 때문……이 아니다.

나와 긴코는 이 일주일 동안 아유무의 옆에서 장기를 두면서, 몇 번이나 어른들의 이런 말을 들었다.

『스승은 여류인데도 본격파 장기를 두는걸.』

아유무의 재능과 실적이면 최정상급 프로의 제자도 될 수 있을 것이다. 커다란 일문의 비호를 받으며 불편할 것 없이 프로 기사를 목표로 삼는 것도 가능하리라.

그런데…… 왜? 그런 의문에 아유무는 이렇게 대답했다.

"닮았다고 생각했어."

"기풍이?"

"아니야."

열차 문이 닫히기 직전에 아유무가 한 대답을, 나는 평생 잊지 못할 것이다.

"영혼의 생김새가 말이야."

이상한 소리를 하는 녀석이지만…… 그 말만은 신기하게도 내 가슴속으로 자연스럽게 스며들었다. 긴코가 내 손을 꼭 움켜쥐었다. 맞닿은 피부가 뜨거워질 정도로, 세게…….

그리고 나는 열차 안에서 다시 눈을 떴다.

"어라. 큰일 날 뻔했네. 항상 후지산 근처에서 잠들어 버린다니깐……."

시나가와를 지나칠 뻔했다. 지금은 내 코를 잡아서 깨워줄 심술궂고 상냥한 사저가 없으니까, 혼자서 일어나야만 한다.

창가에 빈 좌석을 보며, 나는 말했다.

"그때는 즐거웠다니깐……. 또 가고 싶어져서 내 꿈에 나온 거예요? 사저."

🔔 말 없는 전화

하라주쿠역에는 인파가 몰려 있었다. 그리고 그 인파에 둘러싸인 두 미녀가 있었다.

"늦었잖아, 쓰레기!"

"야이치? 내를 기다리게 하다니, 애태우기 플레이가 참 능숙해진 것 같데이."

츠키요미자카 씨와 쿠구이 씨가 역앞에 서 있었다.

하지만 평소 같은 사복 차림이 아니라—— 엄청 귀여운 고스로리 패션을 하고 있었다!!

"두, 두 사람 다…… 그 의상은……?!"

"샤칸도 선생님의 취미에 맞춘 거데이~."

검은색을 베이스로 한 고딕한 의상을 입은 교토 미인이 손을 흔들자, 주위에서 스마트폰을 들고 있는 사람들이 일제히 셔터 버튼을 눌렀다.

차, 촬영회가 시작됐어……!

"이야기를 들으려면, 상대에게 다가갈 필요가 있지 않긋나?"

"나도 이런 복장을 싫어하진 않거든. 로마에 가면 로마 법에 따르라잖아. 어때? 어울리지?"

츠키요미자카 씨는 좀 그런걸. 오타쿠한테서 돈을 뜯어내려고 하는 호스티스 같아 보여.

흰색과 핑크색 레이스가 달린 귀여운 복장을 입은 《공세의 대천사》의 등에는 조그마한 날개마저 달려 있었다.

"빨리 가자고, 쓰레기. 팔 내놔, 팔."

"네엣?! 파, 팔짱 끼자는 거예요?!"

"내는 이런 곳에 와본 적 그다지 없데이. 그러니 에스코트해도, 야이치."

오른팔을 츠키요미자카 씨에게, 왼팔을 쿠구이 씨에게 꽉 잡힌 나는 주위에서 게릴라성 호우처럼 쏟아지는 질투에 찬 시선을 받으면서 타케시타 거리 쪽으로 질질 끌려갔다.

"어째서 저런 SSR급 미녀를, 저딴 변변치 않은 남자가……?"

"엄청난 부자 아냐?"

"약점을 잡은 게 분명해. 생긴 것부터 비열해 보이잖아!"

비열한 건 내 팔을 잡은 이 미녀들인데요~.

그건 그렇고, 하라주쿠도 참 오랜만에 왔다.

"메이지 거리는 돌아다니지만, 내 같은 고령자에게 타케시타 거리는 좀 버겁데이."

"이런 곳은 수학여행 온 녀석들이나 촌놈들이 돌아다니는 데야. 나 같은 도쿄 토박이는 다른 데서 논다고."

확실히 그럴지도 모른다. 오사카에서 자란 나도 관광객이 가는 신사이바시 같은 데는 거의 안 가니 말이다.

"참고로 묻는 건데, 츠키요미자카 씨는 어디서 노나요? 시부야 센터 거리?"

"교토나 오사카야."

진짜로 칸토에는 친구가 없구나…….

"야이치가 전에 여기에 온 건, 긴코 양과 샤칸도 선생님의 연구회에 동행했을 때제? SNS에서 긴코 양의 고딕 롤리타 의상이 화제가 됐던 적 있다 아이가."

"네. 그때는 사저와 샤칸도 선생님의 연구회를 관전했어요. 샤칸도 선생님이 노멀 사간으로, 사저의 동굴곰을 학살했었죠."

"《킬러》이야기는, 픽션이 아닌 기가……."

"그 할망구, 요괴 같은 거 아니야? 인간이 아니라고……."

쿠구이 씨와 츠키요미자카 씨는 완전히 질렸다. 연구회라고 해도 사저가 졌다는 말에, 여류기사가 충격을 받는 게 당연했다.

툭하면 가게가 바뀌는 타케시타 거리의 옆에 난 조그마한 길로 들어가면, 『브람스의 오솔길』이라 불리는 차분한 인상의 샛길이 나온다.

츠키요미자카 씨는 익숙하지 않은 의상을 입은 탓에 갑갑한 듯이 몸을 비틀며 말했다.

"후딱 끝내자고. 어차피 내일도 밤샘하게 될 거잖냐."

"그래요.", "그렇데이."

나와 쿠구이 씨도 고개를 끄덕인 후, 조그마한 성 같은 그 가게에 발을 들였다.

"어서오세냐아아아아아아아아아아아아아아아아아아아아아아아아아아아아아아앙?!"

가게에 들어선 직후 마주친 점원이 괴성을 질렀다.

인상적인 짐승귀 모양 경단 헤어와 로리로리 고딕고딕한 메이드 의상을 입은 인물은 아유무의 동생인 칸나베 마리아 양이었다.

"네, 네놈들은 뭐냐?! 습격이냐?! 히나츠루 아이가 질 것 같으니 마스터를 습격하러 온 게냐?!"

"진정하거라, 마리아."

가게 안쪽에 있던 이 성의 주인이 차분한 어조로 말했다.

이곳은 샤칸도 선생님이 경영하는 멀티브랜드 스토어이며, 장기 연구실이기도 하다. 실은 센다가야에 있는 도쿄 장기회관까지 걸어서 갈 수 있기에 입지 조건도 좋다. 둘 다 시부야에 있거든.

그리고 예전에는 아유무가 이곳에 상주하고 있었지만——.

"지금은 마리아 양이 가게를 보나 보네요?"

"갓콜드런은 자기 장기에 집중하라고 말해뒀느니라. A급 기사에게 허드렛일을 시킬 수는 없지 않느냐."

나에게 그렇게 대답한 샤칸도 선생님은 내 좌우에 있는 미녀를 보고 눈을 치켜떴다.

"호오!"

그리고 미술품을 감상하는 듯한 눈길을 머금더니, 황홀한 듯한 목소리로 이렇게 말했다.

"두 사람 다 짐의 취향이기는 했다만…… 역시 그런 복장을 하니 아름다움이 더욱 돋보이는구나. 후후후. 몇십 시간이라도 감상하고 싶은걸……."

그러고 보니 사저도 이 사람에게 장난감 취급을 당했지…….

그 시절에는 '이 사람은 쭉 독신이었으니까…… 혹시 여자를 좋아하는 거 아니야?!' 같은 엉뚱한 생각을 했다.

"그런데, 짐에게 묻고 싶은 게 있다고 했지? 무슨 이야기가 듣고 싶은 게냐?"

"선생님. 그 전에 마리아 양을……."

"그래. 물러나 있거라."

"하, 하지만 마스터! 혼자 계시면 위험해요! 만약 이놈들이 허튼 짓을——."

"그대 같은 아름다운 여아가 동석하는 게 더 위험하니라. 젊은 용왕이 자극을 받을 테니 말이지."

"그것도 그렇군요."

마리아 양은 바로 납득하며 물러났다. 납득이 안 돼…….

"저 아이도 수라의 세계, 장려회에 발을 들였느니라. 그러니 들려줘야 할지도 모르겠다만…… 역시 과거의 사슬을 끊어야만 할 테지."

사부님과 같은 말을 하면서, 한때 《킬러》로 불렸던 여성은 시선으로 나를 재촉했다.

"가르쳐 주세요. 제 스승…… 키요타키 코스케와, 선생님 사이에 있었던 일을요."

"이제까지 누구에게 이야기를 들었지?"

"《노사》께 들었어요. 그리고 사부님한테서도 이야기를 들었고요."

"그래. 코스케 씨도…… 후후. 좀 낯간지럽구나."

스르륵 하는 소리를 내며 레이스가 달린 서양식 부채를 펼친 선생님은 그것으로 얼굴을 감추며 말했다.

"허나 짐과 코스케 씨의 혼담을 숨길 이야기가 아니지. 짐과 같은 세대의 기사라면 누구나 알고 있으며, 아마 칸토의 여류기사 사이에서도 주지의 사실일 것이니라."

"나는 몰랐지만 말이야."

"그대의 그런 면이 참 사랑스럽구나. 《공세의 대천사》여."

선생님은 삐친 것 같은 츠키요미자카 씨를 향해 미소를 짓더니, 홍차로 목을 축인 후에 이야기를 시작했다.

기나긴 이야기를······.

"짐의 스승이신······ 아시가라 사다토시 9단께서, 짐을 내제자로 거둬서 길러주셨다. 친딸처럼 말이지. 스승께서 돌아가신 지금도 그분의 딸들과 자매처럼 지내고 있느니라······. 뭐, 이건 여담이겠구나."

그 이야기는 키요타키 사부님에게서도 들었다.

아시가라 선생님은 다리가 불편한 샤칸도 선생님을 '가르침을 받으려고 오가는 건 힘들 테니까.' 라는 이유로 내제자로 들인 후, 친절하게 장기를 가르쳤다고 한다.

"그러니 사부님은 아버지나 다름없으며, 짐에게 있어 장기 이외의 것에서도 사부님의 말씀은 절대적이었다. 연애에서도······ 그러했느니라."

"어떤 말을 들었는데요?"

" '타이틀을 딸 때까지 연애하지 마라'."

"······!"

나는 무심코 벌떡 일어설 뻔했다.

왜냐하면 나와 사저도 사부님에게서 비슷한 말을 들었다.

"그리고 타이틀을 하나 따자, 두 개 딸 때까지 연애 금지가 연장됐지. 두 개를 따니 이번에는 세 개…… 하지만 짐은 당시에 존재하던 모든 타이틀을 제패하고 말았느니라. 그랬더니 스승께서 뭐라고 했을 것 같으냐?"

선생님은 손가락을 하나씩 접으면서 말했다.

"이번에는 '결혼해서 애를 낳으라.' 라고 하셨지."

"제멋대로네요……."

"그렇지만 여자들은 자주 듣는 말이데이. 고등학교 졸업할 때까지는 연애 금지를 했으면서 스무 살이 넘으니까 '누구 좋은 사람 읎나.' 하며 결혼을 재촉한다 아이가."

"그런가요?"

"그러니까 야이치, 결혼해도."

"사부님은 조바심을 느끼고 계셨느니라."

나와 쿠구이 씨의 대화를 들으며 미소를 머금고 있던 샤칸도 선생님은 갑자기 어두운 표정을 지으며 이야기를 이어갔다.

"나이가 들면서 유망한 아이를 닥치는 대로 제자로 거두셨지만, 조바심 탓에 육성할 여유를 잃으셨고…… 하나하나 망가뜨리고 만 게지."

아시가라 선생님은 오십 명 넘게 장려회에 남자애를 보냈지만, 프로가 된 사람은 한 명도 없다. 어느 시기부터 입문자도 끊긴 것은 악평이 퍼졌기 때문이리라.

"그것도 전부 '일문에서 명인을 배출한다' 는 스승의 염원 때문이었느니라. 내 스승의 출신이 뭔지는 아느냐?"

"진검사셨다고 들었어요."

"그렇다. 《하토네의 도깨비》로 불리는 최강의 진검사셨지. 유력한 후원자도 몇 명이나 있었으며, 그 실력은 당시의 명인보다 뛰어나다는 소문이 돌 정도셨느니라. 수입도 말이다."

"그런 후원자의 추천을 받아 특례로 편입 시험을 치렀고, 6단으로 프로 입성. A급에서도 뛰어난 실력을 보여서 명인에게 도전하셨지예? 당시 신문은 그 화제로 시끌벅적했었습니데이."

"그리고 참패했느니라."

그 명인전의 기보도 조사했다.

당시의 명인······ 15세 명인을 상대로, 아시가라 선생님은 꼼짝도 못 했다. 최종국에서는 거의 모든 말을 잡히고 말았다.

아시가라 선생님은 자신이 질 줄 몰랐을 것이다.

모든 대국에서 투료할 기회를 놓친, 무참한 종국도였다······.

"4연패를 해서 망연자실한 사부님께, 당시의 명인은 감상전에서 웃으며 이렇게 말했다고 한다. '아시가라 씨. 당신은 결국 아마추어예요.'라고 말이지. 사부님은 대기실에서 오열하셨다고 하더구나······. 그리고 당시의 연맹이 어째서 자신을 프로로 만든 건지 눈치채셨지."

"공개 처형······."

"그러하니라. 그리고 프로 장기계라는 감옥에 사부님을 투옥한 게지."

최강의 진검사라도 프로 세계에서 싸운다면 명인의 상대가 되지 못한다. 그것을 만천하에 알려서, 어둠으로 뒤덮인 세계를 정화했다.

아시가라 선생님을 필두로 한 진검사들의 후원자를, 명인이 전부 차지한 것이다.

그리하여 장기연맹은, 장기라는 게임을 사실상 독점했다.

그것이 나쁘다고는 생각하지 않으며…… 우리 세대에 있어서는 행운일 것이다. 더러운 일을 할 필요 없이, 그저 좋아하는 장기를 두기만 해도 큰돈을 벌 수 있는 꿈만 같은 직업이 우리에게 주어졌으니 말이다.

"하지만 사부님은 명인 타이틀에 대한 집착을 제외하면 참 훌륭한 분이셨느니라. 그리고 여류기사는 명인 타이틀과 애초부터 인연이 없다. 그래서 짐을 소중히 길러 주신 게지."

"아이러니한 이야기군요."

"하지만 남자 제자의 육성에 실패하고, 짐이 점점 강해져 가자, 그러지도 못하게 됐느니라."

이 이야기가 언제, 사부님과의 혼담과 이어지는 건지 쭉 생각했다.

그것은 최악의 형태로 이어졌다.

"자신에게 남은 시간이 얼마 안 된다는 사실을 깨달은 스승께서는 여자 중에서 가장 장기를 잘 두는 짐에게 자식을 낳게 한 후, 그 애를 거둬서 갓난아기 때부터 장기를 가르쳐 최강의 기사를 기르려고 했느니라."

어리석은 소리다. 듣는 이들 모두가 그렇게 생각했다.

우리 중 그 누구도 프로 기사의 자식이 아니니까.

"당연히, 맞선 상대도 장기를 잘 두는 남성이 바람직하지. 프로 기사의 자식이 장래에 뛰어난 장기 실력을 지닌단 확증은 전혀 없지만…… 그 시절에는 정상적인 판단력을 잃으셨던 게야. 사부님은 그저 꿈을 꾸고 싶으셨던 게지. 그렇다면 제자로서, 딸로서…… 자장가를 불러드리고 싶었느니라…….”

하지만 혼담은 뜻대로 풀리지 않았다.

“모든 여류 타이틀을 차지한 짐은 나름 바빴고…… 장기를 잘 두는 여자는 귀여운 구석이 없다고 여겨진 걸지도 모르지.”

샤칸도 선생님은 세세하게 이야기하지는 않았지만, 《킬러》를 아내로 삼으려 하는 프로가 칸토에 없었던 것이리라.

“그럼 칸사이의 기사가 어떨까, 하고 스승께서는 생각하셨느니라. 가장 먼저 주목한 건 당시의 용왕 명인이었던 츠키미츠 세이이치 씨지.”

오가 씨가 들었다간 분노를 터뜨릴 에피소드다.

“츠키미츠 선생님은 어느 공개 대국에서 샤칸도 선생님에게 질 뻔한 적이 있다고 말씀하셨어요.”

“음. 짐이 학생이었던 시절의 일이니라.”

혼담이 오간 건 나중 일이지만, 지금 생각해 보면 아시가라 선생님이 미리 손을 써둔 걸지도 모른다…… 하고, 샤칸도 선생님은 말했다.

“하지만 츠키미츠 씨의 실명이 유전적이란 사실이 판명되자, 사부님은 방침을 바꾸셨느니라. 눈도 다리도 불편하면 장기에 지장이 있을 거라고 생각한 게지……. 아, 화내지 말거라. 그 사람 나름의 애정이니까…….”

오가 씨가 아니라도 화낼 만한 이야기다.

나는 분노를 억누르며 말했다.

"그래서 장기 재능은 츠키미츠 선생님에게 전혀 미치지 못하지만, 몸은 튼튼하고 근성만은 있는 우리 사부님을 눈독 들인 건가요?"

"푸풉! 아하하하하하하!!"

샤칸도 선생님은 더는 못 참겠다는 듯이 소리 내서 웃었다.

그리고 눈가에 눈물이 맺힌 채……

"후후후. 그 사람…… 코스케 씨가, 첫 데이트에서 짐을 어디로 데려갔을 것 같으냐?"

"레스토랑 아닌가요? 설마 술집은 아니겠죠?"

"오사카라면 『해유관』? 해유관 데이트가 무난하지 않겠습니꺼?"

"장기 센터니라."

"""……네?"""

"'저는 말주변이 없으니 장기를 두죠!' 라고 했지. 당시 아직 운영하고 있던 츠텐카쿠 전망대 지하에 있는 장기 센터로 짐을 데려갔느니라."

"맙소사, 그 수염 영감은 정말……"

내가 야샤진 아이를 데리고 갔던 시절의 신세카이와는 다르다. 관광지가 되기 전, 범죄자와 진검사가 우글거리는 장소다. 그런 장소에 다리가 불편한 여성을 데리고 가다니, 대체 무슨 생각을 한 거야?!

"짐을 라멘 가게에 처음 데려가 준 사람도 코스케 씨지. 배리어 프리라는 말조차 없던 시절, 짐이 혼자 갈 수 있는 가게는 얼마 안 됐느니라. '그럼 둘이서만 갈 수 있는 가게에 가죠.' ……하고 말하며 짐을 데리고 가준 곳이 가드레일 아래에 있는 라멘 가게였느니라!"

선생님은 참 즐거운 듯이 웃었다.

그 표정은…… 완전히 사랑에 빠진 처녀였다.

샤칸도 선생님이 센다가야의 『호무켄』이란 라멘 가게에 나와 아유무를 데리고 갔던 일이 생각났다. 라멘을 먹을 때의 그 행복한 표정도 말이다.

이 사람은…… 얼마나……!

"전화를 걸면 '이 장기 묘수풀이를 함께 풀죠! 부호를 말할게요. 우선…….' 하며, 또 장기 이야기만 했느니라."

"전화로 장기 묘수풀이를……."

장기 묘수풀이라면 환장하는 아이조차도 전화로 그런 짓은 안 한다.

"푸는 동안에는 전화를 끊으면 될 텐데, 그러지 않았지. 몇 시간이나 아무 말 없이…… 전화 요금이 참 많이 나왔느니라. 항상 짐이 걸었거든."

사부님보다 자신이 더 적극적이었다는 것을, 샤칸도 선생님은 그런 말로 전했다.

"코스케 씨는 한창때인 딸을 배려하는 건지, 저녁때 이후에 짐이 전화를 걸면 문제만 말한 후에 집 밖의 공중전화로 뛰어가서 다시 걸어줬느니라. 그 말 없는 전화를······."

"케이카 씨는 최근까지 그 혼담을 몰랐어요."

"그 아이에게도 참 못 할 짓을 했구나. 오해하지 않는다면 좋으
련만······."

케이카 씨가 샤칸도 선생님에게 이기고 여류기사 자격을 딴 일
전을 말하는 것이리라. 그 장기에서 샤칸도 선생님이 일부러 진
게 아니라는 사실은 누구보다도 내가 잘 안다.

그 장기가 없었다면 나는 용왕도, 제자도 잃었을 것이다.

"하지만, 그 말 없는 전화만큼······ 가슴이 뛰었던 시간은 없었
느니라······."

"그토록──."

나는 무심코 의자에서 일어나 외치고 말았다.

"그토록 좋아했으면서, 샤칸도 선생님은 왜 결혼하지 않은 거
예요?! 사부님도 선생님에게 정이 없었던 건 아니고, 원래부터
그런 성격인 사람이에요. 이런 말은 좀 그렇지만······ 선생님을
혼자 두지 못했을 거예요."

만약 샤칸도 선생님이 진심으로 원했다면······.

그랬다면 사부님은 거절하지 않았을 것이다.

누구도 데려가지 않을 만큼 몸이 약한 여자애를 내제자로 삼았
던 사람이니까······.

"짐은······ 용기가 없었느니라. 남자가 먼저 말을 꺼내 주길 기
다리기만 할 뿐······ 자기가 먼저 말을 꺼내지는 못했지······."

선생님은 고개를 숙인 채 긴 한숨을 내쉰 후, 후회의 말을 입에

담았다.

"그렇게 길게 말 없이 전화했다. 그중에서 1분…… 아니, 10초라도 좋다. 10초만 그때로 돌아갈 수 있다면…… 분명 다른 미래가 나를 기다리고 있었을 것이다. 그런 꿈같은 생각을 한 적이 없다면, 거짓말이겠지."

기사에게 '기다려.'는 용납되지 않는다.

하지만 기다려 달란 말을 하고 싶은 순간이라면 무수히 존재한다. 혼자 있는 한밤중에 그런 생각이 떠올라서 소리를 지른 적이, 수없이 많다.

──이 사람은 얼마나 그런 밤을 보냈을까?

"샤칸도 선생님……."

나는 결의를 다진 끝에 입에 담았다.

가장 중요한 질문을.

"선생님은 지금도, 제 사부님이 말을 꺼내주길 기다리고 있나요? 그래서 아유무의 고백에 응하지 못하는 건가요?"

"…………."

말없이 시간이 흘렀다.

다들 조용히, 샤칸도 선생님의 말을 기다렸다.

이윽고──.

"짐이…………."

소곤…….

가슴속에 쌓일 대로 쌓인 마음이 흘러넘치는 것처럼, 입술이 말을 자아냈다.

"짐이, 조금만 더 젊었다면…… 전성기 시절처럼 빛나고 있다면…………."

쥐어짠 듯이 입술에서 흘러나온 말은, 부정이자 긍정이었다.

전성기라면…… 자기가 내 사부님에게 마음을 전했을 거란 의미일까?

아니면…….

◌ 킬러와 소년

"이야기를 너무 많이 했더니 목이 마르구나…… 홍차를 더 마시겠느냐?"

무거운 침묵을 깨듯, 짐은 이 자리에 모인 세 사람에게 질문을 던졌다.

반가운 아이들이었다.

초등학생 명인전에서 한 무대에 모였던 아이들.

1년에 한 번 열리는 그 무대에는 매년, 고르고 고른 영재들이 모인다. 거기서 리스너를 맡으라는 것이, 돌아가신 스승의 분부였다.

재능 있는 아이에게 가장 먼저 말을 걸어서, 제자로 삼기 위해서 말이다.

스승이 세상을 떠난 후에도 리스너를 계속하는 건 그저 습관이라서 그렇다. 한번 자신의 몸을 옭아맨 족쇄에서는 간단히 벗어날 수 없다.

"그러고 보니……."

새 홍차를 단숨에 들이켠 젊은 용왕이 질문을 던졌다.

"어째서 샤칸도 선생님은 아유무를 제자로 삼은 거죠?"

서툴게 찻잔을 들고 있는 모습도 코스케 씨를 쏙 빼닮았기에, 무심코 젊은 시절이 생각난 짐은 입이 가벼워지고 말았다.

"왜 그런 걸 묻는 게지?"

"그야 결승에 오른 건 저와 츠키요미자카 씨였잖아요. 저는 이미 입문을 했지만, 츠키요미자카 씨는 아직 스승이 없었어요. 게다가 여류기사가 남자 제자를 두는 건 전례에 없던 일이잖아요? 그러니 보통은 츠키요미자카 씨를 제자로 삼는 수가 제1후보 아닐까요?"

"성격을 보고 고른 거 아니긋나?"

"준결승전에서 나한테 지고 질질 짜던 마치보단 아유무가 낫다가 생각한 거 아니야?"

《유린의 마치》와 《공세의 대천사》는 가볍게 농담을 주고받았다.

이 두 사람은 항상 변함이 없구나……. 정반대이기에 인간관계가 침체하지 않고, 긴장감을 유지한 채 계속 교류할 수 있다. 기사끼리 절친이 된 흔치 않은 예다.

"그라도 좀 신기하긴 하데이. 차라리 1년 전에 여자 몸으로 처음 우승한 카구메키 츠바사 씨를 제자로 들여서 장려회에 보내는 게 더 자연스러울 기다."

"갓콜드런을 제자로 삼은 이유…… 말이냐."

마리아가 탄, 아직 서툰 흔적이 남아 있는 홍차의 향기가, 짐의 과거를 떠올리게 했다.

"그 아이와…… 아유무와 처음으로 이야기를 나눈 순간, 짐은 눈치챘다. 우리의 영혼이 참 흡사하다는 것을……."

처음으로 그것을 느낀 건, 초등학생 명인전이었다.

대천사와의 대국을 마친 아유무가 보드 앞에서 감상전을 할 때였다.

"응? 그대, 혹시……."

소년이 한마디도 하지 않는 것을, 다른 사람들은 '여자애한테 진 게 분해서'라고 생각했다. 울음을 참는 거라고 생각한 것이다.

하지만 짐은 아유무의 모습을 보고 다른 이유를 떠올렸다. 그래서 귓속말로 이렇게 속삭였다.

"안심하거라. 짐의 말을 놓치지 말고 듣기만 하면 되느니라. 알겠지?"

아유무는 안심한 표정으로 희미하게 고개를 끄덕이더니, 그 후로 쭉 짐의 곁에 있었다. 말도 자연스럽게 하게 되자, 주위에서는 아무도 이상하게 느끼지 않았을 것이다.

그리고 표창식이 끝나고, 수록도 전부 끝난 후…….

"샤칸도 선생님! 저기…………."

아유무는 짐의 대기실을 찾더니, 머뭇거리며 이렇게 말했다.

모든 용기를 쥐어짜서…….

"저를…… 저기…… 저를…… 샤칸도 선생님의 제자로 삼아 주시면 안 될까요?"

"미안하지만 그럴 수는 없느니라."

마음에 상처를 입은 듯한 표정을 지은 소년에게, 짐은 이렇게 설명할 수밖에 없었다.

"제도상, 여류기사는 남자아이를 제자로 들일 수 없게 되어 있지. 결코 그대가 원인이 아니니라…… 용서해다오."

디스렉시아(독서 장애).

초등학생 시절의 아유무는 글자를 제대로 읽지 못했다. 그래서 보드게임에…… 장기에 빠진 것이다.

의외인가?

그 애가 어릴 적에 과묵했던 건, 디스렉시아가 시각보다 청각에 기인하기 때문이니라. 말을 하는 것도 능숙하지 못했지.

치료가 필요할 정도는 아니니라.

남들 곱절의 시간이 들지만 글자를 읽지 못하는 건 아니며, 그 증상도 성장에 맞춰 자연스럽게 사라졌지만…… 전법서 같은 문자 정보에서 많은 것을 얻어야 하는 장기계에서는 약점이 될 수 있지. 일부러 밝힐 일은 아니니라. 반응을 보아하니 마치만은 눈치채고 있었던 것 같지만 말이야.

어느 학교의 어느 반에나 존재하는, 매우 가벼운 발달 장애.

하지만 획일적인 것을 옳게 여기는 초등학교 교실에서, 그 고뇌는 어마어마하게 컸으리라.

짐은 그 소년에게 강한 인상을 받았다.

스승이 살아계셨다면 제자로 받지 않았을 게 틀림없다. 그 사람은 명인을 너무 의식한 나머지, 완벽한 재능을 추구했으니 말이다.

하지만…… 짐은 이렇게 생각한다.

그런 만능의 천재가 과연 장기계에서 대성할 수 있을까?

오히려 부자유한 부분이 있는 자가 강해지지 않을까?

다리가 부자유한 짐과 마찬가지로…… 장기에서 벗어날 수 없는 재능을 지닌 자가.

그래서 짐은 여류기사이면서도 남자 제자를 들일 수 있도록 요청했다.

한때 《킬러》로서 짐을 사역했던 인물에게…….

"말도 안 되는 소리 마시죠~."

이용 가치가 없어진 사냥개를 곤란해하는 듯한 말투였다.

"이제 와서 당신이 프로한테 이겨봤자 아무도 안 놀라요. 당신은 너무 강해졌고, 당신이 기른 여류기사도 너무 강해졌죠. 여류기사에게 져도, 지금의 프로는 꿈쩍도 안 한다니까요. 참 유감이군요~."

"그럼 여류기사가 프로 기사와 똑같은 대우를 받아도 되지 않을까요?"

"그것과 이건 다른 문제죠."

당시의 회장…… 지금은 전 회장이 된 그 인물은 여류기사 따위는 이제 아무런 가치가 없다는 듯이 말했다.

"기사총회에 건의해도 소용없거든요~? 당신은 너무 많이 죽였어요. 은퇴하더라도 프로는 연맹의 정회원으로서 총회에서의 의결권이 유지되죠. 《킬러》에게 원한을 지닌 세대가 살아있는 한, 당신의 요구는 무엇 하나 이뤄지지 않을 겁니다."

"확실히 프로 기사는 짐에게 원한이 있겠죠."

그래서 짐은 비장의 카드를 꺼내들기로 했다.

"하지만 바깥세상은 의외로 짐을 높이 평가하지 않으려나요? 여류기사란 존재를 말이죠."

"윽!! 이, 이건……!!"

"여류기사를 장기연맹에서 독립시키길 바라는 사람들의 리스트입니다. 새로운 단체를 설립할 경우, 스폰서가 되어 주겠다는 기업과 자치단체죠."

"연맹을 쪼갤 작정이야? 칸사이의 독립을 막던 당신이라면, 그게 얼마나 바보 같은 망상인지 알 것 같은데 말이지."

"짐도 그걸 바라지는 않지만, 시대가 여성의 자립을 바라고 있어서 말이죠. 참고로 새로운 단체 설립의 절대 조건은——."

"당신이 수장이 되는 것……이겠지."

"이용 가치가 없어진 《킬러》도 아직 쓸모가 있다는 거겠죠."

"…………."

"이사회에서 논의해 주시겠습니까? 회장님."

이리하여 여류기사의 자립이라는 미래를 내팽개쳐서, 4단 이상의 여류기사는 장기연맹의 정회원이 된다는 지위를 손에 넣었다.

즉, 남자 제자를 들여서 장려회에 보내는 권리를 얻은 것이다.

하지만 제도적으로 가능한 것과 실제로 해내는 것 사이에는 높은 벽이 존재한다. 그것이 현실이라는 것이다.

근소한 차이로 가결되기는 했지만, 기사총회에서 찬성 의견을 말해 준 프로는 한 명뿐이다.

"그런데도 괜찮다면 짐의 제자가 되겠느냐? 칸나베 아유무 군."

"네."

주저 없는 대답이었다.

똑똑한 이 아이가 자신이 처하게 될 상황을 이해하고 있다는 것을, 그리고 그것을 받아들일 각오가 되어 있다는 것을, 짐은 그 표정을 보고 눈치챘다.

"좋다. 계약은 성립했노라."

그렇게 말하며 짐이 내민 오른손을, 소년은 움켜잡았다.

그리고 맑디맑은 눈동자로 짐을 쳐다보며 조심스레 물었다.

"저는…… 선생님에게 어떻게 보답하면 될까요?"

"어엿한 기사가 되어 준다면 바랄 게 없다만…… 그래. 우선 짐을 위해 맛있는 홍차를 타 주지 않겠느냐?"

생각해보면 이 순간, 짐은 스승의 멍에에서 벗어난 것일지도 모른다.

하지만 아유무에게 쏟아진 악의는 짐의 예상을 아득히 능가했다. 여자가 장려회 회원이 되는 것보다 더 격렬한 저항에 부딪혔다.

『여류기사의 제자한테 지면 파문이다.』

『반드시 짓밟아라. 《킬러》의 제자 따위와 말도 섞지 마라.』

『이 마녀! 언제까지 장기 역사에 먹칠을 해야 직성이 풀리냐!』

그런 목소리가 짐의 귀에도 전해졌다.

하지만 아유무는 우는소리 한마디 하지 않으며 장려회 시험을 돌파했고, 순조롭게 출세했다. 화려하지는 않지만 견실한 장기를 뒀으며, 한 번도 B를 받지 않았다.

한 걸음 한 걸음 착실하게 나아가며 결코 후퇴하지 않는 장기말 『보』처럼, 그 아이는 차근차근 계단을 올라갔다.

처음으로 승급했을 때는 너무 기쁜 나머지 '저기…… 프로 기사가 되면, 사부님과 결혼할 수 있을까요?' 같은 귀여운 소리를 해 줬지. 후후…….

그런 아유무가 딱 한 번 문제를 일으킨 적이 있다.

마침 초단으로 올라갔던 시절이었을까.

예회일에, 20대의 같은 초단과 한창 감상전을 하고 있을 때, 갑자기 상대방에게 달려든 것이다.

귀를 의심했느니라.

그런 짓을 할 아이가 아니라는 건, 그대들이 가장 잘 알지 않느냐?

게다가 그 대국에서 아유무는 승리했다.

상대를 때릴 이유가 없지 않느냐.

간사가 그 일을 수습했고, 아유무는 엄중 주의를 받았다. 대국 종료 후의 일이라 승패에 변동이 없었던 게 불행 중 다행이지만…….

어째서 그런 행동을 한 것인가?

간사는 말을 흐렸고, 아유무는 결코 입을 열지 않았지만……
소동을 목격한 다른 장려회 회원이 가르쳐줬지. 감상전을 하며
화난 상대가 이런 소리를 했다고 말이야.

『화장으로 떡칠한 그딴 아줌마의 어디가 좋은 건데?』

아유무는 그 말을 듣고 처음으로 사람에게 주먹을 휘둘렀다.

애초에 짐이 이런 복장을 하기 시작한 것은, 다리가 불편한 제
자가 정좌 자세를 하지 않아도 되도록 스승께서 연맹 측에 요청
해 준 덕분이지. 다리를 완전히 숨길 수 있는 치마가 필수이며,
거기에 맞춰 옷을 입다 보니 이렇게 된 것이니라.

상냥한 아이이지 않으냐?

하지만 이야기는 거기서 끝나지 않았다.

아유무는 다음 예회부터 순백의 정장을 입고 싸우게 됐다.

말투도 짐의 영향을 강하게 받은 스타일로 바꿨다.

간사에게 주의를 받았으며, 다른 장려회 회원에게서도 이런저
런 소리를 들었지만, 그 모든 것을 승리로 쏙 들어가게 했다.

그래…… 그 모습은 짐을 지키기 위해 시작한 것이니라.

누구도 비판할 수 있는 모습을 보이면서, 누구도 비판할 수 없
을 만큼 강하고, 또한 한 점의 흠집도 없는 정통파 장기를 둔다.

여류기사에게 길러져도 프로가 될 수 있다는 것을 증명해서,
《킬러》로서 잘못된 길을 걸어온 짐의 인생마저 긍정해 주려 한
것이다. 그것이 그 아이 나름의 보답이었다.

주의를 줄 수 있을 리가 없다.

그래서 짐은, 비약적으로 강해진 아유무에게 새로운 이름을 하사하기로 했다.

"《백은(白銀)의 성기사》······. 앞으로는 그 이름을 쓰거라. 나의 제자여."

"네! 마스터!"

미덥지 못하던 소년의 얼굴에 용맹함이 어리기 시작했다.

그 후로 짐은 최대한 아유무를 대국에 대동하기로 했다. 연구회만이 아니라, 공식전에서도 말이다.

대외적으로는 짐을 보필하기 위함이다. 하지만──.

"어엿한 기사가 되기 위해서는 다양한 기술이 필요하지. 전부 눈으로 보며 훔치거라."

"네! 마스터에게서 한시도 눈을 떼지 않겠습니다!"

"후후······. 상대한테서도 훔치거라."

그 시절에는 디스렉시아가 거의 사라졌지만, 역시 글자보다는 진짜 승부를 보면서 얻는 것이 더 많았다.

"전형이란 패션이다. 유행은 쉴새 없이 변하지만, 아름다움은 보편적이지. 알겠느냐?"

"명심하겠습니다."

어느새 스승보다 키가 커진 제자에게 한쪽 팔을 맡기면서, 일본 전체를 여행했다.

"사람은 배신하지만 장기말 이득은 절대로 배신하지 않느니라. 기억해두거라."

"마스터의 말씀, 이 가슴에 새겨두겠습니다."

짐이 전성기의 힘을 발휘할 수 있는 시기도 끝나려 하고 있다. 《킬러》로 불리던 시절의 힘을 발휘할 수 있는 동안에 알려주고 싶은 기술이 있었다.

그렇게 알려주고 싶다면 같이 장기를 두면 되지 않느냐고?

그래. 그럴 수 있다면 좋겠지만…… 이 아이는 짐과 장기판을 사이에 두고 앉으면 본래 실력을 발휘하지 못하느니라. 그 점은 여러모로 곤란했지…….

비판도 물론 있었다.

아유무를 짐의 숨겨둔 자식이라고 떠들어대는 미디어도 있었지만, 세간의 바람이 거셀수록 일문의 유대는 강해지기 마련이지. 젊은 용왕도 알다시피 말이다.

그리고 드디어―― 그 순간이 찾아왔다.

3단 리그에 참전한 짐의 제자가, 다른 이들을 압도하는 성적으로 프로가 된 순간이 말이다.

1기 돌파는 14년하고 반년만의 일이다.

게다가 고등학교 1학년의 프로 입성은 현행 제도로 이행된 후부터는 젊은 용왕에게 추월당할 때까지는 최연소 기록이었다.

17승 1패라는 압도적인 성적도 대단하지만…… 무엇보다 정통파 망루를 꾸준히 두며 프로가 되어준 것이, 짐은 기뻤다.

이 성적과 기풍이라면 순위전에서도 금방 두각을 드러낼 것이다.

스승의 멍에에서는 해방됐지만, 역시 명인으로 이어지는 유일한 계단인 순위전에서 활약하는 기사를 기르고 싶단 소망은 짐의 마음속에도 있었다.

"축하하느니라. 그대는 아시가라 일문 첫 프로이다. 돌아가신 스승께서도 분명 기뻐하고 계시겠지……."

"이걸로 저를 어엿한 존재로 인정해 주실 겁니까?"

"후후후. 이제는 여류기사인 짐이 4단이 된 그대를 『선생님』으로 불러야 하겠지. 그걸 원하는 게냐? 칸나베 4단."

"아뇨. 기사로서 인정받기에는 아직 역부족이라는 건, 이해하고 있습니다."

"음? 그럼 어떤 면에서 짐이 그대를 어엿한 존재로 인정해 줬으면 하는 게지?"

어느새 스승보다 키가 커진 소년이, 그 몸을 굽히며 한쪽 무릎을 꿇었다.

그리고 짐의 손을 상냥히 감싸 쥐며 이렇게 말했다.

"사모합니다. 스승으로서도………… 그리고 한 명의 여성으로서도……."

"…………."

그 말을 들은 순간………… 짐은 놀라지 않았다.

왜냐하면 그 전조는 전부터 있었다.

그래. 짐은 이미 눈치채고 있었느니라.

아유무가 짐을 위해 탄 홍차의 맛이 변했을 때.

아유무가 짐의 팔을 부축하는 손에, 상냥함 이외의 힘이 들어 갔을 때.

그리고 짐은 그런 감정을 이용해 저 아이를 강하게 만들었다. 짐을 동경해 여류기사가 된 소녀들에게 한 짓을 저 소년에게 한 다면, 어떤 결과를 맞이하게 될지 예상했지.

그러니 그 감정은 착각이니라.

알고 있지 않으냐?

어린 소녀를 제자로 둔 용왕이라면…….

그리고…… 일부러 그 제자를 멀리하고 있는 용왕이라면.

🔔 아유무의 전여친

"또 홍차가 식었구나. 마리아에게 새로 타오라고 하마."

샤칸도 선생님이 근처에 있던 종을 흔들자, 메이드복 차림의 짐승귀 여자아이가 도자기로 된 포트를 들고 금방 들어왔다.

"…………."

마리아 양은 눈가가 약간 빨갰다. 밖에서 이야기를 듣고 있었 던 게 틀림없지만, 샤칸도 선생님은 꾸짖지 않았다. 혹은 들려줄 생각이었던 걸까.

"고맙구나, 마리아. 오늘은 이만 돌아가거라."

"이만 실례하겠습니다."

우리를 향해 고개를 꾸벅 숙이며 인사를 한 마리아 양은 순순히 방에서 나갔다. 참 귀엽네.

"귀엽지? 짐은 지금, 성장하는 저 아이에게 푹 빠졌느니라."

샤칸도 선생님은 눈을 가늘게 뜨면서 말했다.

"새 장기회관의 건설과 여류 타이틀 확대. 그리고 제자의 성장…… 과분한 행복을 누리고 있다고 생각하고 있지. 자신이 범한 죄의 크기에 비한다면 말이다."

"선생님은 희생자라고 봐요. 그런 식으로 자신을 채찍질할 필요가 정말 있을까요?"

"《나니와의 백설공주》를 궁지에 몬 것도 짐의 죄이니라. 그걸 생각하면——."

"그건 지나친 생각이에요! 사저는 자기 의지로 프로가 됐어요. 그 결단은 본인이 책임져야 할 일이죠. 휴장한 것도 포함해서요."

그것만은 양보할 수 없다.

긴코의 결단에 가장 크게 관여한 이가 자신이라는 사실 말고는, 지금의 내가 매달릴 것은 없으니까…….

"명인 타이틀을 바라던 스승께서도 이미 세상을 떠나셨느니라. 갓콜드런이 명인이 되려 하는 건, 그 날개의 인도지. 신에게 사랑받은 그 아이의 반려로 어울리는 건, 짐처럼 과거에 사로잡힌 자가 아니다."

"정말로…… 가능성이 없는 건가요? 아유무는——."

"끈질기구나, 용왕."

언짢음을 숨기지 않는, 칼날 같은 목소리였다.

""………….""

무거운 침묵이 이 자리를 지배했다. 샤칸도 선생님은 이야기가 끝났다는 듯이 홍차를 입가로 가져갔다.

"저기, 한마디 해도 돼?"

바로 그때였다.

이제까지 입을 다물고 있던 츠키요미자카 료 여류옥장이 손을 들더니…… 폭탄을 투하했다.

"그 재능처럼 자유롭게 발언하거라. 《공세의 대천사》여."

"나 말이야. 아유무와 사귄 적 있어."

터엉!!

우리가 경악성을 지르기도 전에, 도자기로 된 찻잔이 바닥을 굴렀다.

샤칸도 선생님이 떨어뜨린 것이다.

"미안하다. 손이 미끄러졌구나."

선생님은 미소를 머금은 채, 바닥에 떨어진 찻잔을 주웠다.

다행히 찻잔은 깨지지 않았고, 비워진 상태였기에 홍차가 쏟아지지도 않았다.

"이야기를 계속해 보아라."

선생님이 새로 홍차를 끓이는 사이, 나와 쿠구이 씨는 츠키요미자카 씨의 폭탄 발언에 매우 관심을 보였다.

"자, 잠깐만! 내도 처음 듣는 이야기 아이가! 료, 대체 언제 사귀었던 기고?"

"열네 살 때 여름부터 한 1년 정도일 거야~."

어? 열네 살…… 그럼 중2 때부터 중3 때까지잖아.

그 시기라면 분명······.

"츠키요미자카 씨. 그때는 장——."

꾸욱.

내가 입을 열려던 순간, 옆에 앉아있던 쿠구이 씨가 테이블 아래에서 내 허벅지를 손가락으로 꼬집었다. 아야야야! 그리고 꼬집는 장소가 너무 안쪽이거든요?!

"그래서~? 아유무는 남친일 때 어떤 느낌이고? 내도 흥미있데이. 야이치도 그라제?"

"그, 그래요! 그것보다 이제까지 비밀로 하다니, 좀 너무한 거 아니에요?!"

"미안해. 아유무가 숨기고 싶어 했거든."

츠키요미자카 씨는 샤칸도 선생님을 힐끔 쳐다보더니, 자랑하듯 이야기했다.

"아, 참고로 당시에는 『아유땅』이라고 불렀어~. 나는 『료』라고 불렀는데, 그 녀석은 부끄럼쟁이더라니깐~."

"증거는 있는 기가? 사진 같은 거 말이데이."

"아마 남아있을걸~? 아, 찾았다."

스마트폰을 조작하던 츠키요미자카 씨는 꽤 간단히 그 사진을 찾아냈다.

중학교 3학년 때 아유무와 둘이 찍은 사진이었다.

젊네! 그리고 츠키요미자카 씨는 완전 날라리 같아!!

"우와! 완전 러브러브잖아요!!"

"풋풋하데이. 아유무는 료가 첫 여친이었던 거 아이가?"

"아마 그럴걸? 내가 이것저것 졸업시켜 줬거든~."

실없이 웃으며 자랑하는 츠키요미자카 씨의 스마트폰을, 다 같이 돌려보았다.

물론 샤칸도 선생님도 말이다.

"…………."

구오오오오오오오……

그런 소리가 들려오는 듯한 착각이 들릴 정도로, 샤칸도 선생님의 주위의 공기만 무거웠다. 나, 이런 아우라를 사저와 내제자한테서 자주 느껴봐서 민감하거든…….

그걸 못 느끼는지, 츠키요미자카 씨는 계속 말을 늘어놨다.

"데이트는 일주일에 한 번쯤 했나? 우리 둘 다 학교 다녔고, 사는 곳도 도쿄의 동쪽과 서쪽이라 멀었거든. 그만큼 휴일에는 완전 붙어 지냈다니깐."

"내와 야이치 같은 관계데이."

"맞아요. 나와 쿠구이 씨도 이렇게…… 어! 우리는 사귄 적 없거든요?! 역사를 고쳐 쓰지 말라고요!!"

애초에 쿠구이 씨가 중2일 때면 나는 초등학교 6학년이다. 아무리 그래도 너무 이르다.

나는 그렇게 못 박은 후, 츠키요미자카 씨에게 다시 물었다.

"그래서요? 구체적으로 진도는 어디까지 나갔는데요?"

"그야 서로가 호기심 왕성할 나이잖아. 마구 해댔다고. 온갖 전형을 다 시험해 봤다니깐."

후르르르륵!

© Shirabii

"실례했구나……."

샤칸도 선생님은 웬일인지 크게 소리를 내며 홍차를 홀짝였다. 마치 주위의 잡음을 듣지 않으려는 것처럼 말이다.

방금 끓인 홍차는 뜨거워서……란 이유만은 아닐 것이다.

"아유무는 평소에 노멀한 느낌이지만, 나와 단둘일 때는 꽤 위험한 플레이도 시도했어. 평소에는 안 쓰는 구멍에 그걸 집어넣는다거나……."

"그라나. 내와 야이치도 마찬가지데이."

"맞아요. 그때는 나도 쿠구이 씨와 하루 종일…… 안 했거든요?! 그때는 진짜로 아무것도 안 했다고요!"

"어? 말투로 보아하니 최근에 무슨 일 있었나 보네. 너희도 냄새 좀 나거든? 이참에 다 같이 모여서 폭로대회라도 할까~?"

흥이 난 츠키요미자카 씨가 그런 제안을 하자…….

"환담을 하는데 이런 소리를 미안하다만——."

이런 적이 있었나 싶을 만큼 어색한 어조로, 《이터널 퀸》이 우리에게 말했다.

"어느새 연구 시간이 되어서 말이지. 이제 그만 돌아가 주지 않겠느냐?"

샤칸도 선생님의 가게를 나섰을 때는 어느새 주위가 어둠에 뒤덮여 있었다.

"배고파! 할망구는 옛날이야기가 길어서 문제라니깐……. 뭔가 맛있는 거라도 먹고 돌아가자고."

"이 근처면 메이지 거리 쪽에 요즘 화제인 라멘 가게가 있데이."

나는 바로 걸음을 옮기기 시작한 두 사람의 등을 보며 말했다.

"츠키요미자카 씨. 밥 먹으러 가기 전에 확인할 게 있는데요."

"아앙?"

고딕 스타일 양아치는 뒤를 돌아보더니…….

"이 옷 말이야? 이 차림으로 라멘 가게에 가면 너무 눈에 띨지도 모르지만, 딱히 문제 될 거 없지 않아? 할망구가 맛난 라멘 이야기를 했을 때부터 배고파 뒤질 것 같았거든."

그게 아니다. 아니, 그것도 문제이긴 하지만 지금 중요한 건 그게 아니다.

"아까 이야기 말이에요. 아유무와 사귀었다는…… 그거, 시기적으로 보면 그런 거죠?"

"너와 마치의 상상이 맞아."

츠키요미자카 씨는 바로 인정하더니, 송곳니가 드러나는 위험한 미소를 머금었다.

"그런 것도 눈치 못챌 만큼 동요했단 거지. 가능성이 좀 있는 정도가 아니야. 솔직해지면 좋을 텐데, 쫑쫑대면서 짜증 나는 소리만 늘어놓잖아. 할망구 주제에 어린 계집애 같은 반응 보이기는……."

"그런 짓 해서 샤칸도 선생님의 수명이 줄면 어쩔 기고? 안 그래도 얼마 안 남았다 아이가. '좋은 약은 입에 쓰다'카지만, 그건 너무 극약이데이."

이 두 사람한테는 연장자를 공경할 생각이 전혀 없네.

"확실히 극약이긴 해요……. 하지만 덕분에 일이 좀 풀릴지도 모르겠네요."

샤칸도 선생님 그 반응을 보면, 본심을 훤히 알 수 있다.

"하지만 아유무와 있었던 일을 좀 더 자세히 가르쳐 줘요. 나중에 정정해야 하거든요. 저래서는 제대로 장기를 두지도 못할 거에요."

"네 제자가 타이틀을 따면 되잖아."

"안 돼요! 그런 식으로 이겨 봤자, 아이는 기뻐하지 않아요!! 게다가──."

""게다가?""

두 여류 타이틀 보유자가 한목소리로 묻자, 나는 대답했다.

"분명 거기에, 아이가 이길 열쇠가 있을 거란 생각이 들어요. 샤칸도 선생님이 전성기 시절 같은…… 프로 기사들에게 《킬러》로 불리며 두려움의 대상이 되던 시절의 힘을 발휘하는 것에 말이에요."

"모순되잖아. 상대가 강해지면 지지 않겠어?"

"그건 그렇지만, 뭐랄까…… 어렵네. 어떻게 표현하면 좋지?"

내가 자신의 생각을 잘 전달하지 못해서 고개를 갸웃거리고 있을 때──.

말캉♡

"우왓?!"

갑자기 부드러운 감촉에 팔에서 나서 그쪽을 쳐다보니…… 쿠구이 씨가 내 오른팔을 온몸으로 꼭 끌어안고 있었다.

"저기, 야이치♡"

"왜, 왜 그래요…… 쿠구이 씨?"

연상의 누님이 저런 눈길로 나를 올려다보자, 가슴이 두근거렸다. 그러고 보니 아까도 아무렇지 않게 '결혼해도.' 라고 말했었고…….

"아까 료가 아유무와의 일을 말했을 때, 내와 야이치는 샤칸도 선생님을 반응을 살폈제?"

"네. 진짜 동요한 것 같았어요."

"하지만 료는 다른 사람의 반응을 살폈을 기다."

"네?"

"어, 어이, 마치! 인마, 그런 걸——."

츠키요미자카 씨가 얼굴을 새빨갛게 붉히며 허둥댔다.

헉?! 서, 설마!!

"혹시…… 아유무가 나보다 먼저 여친이 생겼다고, 내가 질투할 거라고 생각했어요?"

"“……………….”"

왜, 왜 입을 다무는 거지?

쿠구이 씨는 내 팔에 대고 있던 가슴을 떼더니…….

"내처럼 대놓고 말해도 전해지지 않는다 아이가. 그렇게 냄새만 풍겨서 이 벽창호를 어떻게 할 수 있을 거 같나?"

"그렇게 생각하면 아유무는 대단한걸……. 얼굴을 마주하고 몇 번이나 솔직하게 말한 걸로 모자라, 번번이 거절당했는데도 포기 안 하잖아."

왠지 단둘이 납득하더니, 츠키요미자카 씨는 아름다운 달을 올려다보면서 구구절절한 목소리로 중얼거렸다.

"진짜로…… 잘됐으면 좋겠네."

◌ A급

하라주쿠에서 샤칸도 선생님의 이야기를 들은 다음날, 나는 아침부터 센다가야의 장기회관에 왔다.

"여어."

"아, 츠키요미자카 씨. 안녕하세요."

4층에 있는 '계의 방'에 가 보니, 먼저 온 손님의 장기판에 장기말을 깔고 있었다.

"1등이잖아요! 기합이 너무 들어간 거 아니에요?"

"뭐, 일단은 전 남친의 A급 첫 출진이거든(웃음)."

"우리라도 응원해 줘야……겠네요."

오늘은 아무도 계의 방에 오지 않을 것이다. 젊은 기사는 아유무를 순수하게 질투해서, 고령의 기사는 여류기사가 키운 기사가 명인으로 이어지는 계단을 올라가는 모습을 보고 싶지 않을 테니 말이다.

한편, 팬은 매우 주목하고 있다.

"마치는 위쪽에 있어?"

"그럴 거예요. 오늘은 관전기자가 아니라 중계 담당 같으니까, 기본적으로 5층에 있겠죠."

숙박실 하나를 중계 작업실로 개조했으며, 컴퓨터 같은 건 거기에 둔다고 한다. 계의 방은 다다미방이라 기자재를 장시간 두기엔 적합하지 않았다.

"칸토는 대국실과 같은 층에 검토실을 두잖아요……. 이건 지금도 익숙해지지 않네요."

"그래?"

"오사카의 장기회관은 기사실에서 검토하지만, 대국실과 층이 달라서 마음 놓고 떠들 수 있거든요. 하지만 여기서는 목소리가 들릴 것 같을 정도로——."

내가 그렇게 말하면서 방밖을 쳐다본, 바로 그때였다.

"헉……!! 아유무…………."

방금 이야기한 대국자가 이 층에 모습에 드러냈다.

A급 기사가 됐는데도, 평소와 다름없이 하얀 망토를 당당히 걸치고 있었다.

이미 극한까지 집중하고 있는 듯한 아유무는 내 존재를 눈치채지 못한 채, 가장 안쪽에 있는 특별 대국실로 들어갔다.

그 프러포즈 날 이후로, 절친의 모습을 처음으로 본 순간…….

그가 뿜는 아우라에 압도당했다. 오이시 씨와 츠키미츠 회장 못지않은, 그 아우라에…….

"진짜로, A급에 들어갔구나……."

이 4층의 가장 안쪽…… 직선거리로는 몇 미터밖에 안 되는 특별 대국실에서 오늘 펼쳐지는 장기는 단 한 대국뿐이다.

A급 순위전. 그 제1회전이다.

계의 방 벽에 붙은 리그표를 본 나는 예전에 아유무, 사저와 함께 갔던 도쿄의 도장을 떠올렸다. 그 도장에 붙어 있던 A급 리그표가 말이다.

동네 도장의 A급조차도 너무나도 멀게 느껴졌다.

그로부터 7년.

장기계에서 일곱 명만 들어갈 수 있는 진짜 A급에, 칸나베 아유무란 이름이 새겨졌다.

하지만…… 아유무의 1회전 상대 칸에는 이름이 적혀 있지 않았다.

왜냐하면 리그표를 작성하던 시점에는, 거기에 누가 들어갈지 확정되지 않았으니까.

"그래도 말이야. 이런 일정은 너무 이상하다고……."

"맞아요. 원래라면 이 장기는 명인전 제7국 후에 일정이 잡힐 예정이었는데——."

오늘 이 대국은 명인전이 제4국에서 결판이 난 직후에 짰다.

그리고 이상한 것은 일정만이 아니었다.

"어어?!"

"서, 선생님?! 아니, 차림이……?!"

4층이 소란스러워졌다. 우리도 무심코 계의 방을 뛰쳐나가서 특별 대국실로 향했다.

또 한 명의 대국자가 나타났기 때문이지만…… 그 인물을 본 나와 츠키요미자카 씨는 눈을 의심했다.

"기모노 차림……이지?"

"그, 그래요……. 하지만, 저 사람이…… 저런 모습으로 나타나다니……!"

A급 순위전에서는 기모노 차림으로 대국을 하는 기사가 없지는 않다.

하지만 이것은 전대미문이다. 아니…… 정상이 아니다.

주름 투성이였다.

겉옷도 걸치지 않았다. 원래라면 광택이 났을 비단 천이 주름과 흙먼지 탓에 칙칙했다.

남자의 단정한 얼굴 또한 마찬가지였다.

엉망으로 자란 수염. 푸석푸석한 머리카락.

마치 전장에서 사투를 벌인 후의 사무라이 같은 모습으로, 그 남자는 나타났다.

전기 명인 도전자이자 A급 1위── 나타기리 진 8단.

명인에게 깨진 저 남자는 최정상에서 함께 싸웠던 기모노를 그대로 입은 채, 특별 대국실에 나타난 것이다.

"오래간만이야. 아유무 군."

"네. 오랜만에 뵙습니다."

동요한 사람들 사이에서, 장기판 앞에 앉은 아유무만은 냉정했다.

"네가 나와 명인의 연구회를 거절한 이후로 처음이던가? 의외로 대국에서 붙는 일이 없었잖아. 오늘 상대가 나라서 실망했어? 아니면…… 안심했으려나?"

"…………."

그 침묵이야말로 무엇보다 명확한 대답이기도 했다.

아유무는 오늘 상대가 나타기리 씨이기를 바랐을 것이다.

왜냐하면 아유무가 『신』으로 숭배하는 그 인물과 선승제 승부로 붙은 끝에 빼앗아야만, 처음으로 그 지위에 가치가 생기는 것이다.

그 명인에게 이겨야만── 진정한 명인이 될 수 있다.

"우선 고맙다는 말을 해두겠어. 대국을 앞당겼으면 한다는 내 제안을 받아줘서 고마워."

거친 손놀림으로 장기말함을 열고, 안에서 왕장을 꺼내 장기판에 세게 둔 후…… 나타기리 씨는 황홀한 표정으로 회상했다.

"명인전은 별세계였어. 명인전에서의 그 사람은, 다른 타이틀전 때와는 다른 사람이었지. 차원이 다른 실력을 느꼈어……."

"…………."

"감상전을 마친 후로도 나는 대국을 치른 여관에 홀로 남아서, 명인전에서 둔 네 번의 장기를 계속 돌이켜봤어. 그 감미로운 시간을 잊고 싶지 않아서……."

뭔가 홀린 듯이, 그 남자는 외쳤다. 명인을 향한 집착을…….

"그러니 1초라도 빨리 그 자리로 돌아가고 싶어! 돌아가서 그 사람과 또 장기를 둘 거야!

더는 기다릴 수가 없어……. 다음 명인전을 말이지!!"

"그 말은──."

아유무는 나타기리 씨를 노려보더니, 옥장을 쥔 두 손가락을 하늘 높이 치켜들었다.

"이 몸을 쓰러뜨린 후에 하도록!!!"

그리고 대국이 시작됐다.

순위전에서는 선후수가 정해져 있다. 즉, 미리 작전을 짤 수 있다……. 하지만 이번에는 대국자가 정해지지 않았다는 특수한 상황이다.

그런 상황에서 선수인 아유무는 어떤 전법을 선택할까?

상대가 준비한 전법에서 벗어나는 기습을 펼칠까?

아니면 요즘 유행하는 각교환이나 서로걸기일까?

"하아아아아아아아아아아…………!!"

칸나베 아유무는 기를 끌어 올리며 망토를 벗더니, 장기판 위에 견고한 성채를 구축했다.

나와 츠키요미자카 씨는 동시에 외쳤다. 그 전법의 이름을…….

""망루!!!""

게다가 금은 세 개가 완벽하게 맞물린, 초정통파 망루 싸기!

샤칸도 선생님의 이야기를 들은 우리는 A급의 첫 무대에서 아유무가 망루를 뒀다는 것만으로도 가슴이 뜨거워졌다…….

"저 자식, 저질렀어."

"네. 상대가 누구든 망루를 두기로 마음먹었던 거예요. 그것이야말로…… 아니! 그래야 아유무죠!"

『왕도를 걸어서 명인이 되겠습니다.』

아유무의 망루는 장기판 위에서 그렇게 외치고 있었다. 아름답게 싸워서 이기겠다고 말이다. 다이아몬드보다 단단한 결의를 그 싸기로 보여주고 있었다……. 뜨거워!!

하지만.

"하아…… 또 망루야?"

나타기리 씨는 낙담했다.

"게다가 급전 망루라면 몰라도…… 네가 항상 두는 튼튼하기만 할 뿐인 망루가 지금의 A급에서 통할 거라고 생각해? 그건 이미 시대착오야……."

"옛것을 익히고 그것을 미루어서 새것을 안다. 망루란 그런 전법으로 인식하고 있습니다. 수많은 유행을 거치더라도, 이 아름다움은 불멸이에요."

"아니, 틀렸어."

나타기리 진은 아유무의 말을 그 자리에서 부정하더니, 그 이유를 밝혔다. 경악스러운 그 이유를 말이다.

"『쿠즈류 노트』에 그렇게 적혀…… 있었거든."

"윽……!!"

"너는 야이치 군의 단짝 친구니까 발매 전에 사인본을 받았지? 좋겠는걸! 만약 오늘 장기에서 내가 이긴다면 그걸 주지 않겠어?"

나타기리 씨는 그렇게 중얼거리면서 요사하게 손을 꼼지락거렸다.

"왜냐하면 너는 그 책을 읽지 않았거나…… 읽었어도 그 내용을 전혀 이해하지 못했을 테니까!"

나타기리 씨가 펼친 수는——이질적이었다!!

"음?!"

아유무는 온몸을 장기판을 향해 내밀며 그 수를 음미했다. 무모하기 없는 그 한 수를 말이다.

명백하게 정석에서 벗어나는 수였다.

나타기리 씨는 진형이 허술한 상태에서, 아유무의 견고한 성을 공격하기 시작한 것이다!

어째서, 저렇게 무모한 수를 둔 걸까?

"쿠즈류 노트 제2장 6절——『현대 장기에 있어 자기 진 내부에서의 장기말의 가동성을 높이는 건, 적진에서 투입한 장기말의 승격과 동등한 가치를 지닌다는 것이 소프트에 의해 증명됐다. 그에 따라 옥을 튼튼히 지키기 위해 장기말의 가동성을 떨어뜨리는 고전적인 망루 등은 부정당하게 된다. 진지는 성이 아니라 포대다』."

나타기리 씨는 낭랑하게 그 책의 한 구절을 읊조렸다. 목소리가 너무 커서, 4층 전체에 울려 퍼졌다.

츠키요미자카 씨는 질려버렸다.

"마치 성서를 인용하는 것 같잖아……."

"선교사인가?"

신주쿠의 대형 서점에서 내 책을 대량으로 사 간 사람, 발견~!

"하지만…… 저렇게 자기 진지가 허술한데도 평가치가 동등한 거야? 진짜로 그래?"

나는 계의 방으로 돌아와서 검토를 하는 츠키요미자카 씨에게 설명해 줬다.

"대각선으로 움직이는 각과 은이 절묘한 균형을 이루며 옥을 지키고 있어요. 대각선 이동은 종횡 이동에 비해 시각적으로 말의 행동반경을 파악하기 어렵죠. 그래서 인간이 놓치기 쉬운 그 부분을 소프트로 보완해서 숨겨져 있던 좋은 수를 찾아내는 거예요."

사실상, 나타기리 씨의 수를 본 선수의 손은 움직임을 멈췄다.

장기판을 지그시 내려다보며, 아유무는 중얼거렸다.

"드래곤킹의 책을 읽으신 것 같군요."

"그래, 읽었어. 현대 최강의 기사이자, 컴퓨터 장기를 가장 유효하게 받아들인 《서쪽의 마왕》이 쓴 책이니까 말이야!"

그 평가는 저자로서 기쁘다. 명인 도전자가 이렇게 참고해 준다니, 책이 안 팔리더라도 여한이 없다. 허세를 부리는 게 아니라고!

"야이치 군에게는 나도, 명인도 자극을 받고 있어……. 이번 명인전은 누가 야이치 군을 더 깊이 이해하는가를 다투는 거나 다름없었지."

며……명인이?! 그 정도로 내 책을?!

"너와 야이치 군이 절차탁마하며 성장했다는 건 알아. 3단 리그를 돌파한 것도, 순위전의 승급 속도도, 네가 더 빠르다는 것도 말이야. 정통파 망루로 수많은 새로운 정석을 짜서, 높은 승률을 자랑하고 있다는 것도 물론 알지."

다음 한 수를 필사적으로 생각하는 아유무에게, 나타기리 씨는 말로 공격을 퍼부었다.

"하지만 너는, 명인과 나에게 아무런 영향도 주지 못했어."

"윽……!!"

"그 점만 봐도 너는 명인이 될 자격이 없어. 시대의 정상에 설 자격이 없는 거야."

타인에게 영향을 주는 건 쉬운 일이 아니다.

하지만 타인에게 영향받아 자신을 바꾸는 것은 훨씬 어렵다.

특히 나처럼 자기보다 어린 사람의 장기관을 배우는 건, 이제 까지의 인생을 전부 부정하고 다시 시작하는 것 같은 용기가 필 요하다. 실패하면 모든 것을 잃을지도 모른다.

"하지만…… 이렇게 당해 보니 공포 그 자체네요."

"그러냐?"

"네. 나는 지금까지 쭉, 명인이 장기 집권할 수 있었던 것은 자 신의 장기관을 서적이라는 형태로 다른 기사에게 심었기 때문이 라고 생각했어요."

하지만 그 생각은 어떤 점에 있어 너무나도 얄팍했다.

"이 방법은 항상 자기가 가장 성장할 수 있다는 자신감이 없으 면 성립하지 않아요. 그렇지 않다면, 자기가 쓴 책으로 효율적으 로 공부한 자들에게 추월당하겠죠. 그 공포를…… 어? 공포?"

"어이, 쓰레기. 왜 그래?"

"아, 그게요. 방금 뭔가를 깨달은 듯한……?"

방금, 내가 느낀 공포.

타이틀을 따기 전에는…… 쫓기는 처지가 되기 전에는 상상조 차 못 했던 그 공포가, 무언가를 가르쳐줬다.

하지만 그 무언가를 또렷하게 깨닫기 전에——.

"야이치, 야이치, 야이치, 야이치, 야이치, 야이치이이이이이이이이이이이이이이이이이이이이이이잇!!!"

"우왓?!"

기자 옷차림을 한 쿠구이 씨가 자기 캐릭터도 잊은 채 계의 방으로 뛰어 들어왔다!

"왜, 왜 그래요? 내 제자가 종반에서 낼 법한 소리까지 내면서……?"

약간 섬뜩한 점도 아이를 방불케 했다.

"하아…… 하아………… 주………… 주문이…………."

""주문?""

나와 츠키요미자카 씨는 고개를 갸웃거렸다.

"점심 주문이라면 아까 마감했잖아요?"

"저녁 주문을 하기엔 이르고 말이야."

"밥이 아니데요! 책 주문 말하는 기다!!"

"책? 책…… 어?! 설마?!"

"쿠즈류 노트의 주문이 아까부터 팍팍 들어오고 있데이! 재고를 풀어서 해결될 상황이 아니다 아이가! 중판!! 대중판인 기다!!"

"우오오오오오오오오오오오오오오오오오오오오오오오!!!"

당연하다면 당연한 일이다.

인터넷으로는 수십만 명이 이 대국을 시청하고 있으며, 대낮에 중계를 보는 사람들이라면 찐한 장기 팬일 것이다.

그런 상황에서 대국자가 책의 인상적인 구절을 암송하면서

'명인도 애독하고 있다'는 칭찬을 해 준데다 형세마저 유리하니, 다들 가지고 싶을 게 뻔했다. 이 정도면 홈쇼핑 방송 아냐?

"고마워, 아유무……! 고마워요, 나타기리 씨……! 그리고…… 고맙습니다, 명인……!!"

쿠구이 씨는 감동에 떠는 내 멱살을 잡아당겼다.

"멀뚱멀뚱 장기 따위나 볼 때가 아니데이! 편집부에 가서 사인본 만들어야 하는 기다!"

"네엣?! 하지만 나는 이따다 사무국에 가서 면허장에 서명을 해야──."

"그러면 휘호 도구도 다 가지고 왔긋네♡ 면허장 같은 건 다들 명인의 서명을 받고 싶어 할 테니까, 그 외에는 누가 서명하든 거기서 거기일 거데이."

이 수완 좋은 미인 편집자는 보급 면허장과 직원분이 들으면 격노할 듯한 대사를 뱉더니, 나를 지하로 질질 끌고 갔다…….

"파, 팔이…… 내 오른팔이…… 한동안 장기를 못 둘 정도로, 망가졌어……."

센다가야에서 오후 5시를 알리는 벨이 울려 퍼졌을 때였다.

나는 그제야 지하 감옥에서 해방됐다. 죽겠어…….

"어이, 쓰레기. 수고 많았어."

계의 방으로 돌아가 보니, 다다미에 벌러덩 드러누워서 스마트폰을 만지작거리고 있던 츠키요미자카 씨가 나를 쳐다보지도 않으며 그렇게 말했다.

그리고 떨어진 곳에 앉아있는 여성이 한 명 더 있었다. 그 옆에는 커다란 짐이 놓여 있었다.

"아…… 안녕하세요. 쿠즈류 선생님……."

"로쿠로바 씨…… 오, 오래간만이에요……."

로쿠로바 타마요 여류 2단.

나타기리 씨에게 장기를 배웠고, 그의 연구용 방에 눌러앉은 인기 여류기사다.

그리고 현재, 그 방에는 다른 한 사람…… 다른 소녀가 살고 있을 것이다.

"어…… 으음. 아, 아…………."

——아이는 잘 있나요?

그 말을 도저히 꺼내지 못한 나는 로쿠로바 씨에게서 시선을 뗐다.

"그 후로 좀 진행됐나요?"

"그래. 후수의 수는 이해가 안 되지만 말이야."

드러누워 있던 츠키요미자카 씨는 "이영차!" 하면서 몸을 일으켰다.

"가르쳐 달라고, 교주님. 나타기리 아저씨는 어떻게 된 거야? 명인전에서 4연패한 바람에 망가지기라도 한 거야?"

"망가졌다……기 보다, 망가뜨리고 있는 거겠죠."

"망가뜨려?"

"네. 《휘젓기의 마에스트로》에게 들은 건데, 장려회 시절의 나타기리 씨는 망루만 두는 앉은비차파였다고 해요. 그 후에 노력을 거듭해서 《쌍칼잡이》라 불리는 올라운더가 됐죠."

하지만 같은 올라운더인 명인에게는 도저히 이길 수 없었다.

"그래서 이번에는 명인보다 강한 존재를 베끼려고 하는 거예요. 장기 소프트 말이에요."

"그 컴퓨터 박사, 오키토 요우처럼 말이야?"

"나타기리 씨 세대에서 소프트 장기를 가장 잘 활용하고 있는 건 오키토 선생님이지만, 그 사람조차도 종반에서는 실수를 했어요. 역시 어딘가 무리하는 부분이 있는 거겠죠."

나는 그 점을 노려서 두 번째 타이틀을 거머쥐었다.

그리고 오키토 선생님과 더블 타이틀전을 치르면서 배운 것을 『쿠즈류 노트』로 이론화한 것이다.

"나는 원래 기풍이 소프트와 흡사한 밸런스형이었어요. 사저가 책으로 배운 정석을 나한테 인체 실험한 영향일 거예요. 책에 적혀 있지 않은 응수를 계속 생각하다 보니, 자연스럽게 기풍이 묘한 방향으로 비틀렸달까요."

"긴코는 진짜 악랄하네……."

쿠즈류 야이치는 '소프트와 기풍이 비슷하다는 전제하에서, 인간이 컴퓨터에게 다가선다'라는 방향을 선택했다.

칸나베 아유무는 '어디까지나 인간의 기풍을 갈고닦으면서, 소프트로부터도 좋은 부분을 받아들인다'. 명인도 이 방향일 것이다.

그리고 나타기리 진은 '기풍은 인간이지만, 무리해서라도 컴퓨터에게 다가서자'라는 선택을 했다.

"나와 아유무 중에 누가 옳은지는, 솔직히 몰라요."

미래의 장기가 어떨지는 신만이 알 것이다.

"그저…… 나타기리 씨가 선택한 건 결국, 오키토 씨와 같은 길이에요. 밸런스형 장기는 자기 옥의 안전도를 항상 고려해야 할 필요가 있죠. 장시간의 순위전에서 그런 장기를 두는 건, 전력질주로 마라톤을 완주하는 거나 다름없어요. 그 책의 저자로서 무책임한 발언일지도 모르지만, 계산력에 자신이 없다면 종반에 돈사할 수 있죠. 그 점을 어떻게 해결할지……."

이제까지 말이 없던 로쿠로바 씨가 입을 열었다.

"진진이 불리하다……는 건가요?"

"그렇게 단언할 수도 없어요."

불안해 보이는 로쿠로바 씨에게 말해 줬다. 절친의 몇 안 되는 약점을 말이다.

"현재 국면은 나타기리 씨가 우세하고, 아유무는 야간전투에 약하죠. 내 스승과 B급 2조에서 붙은 장기에서도 크게 우세를 점하다가 종반에 실수해서 졌고, 2년 전에 나와 붙었던 제위 리그에서도——."

나는 그 말을 하면서, 그 길고 길었던 밤의 일을 떠올렸다.

그리고 나를 이기게 해 준 소녀의, 열띤 눈길을…….

"그때 나는 심야의 진흙탕 싸움으로 몰고 가서 필패의 장기를 뒤집었어요. 그러니까…… 이번에도, 끝까지 마음이 꺾이지 않는 쪽이 이길 거예요."

♟ 알몸 대국

특별 대국실에 밤의 장막이 드리워지고, 서로의 제한시간이 바닥나려고 할 때…….

나타기리 8단이 잠시 자리를 비운 장기판 앞에서, 나는 결론을 내렸다.

"큭……! 후수의 옥이…… 너무 멀어……."

이 몸의 공세는 후수의 진을 완전히 돌파했을…… 터였다.

인류가 쌓아 올린 보검 같은 전형『망루 4육은 · 3칠계형』의 파괴력은, 후수의 얄팍한 방벽을 일격에 깨부쉈다. 이 몸의 승격한 폰은 적의 옥 정면까지 파고들었다.

"그런데 어째서지?! 왜, 이걸로 이기지 못하는 것이냐!"

아무리 수읽기를 해봐도…… 후수의 옥을 잡을 수가 없었다.

그뿐만 아니라, 붕괴된 후수의 진에 남겨진 내 전력이 완전히 갈 곳을 잃자…….

형세에서 차이가 나기 시작했다는 것을 인정할 수밖에 없었다.

동시에, 저녁으로 먹은『화형에 처한 리바이어선의 검은 관 with 내장 수프』(※장어덮밥과 내장국 세트) 때문에 상승한 혈당치가 졸음이 되어 덮쳐들고 있었다.

"진정하자. 아직 시간도, 수단도 있어."

안약을 넣고, 진한 홍차로 카페인을 섭취하면서, 무너지려던 마음을 추슬렀다.

밤이 되면 항상 마음이 약해진다.

이 몸…… 아니, 마음속에서도 허세를 부리지는 말자. 내 머릿속에서는 그 말이 울려 퍼지고 있었다.

『망루는 이제 끝났어.』

드래곤킹에게 그 말을 들은 후로, 1년이 흘렀다.

그 예언대로, 장기계에서 망루는 급감했다.

그 대신 컴퓨터 장기 스타일의 서로걸기와 각교환이 대유행하고 있다. 옥을 지키는 방어벽이 얇은 상태에서 전체를 제압하는 밸런스형 장기다.

"옥을 튼튼히 쌀수록, 장기 소프트의 평가치는 하락해……."

그래서 처음에는 컴퓨터의 평가를 무시하던 망루파들도, 화면에 표시된 수치가 승점과 비례하게 되자 한 명씩 유행에 따라 망루를 버렸다.

"아니! 절대 아니야!"

목소리를 내서 자기 자신을 질타한 나는 말받침에 놓인 각을 쥔 후, 그것을 비차와 은을 둘 다 잡을 수 있는 위치에 올려놨다.

"망루는 끝나지 않았다! 이 몸이 부활시키고 말겠다……. 명인이 되어서!!"

이 대국은 이미 100수를 넘었다. 눈꺼풀이 무거워졌으며, 온몸이 무겁기 그지없었다.

이 극한 상황에서 『공격』과 『응수』 양쪽에 수읽기의 리소스를 할애하는 건 어리석다. 그것을 똑똑히 알려주면 된다. 공세에 전념할 수 있는 망루의 우수성을 증명해서 말이다.

──나는 믿는다! 인류가 1400년을 들여서 찾아낸 해답을!! 망루를!!

"차례가 됐습니다."

"고마워♡"

특별 대국실로 돌아온 나타기리 8단은 기록 담당에게 인사를 하면서 장기판 앞에 가볍게 앉았다.

엉망으로 자랐던 수염을 밀었고, 머리카락도 정돈했다. 아마 5층 수면실에서 잠도 취했을 것이다……. 야간전투에 익숙한 그 모습을 보자, 또 약한 마음이 고개를 들려고 했다.

"흐흥? 재미있는 기술을 썼는걸."

전기 명인 도전자는 나를 올려다보며 말을 이었다.

"대마를 투입해서 정신적으로 흔들 생각이야? 귀엽네♡"

"…………."

"『종반이란, 장기말을 속도로 변환하는 작업이다』."

"윽?!"

"『장기말 이득과 장기말의 효율을 높이는 것에 주안점을 두는 서중반과 전혀 다른 게임으로 변하는 종반에서는, 장기말의 가치 또한 서중반과 달라진다. 그 가치관의 전환을 이해하는 자가 종반을 제압하며, 종반을 제압하는 자가 장기를 제압한다』──쿠즈류 노트 제7장 2절!"

예언자처럼 책의 한 구절을 암송한 나타기리 8단은 그 말을 실천에 옮기는 한 수를 뒀다!

"버린……다고?! 비차를 말이야?!"

추스렸다고 생각한 마음이 동요에 사로잡혔다. 내가 비차를 잡기 위해 둔 각을 방치했어?! 설마……

"하지만! 그 정도 수로——."

"주는 건 비차만이 아니거든?"

"가——."

이번에야말로 내 눈을 의심했다.

"각, 까지 버린다고?! 대마를 전부 버리면서까지 옥을 전진시키겠다는 건가?! 이, 이런 수가…… 존재하다니……!!"

"놀랐어? 이게 미래의 장기야."

나타기리 8단은 씨익 웃고 4열에 있던 옥을 더욱 전진시켰다.

"이 압도적인 진화 속도에 따라올 수 있으려나?!"

"웃기는군!"

나는 허세를 부렸다. 그리고 비차와 각을 둘 다 잡았다. 그것이 상대의 도발일지라도 말이다.

『장기말 이득은 배신하지 않는다』.

사랑하는 마스터의 가르침이다.

그것은 내 피와 살이 됐다. 이제 와서 떼어낼 수 없을 정도로.

"남에게 빌린 칼을 휘둘러대봤자 무섭지 않다! 《쌍칼잡이》라고까지 불리는 당신이, 그런 것도 잊었을 줄이야! 그게 명인이란 자리의 마력인가!!"

"확실히 야이치 군한테 지혜를 빌리긴 했거든?"

스윽……

나타기리 8단은 오른손을 기모노 소매 안으로 집어넣었다.

이…… 불안한 동작은 대체 뭐지?!

"하지만 말이지? 빌린 건 치혜만이 아니야."

"윽?! 뭐……라고……?"

"나도 나이를 꽤나 먹었잖아? 새로운 장기를 두기 위해선……
그에 걸맞은 트레이닝이 필요하지 뭐야!"

그렇게 말한 나타기리 8단은 기모노를 벗으며 상반신을 훤히
드러냈다!

"상반신 탈의?!"

"몸으로 배운 장기를 가르쳐줄게."

그리고 《쌍칼잡이》는 양손을 말아쥐더니…….

"이렇게——."

그 두 주먹을 다다미에 대면서…….

"이렇게………… 이렇게………… 이렇게…… 이렇게……
이렇게, 이렇게, 이렇게, 이렇게이렇게이렇게이렇게이렇게이
렇게이렇게이렇게이렇게이렇게이렇게이렇게이렇게이렇게이
렇게!!"

"이…… 이건! 설마, 드래곤킹의 제자——?!"

장기 소프트를 이용해도 종반을 강화하는 건 어렵다.

왜냐하면 같은 종반은 두 번 다시 나타나지 않는 것이다.

그와 마찬가지로, 장기 묘수풀이를 푸는 것도 종반력의 향상으
로는 이어지지 않는다고 여겨진다. 그것은 실전과 괴리된 연습
문제에 지나지 않기 때문이다.

하지만—— 히나츠루 아이를 이용한다면…….

"A급 기사를 능가하는 종반력을 지닌, 쿠즈류 노트의 공동 집필자라면, 무수한 연습 문제를 만들 수 있어! 황금알을 낳는 오리처럼! 이렇게이렇게이렇게이렇게이렇게이렇게이렇게이렇게이렇게이렇게이렇게이렇게이렇게—— 이렇게!!"

따아아아악!!

채찍처럼 낭창거리는 손가락이 자아낸 장기말 두는 소리가 특별 대국실에 울려 퍼졌다. 대마 두 개를 버리고 공세를 손에 쥔 나타기리 8단은 내 옥을 격렬하게 공격하기 시작했다!

"이렇게이렇게이렇게이렇게이렇게이렇게이렇게—— 이렇게!!"

"큭⋯⋯?!"

"이렇게이렇게이렇게이렇게이렇게!!! 이이이이이이이이이이이이이이이이이이이렇게!!!"

"크아아아아악!!!!"

나타기리 8단이 수를 둘 때마다, 아름답게 짜여 있던 내 싸기가 흐트러졌다.

두꺼운 갑옷이 점점 얇아지고 있다⋯⋯!

"후하하하하하하하하핫! 상대보다 옥을 견고하게 싼다는 발상은 이제 낡았어! 시대는 처음부터 싸지 않는 밸런스형이야!! 알몸 최고오오오오!!!!!"

나타기리 8단이 노리는 건, 입옥(入玉)이다.

내 싸기를 무너뜨려서 자기 옥이 도망칠 길을 개척하고 있다. 그 노림수를 파악했다⋯⋯. 하지만 저지하는 건 불가능했다.

"이런데도 너는 딱딱하고 무겁기만 한 망루를 계속 둘 거야?!

《차세대 명인》군!"

"좋아하는 걸 좋아한다고 말한다──."

절체절명 속에서, 나는 거꾸로 질문을 던졌다.

"그러면 안 되는 겁니까?"

"장기판 위에서 그런 말을 할 수 있는 자는, 두 부류로 나뉘지."

나타기리 8단은 손가락 두 개를 세우며 외친다.

" '좋아한다' 는 말로 도망치며 더 올라서는 것을 포기한 자와! 태어날 때부터 장기판 위에서 자유롭게 행동하는 것이 허락된 천재뿐이야! 나처럼 재능이 없는 자는 부자유 속에서 강해질 수밖에 없어! 설령 그게 어설픈 흉내라고 비난을 당할지라도 말이야!!"

부족한 재능을 노력으로 채워서 신에게 도전한 이카로스는 두 손가락 사이에 장기말을 끼우고, 그 장기말을 내 옥 앞에 뒀다.

선수의 진은 완전히 돌파당했고…… 결국 장군까지 당했다.

"자기가 천재라고 우길 거라면, 어디 이 옥의 걸음을 막아 봐."

천재? 내가?

그렇지 않다는 것은 누구보다 나 자신이 잘 안다.

남들보다 뒤떨어지는 위치에서 시작했다. 마스터가 거둬주지 않았다면, 프로를 꿈꾸지도 못했을 것이다.

나는 재능이 뛰어나지 않다. 《공세의 대천사》처럼 화려한 공중 전을 펼칠 수는 없다. 《유린의 마치》처럼 기사와 기자를 겸할 재능이나, 《서쪽의 마왕》처럼 혁명을 일으킬 수도 없다. 그 명인처럼 올라운더가 되는 것도…….

망루만 두는 게 아니다. 망루밖에 못 둔다.

A급 입성이 정해진 뒤로는 불안에서 벗어날 수가 없었다. 한 번도 못 이긴 채 바로 강등당하는 꿈도 몇 번이나 꾸자…… 점점 잠자리에 드는 것조차 무서워졌다.

그래서 나는 밤이 되면 기보를 살펴봤다.

역대 영세 명인의 기보를. 신들이 둔 망루 장기를 하염없이 살펴봤다.

시대에 뒤떨어진 전법을, 시대에 역행하는 방식으로 수행하는 의미.

강해지고 있는 것 같냐고 누군가가 묻는다면, 모른다고 답할 것이다.

"나는 망루를 좋아합니다."

그래도 나는 맞서야만 한다. 명인이 되기 위해서…….

"그러니―― 너를 쓰러뜨리겠다!! 나타기리 진!!"

"좋아, 덤벼 봐!!"

특별 대국실이 불타올랐다.

먼저 제한시간이 바닥난 나타기리 8단은 1분 장기 속에서 정답인 수를 계속 뒀다. 한 수라도 실수하면 즉사를 면할 수 없는 상황에서 야간전투를 치르면서도 집중력을 유지하는 그 강인한 체력과 정신력에는 적의를 넘어 존경심을 느꼈다.

저 탄탄한 근육을 보면 쉬이 상상됐다. 나타기리 8단이 얼마나 혹독한 수련의 나날을 보내왔는지를. 한점의 군살도 없는 망루 같은 저 근육을 보면 말이다.

하지만—— 질 수는 없다!

""뜨거워……!!!""

우리는 동시에 뜨거운 숨결을 토했다!

몰려드는 피로와 수마를 떨쳐내기 위해 옷을 하나하나 벗으며 기합을 다시 넣다 보니, 어느새 나도 반라가 됐다.

나타기리 단이 신음 섞인 목소리로 말했다.

"탄력적인 몸을 지녔는걸?! 그리고 속옷도 섹시해……. 인정하지! A급에서 싸울 최소한의 준비는 되어 있다는 걸 말이야!"

"기사된 자, 보이지 않는 곳일수록 아름답게 꾸며라! 그것이 스승의 가르침!"

하얀 양복도, 망토도, 경애하는 스승의 의상을 흉내 낸 것이다.

마스터에게 있어서는 장기를 두기 위해 필수인 그 의상은, 나에게 있어 자기 자신을 북돋기 위한 것. 자신의 약함을 숨기기 위한 것. 광대라 불리는 게 당연했다.

"칸나베 선생님, 이제부터 1분 장기입니다……."

유일하게 옷을 차려입고 단정하게 앉은 기록 담당이 해수욕장에 면접 복장으로 온 듯한 거북한 표정을 지으며 기어 들어가는 목소리로 그렇게 말했다.

"알았다!!"

싸기도, 옷도, 제한시간조차도.

자신을 지키는 모든 것을 사라진 상태인데다, 상대의 입옥을 막을 수단도 찾을 수 없다.

그런데도 이길 방법이 있다면, 그것은……!!

"새파랗게 질린 『말』을 보아라———."

시간이 거의 다 된 상태에서 장기판에 손을 뻗은 나는…….

"그 말의 등에 탄 자의 이름은………… 사(死)!!"

그 장기말을 비스듬이 옮겨서, 나는 후수의 옥에 외통수순을 날렸다!

"말을 버렸어? 하하! 조바심 탓에 실수를 한 거구나?!"

나타기리 8단은 내 말을 금으로 잡았다. 나는 움츠러들지 않으며 장군을 계속 걸어댔다.

노타임으로 연속해서 여섯 번이나 장군을 건 것이다.

"말했을 텐데! 여기서부터는 속도가 중요하다고 말이야! 옥을 뒤에서 밀어붙이는 너의 공세는 나를 더욱 가속시킬 뿐이야! 『옥은 하단으로 밀어내라』란 격언은 스승께 배우지 못한 거려냐?!"

물론 배웠다. 그리운 격언이다.

1분 장기 안에서, 주마등처럼 기억이 샘솟았다. 소중한 것을 떠올렸다.

어째서 자기가 망루를 두기 시작했는지도…….

망루를 두자, 내가 좋아하는 사람이 기뻐해 준 것이다.

『좋은 장기를 뒀구나.』

그렇게 말하며, 미소 지어줬다. 장려회와 공식전에서 이겼을 때보다 멋진 미소였다.

망루를 잘 두는 사람을 좋아하는 거라고 생각했다.

키요타키 선생님이 그러했다.

하지만 공식전에서 키요타키 선생님과 가진 대국에서 무참하게 패배하면서, 나는 자기가 망루를 두는 데 있어 결정적으로 부족한 것이 있다는 사실을 깨달았다.

그것은—— 강한 마음.

우열을 할 수 없는 상황에서의 장기전을 제압하기 위해서는, 항상 냉정하면서도 뜨겁게 자신을 믿는 강한 마음이 필수 불가결하다는 것을 알았다.

그래서 나는 마음을 단련하자고 생각했다.

그것은 너무나도 어렵다. 평가치가 인류를 지배하는 이 디스토피아에서도, 마음의 평가치는 소프트가 알려주지 않는 것이다.

나는 그것을 확인할 방법을 단 하나밖에 생각나지 않았다.

내가 아는 이들 중에서 가장 마음이 강한 기사.

그 사람에게 망루로 이길 수 있다면——!!

"완전히 들어갔어♡"

내 진지 깊숙한 곳에, 나타기리 8단의 옥이 쏙 들어갔다.

그리고 내 연속 장군은 여섯 번으로 끝나고 말았다.

"강해……!"

그렇게 말한 후, 이를 악물었다.

총탄이 쏟아지고 지뢰투성이인 전장을 알몸으로 끝에서 끝까지 달려가는 기적을, 이 사람은 선보였다.

게다가 명인전에서 4연패를 한 직후라고 하는, 누구라도 나음이 꺾이는 게 당연한 상황에서……!

"자아! 이걸로 네 옥을 잡는 일만 남았네?"

내 장군 러시가 끊어진 타이밍에, 나타기리 8단은 답례라는 듯이 장군을 날렸다.

　입옥이라는 가장 안전한 장소에서……

　싸기가 무너져서 무방비해진 내 옥에 결정타를 날리려고 한 것이다.

　"덤벼……!!"

　계마로 시작된 그 연속 장군을, 겨우겨우 헤쳐나갔다.

　달려드는 계마를, 보를, 금과 은의 칼날을 해치우면서, 나는 옥을 전진시켰다. 단 하나 남은 승리를 향해……

　"어이쿠! 위쪽으로 도망치게 둘 수야 없지."

　나타기리 8단은 장군을 멈추더니, 자기 진지를 향해 손을 돌렸다.

　"후후. 초조해할 필요는 없어. 나는 이제 공격에 전념할 수 있는걸. 이제부터는 네가 쫓기는 처지야……"

　독사는 조바심을 내지 않는다.

　억지로 옥을 잡는 게 아니라, 장기판 위에 남아 있던 내 전력을 근절시키는 수를 선택한 것이다.

　그것은 물론, 서로 입옥에 의한 지장기를 경계해서다.

　"하지만 설령 서로 입옥이 되더라도 너한테 승산은 없어!"

　나타기리 8단은 내 말받침을 쳐다봤다.

　"왜냐하면 나에게 장군을 걸기 위해 대마를 다 써버렸으니 말이야! 네 말받침을 좀 봐! 금과 은과 계마뿐이잖아! 그래선 점수가 부족——."

　매끄럽게 움직이던 입술이, 거기서 멈췄다.

"금과 은? 가진 말이……………… 서! 설……마?!"

"쿠즈류 노트는 읽지 않았습니다."

읽을 필요가 없다고 생각했다.

"왜냐하면 저 또한 몸으로 그 장기를 익혀왔으니까요."

처음 만난 그날부터, 나는 그 장기에 매료됐다.

초등학생 명인전. 내 인생을 바꾸는 만남.

두 살 연하의 남자애가 둔 장기는, 불가사의한 힘을 뽐내며 찬란히 빛났다.

지금이라면 알 수 있다. 그 빛이 무엇이었는지를…….

그리고 나도 장기판에 그렸다── 용기란 이름의 그 빛을!

"하아아아아아아아아아아아아아아아아아아아앗!!!!!"

장군!

장군! 장군! 장군! 장군! 장군!

장군!! 장군!! 장군!! 장군!! 장군!! 장군!!

"이, 입옥한 옥을 잡으려고?! 그러려고 대마를 버리고…… 딴 말을 바꾼 거냐?!"

나타기리 8단은 동요한 손놀림으로 장군에 응수하면서, 내 노림수를 드디어 눈치챘다.

"이, 이것이…… 《차세대 명인》의 장기인 건가?!"

"그건 내 이름이 아니다."

합계 열세 번의 장군을 날린 끝에…….

나는 뽑아들었다! 그 검을!!

"스승께서 내려주신 내 진명은——《백은의 성기사》!!"

말받침에 남아 있던 마지막 『은』을 하늘 높이 치켜든 후, 팡파르 같은 소리를 내며 힘차게 장기판에 뒀다.

27수 외통.

선수의 진 깊숙한 곳에 들어선 후수의 옥은 원래 있던 자리까지 밀려난 끝에, 스물일곱 개의 검에 꿰뚫리고 말았다.

"………………………"

더는 도망칠 곳이 없는 벌거숭이 임금님을 내려다보던 나타기리 8단은, 5초 남았다는 말을 듣더니…….

"외통수…………네."

작게 중얼거린 그 목소리가, 투료 신호였다.

마지막의 마지막. 옥이 잡히기 직전까지 계속 수를 둔 것은 이 사람이 그만큼 오늘 장기에 모든 것을 쏟아붓고 있어서다.

분한 마음에 떨리는 목소리로, 전기 명인 도전자는 물었다.

"언제, 이 수를 깨달은 거야?"

"말을 옮기며 외통수순을 날린 바로 그때입니다."

"앗……!!"

나타기리 8단은 그 말을 듣고 전부 이해했다.

"그래. 너는 대마를 버리면서까지 가속시킨 거구나? 내가 입옥하는 것을……!"

입옥을 막는 건 불가능하다.

하지만 후수의 옥을 뒤에서 몰아붙여서, 그 속도와 궤도를 수

정하는 건 불가능하지 않았다.

내가 자력으로 찾아낸 전략……은, 아니다.

예전에 명인과 붙었던 용왕전 도전자 결정전.

천일수로 다시 두게 된 그 장기에서 컴퓨터가 찾아낸 새로운 안목을 채용한 나는, 이것과 같은 방법으로 졌다. 망루로 맞서던 명인에게 말이다.

"외통수까지 완벽하게 읽은 건 아니었습니다."

"하지만 직감으로 이 수를 둔 거야. 재능의 차이……라고, 해야 하려나?"

"…………."

"하나만 더 가르쳐 주지 않겠어?"

나타기리 8단은 장기판에서 얼굴을 들더니, 내 얼굴을 응시했다.

"만약, 망루로는 명인에게 절대로 이길 수 없다는 걸 알면…… 그래도 너는……."

"고민했습니다. 이 대국 중에도, 계속……."

나는 솔직하게 인정했다. 자신의 약함을…….

"하지만 방금, 그 고민은 사라졌죠."

1분 장기에 몰려, 외통수순을 날렸을 때.

떠오른 것은, 기뻐하는 그분의 얼굴이었다.

그 순간, 깨달았다. 내가 망루를 두는 이유는, 명인이 되기 위해서가 아니라——.

"감사합니다……."

"음?"

나타기리 8단이 의아해하는 표정을 짓자, 나는 고개를 숙이고 말했다.

"제 스승께 들었습니다. 여류기사에게 정회원 지위를 줄지 말지가 의제인 기사총회에서, 당신은 이렇게 말씀하셨다고——."

아직 나타기리 8단이 젊었던 시절의 일이다.

그 자리에 모인 대다수가 마스터에게 적의를 보이는 가운데, 이 사람만은 상쾌한 표정으로 이렇게 말했다고 한다.

『샤칸도 씨는 이 자리에 있는 프로 기사 대부분보다 강하죠. 저를 포함해서 말입니다. 그런 사람이 남자를 제자로 들이는 게 무슨 문제인 거죠?』

그래서 나는 이 사람과 싸우고 싶었다.

장기판 위에서 강한 마음을 드러내는 기사는, 얼마든지 있다.

하지만 장기판 밖에서도 강한 마음을 드러낼 수 있는 기사는, 너무나도 적다.

"이 칸토에서, 당신만이 제 스승을 쭉 인정해 주셨습니다."

"그걸 부정하는 건 나를 부정하는 거나 다름없거든. 나는 샤칸도 씨에게 3연패를 했으니 말이야."

패배에는 익숙하다.

하지만 그 패배를 인정하지 못할 만큼 약하지는 않다.

"하지만 지금은 좀 후회되는걸? 그때 지지하지 않았으면, 이번에도 손쉽게 내가 명인 도전자가 될 수 있었을 텐데 말이지!"

나타기리 8단은 그렇게 말하며 웃었다.

지칠 대로 지쳐서, 의식이 끊어지려는 와중에…… 목소리가 들린 듯한 기분이 들었다.

『좋은 장기를 뒀구나.』

그렇게 말하며 내 머리를 상냥하게 쓰다듬어 준 사람의 목소리가…….

◎ 예행연습

감상전 종료 후. 막차와 택시가 끊겨서 도쿄 요요기까지 걸어가서 아침까지 영업하는 패밀리 레스토랑에라도 들어가자는 이야기를 했다.

"내가 안내할게."

기모노(실은 거의 알몸)에서 로쿠로바 씨가 '필요해질 것 같아서' 하고 생각해 챙겨온 정장으로 갈아입은 나타기리 씨가 그렇게 말했다.

"『가장 긴 날』 후에 자주 가는 가게를 가르쳐 주겠어! 다 같이 밤~놀~이~ 하자!"

"함께하겠습니다."

은근슬쩍 아유무의 손을 잡아끌며 걸음을 내디딘 나타기리 씨는 환한 표정으로 선두에 섰다. 아유무 또한 16시간 동안 나타기리 씨와 같은 방에 있었기에 이런 친절한 태도에서 어색함을 느끼지 못하는 것 같았다. 이것이 순위전 매직…….

참고로 『가장 긴 날』이란 A급 순위전 최종국을 가리키며, 대국과 보드 해설회가 끝나면 오전 2, 3시는 되기에 요요기 근처에 있는 술집에서 장기 관계자가 모이는 건 어느새 명물이 됐다고 한다.

"아, 아뇨아뇨! 저는 됐어요! 연맹에서 묵을 거예요!"

츠키요미자카 씨와 쿠구이 씨는 내키지 않아 하는 로쿠로바 씨를 억지로 데려가려 했다. 내키지 않아 한다기보다 온 힘을 다해 거부하는 것처럼 보였다.

"에이, 괜찮잖아! 나타기리 아저씨와 명인전 동안 쭉 함께 지냈지? 어디까지 갔는지 가르쳐달라고."

"그렇데이. 걸즈토크해삐자."

"너희 토크는 취조나 다름없다고오오오!"

양옆에 선 여류 타이틀 보유자에게 체포당한 로쿠로바 씨는 체념한 투로 중얼거렸다.

"어차피 내일부터는 또 장기로 점철된 하루가 시작될 거잖아. 명인전에 나가기 전보다 더 장기로 점철된 하루하루가……."

나타기리 씨와 로쿠로바 씨에게는 나도 물어보고 싶은 게 많기에, 이렇게 두 사람과 함께하게 되어서 기쁘긴 했다. 뭘 물어볼 것인지에 대해선 노코멘트하겠다.

"야이치~? 뭐 하나~?"

쿠구이씨가 가장 뒤편에서 뒤처지고 있는 나를 재촉했다.

"아, 전화 좀 해야 하니까 먼저 가세요."

"빨리 오라고. 너도 우리 지갑이거든."

"알았다고요……."

장기계에서는 승자와 상위자가 돈을 낸다는 불문율이 있으며, 이 멤버에선 아유무와 내가 돈을 내야 한다. 즉, 나는 친구를 16시간이나 걱정한 것으로 모자라 돈까지 내야 한다. 뭐, 끝내주는 장기를 구경했으니 괜찮지만 말이다!

다른 이들의 등이 보이지 않을 만큼 거리가 벌어진 것을 확인한 후, 나는 스마트폰을 조작해서 어느 인물에게 전화를 걸었다.

"안녕하세요. 보고 계셨죠?"

『좋은 장기였느니라. 그건 인정해야겠지.』

샤칸도 리나 여류명적은 평소보다 굳은 목소리로 그렇게 대답했다. 그 목소리는 환호성을 지르고 싶은 마음을 억지로 억누르고 있는 것처럼 들렸다.

『하지만 아직 A급에서 1승을 거뒀을 뿐이라고도 할 수 있느니라. 명인의 길은 아직도 멀고 험하지…… 이 정도면 됐느냐? 예전 일로 대답을 들으려고 짐한테 전화한 게지?』

"아뇨. 이 타이밍에 털어놓는 편이 좋을 것 같아서요."

『뭘 말이냐? 젊은 용왕이여.』

"츠키요미자카 씨와 아유무의 이야기 말이에요. 두 사람이 사귀었다는 거요."

『그 이야기라면——.』

"장려회예요."

『음……?』

"츠키요미자카 씨는 중학교 2학년 여름에 여류기사를 휴장하고 5급으로 장려회에 들어갔어요. 아마 저와 아유무를 쫓아서."

『아…….』

그 시절의 심경을, 츠키요미자카 씨는 전에 자전기에 쓴 적이 있다. 쿠구이 씨와 붙었던 산성앵화전의 자전기에 말이다.

그 사람은 의외로 좋은 문장을 쓴다. 그것도 뜨거운 글을.

"하지만, 이기지 못했죠. 남자 사회인 장려회에서는 '여자에게 지는 건 수치'라고 생각해서 다들 필사적이었고, 성격도 그러니까요. 다른 장려회 회원과 연구회를 하지도 못했을 거예요……. 한 명을 제외하고 말이죠."

『설마——.』

"그 설마가 맞아요. 츠키요미자카 씨는 아유무에게 머리를 숙이고 VS를 요청했어요. 그리고 아유무도 받아들였어요. 조건부로요."

그 시점에서 아유무에게는 츠키요미자카 씨와의 VS에 메리트가 없다. 장기에 관해서는 지극히 엄격한 아유무는 자신의 시간과 기술을 제공하는 대가를 요구했다.

『지, 짐의 제자가…… 장기를 미끼 삼아, 교제를 강요했다는 것이냐……?』

"아니에요. 아유무를 좀 신용해 주세요……. 그 녀석은 옛날부터, 샤칸도 선생님 말고는 아무도 눈에 들어오지 않았다고요."

『그럼, 대천사에게 무엇을 요구한 게지?』

"예행연습이에요."

『뭐?』

이번에야말로 샤칸도 선생님이 진짜로 이해하지 못한 듯한 반응을 보이자, 나는 설명해 줬다.

너무 순수한 친구가 저지른, 너무나도 바보 같은 행위를⋯⋯.

"그 바보는 츠키요미자카 씨를 샤칸도 선생님으로 가정해서 데이트 연습을 했어요! 어디까지나 연습이라서 실제로는 손도 잡지 않은 것 같아요."

만화나 라이트노벨에서 흔히 나오는 상황이지만, 픽션에서는 그런 짓을 하다 보면 다소 서로에게 조금은 끌리기도 한다.

하지만 아유무는 어디까지나 아유무였다.

"아유무는 '소중한 여성에게 상처를 주지 않게끔', 여자를 대하는 법에 익숙해지고 싶었나 봐요⋯⋯. 아유무에게 전혀 연애 감정이 없다고는 해도, 츠키요미자카 씨도 이 말을 듣고 화가 나긴 했나 봐요."

참고로 츠키요미자카 씨가 '마구 해댔다', '위험한 플레이'라고 말한 것 또한 물론 장기다. 나와 VS를 할 때는 망루 일변도였던 아유무가 츠키요미자카 씨와는 기력이 차이 나서 승부가 성립하지 않으니 다른 전법도 시험해 본 것 같았다. 평소에는 안 쓰는 구멍⋯⋯ 즉, 동굴곰 같은 걸 말이지!

『무슨⋯⋯ 무슨 그런 짓을⋯⋯.』

선생님은 입에서 말이 나오지 않는 것 같았다.

확실히 아유무는 너무 심한 짓을 했다. 그 정도로 올곧은 녀석이며, 지금은 반성한 것 같지만 말이다.

"두 사람의 VS는 츠키요미자카 씨가 6급으로 떨어져서 장려회를 탈퇴하면서 끝났어요. 딱 1년 만에요."

『대천사에게는, 짐이 사과를 해야겠구나. 제자의 실수는 스승의 책임이니 말이다.』

"실은 그 일 관련으로 츠키요미자카 씨 본인한테서 전언을 부탁받았어요."

『전언?』

나는 크게 숨을 들이마신 후, 최대한 츠키요미자카 씨와 비슷한 어조로 말했다.

" '세상만사가 전부 자기가 꾸민 대로 된다는 착각에 빠지지 말라고, 이 할망구야! 내 인생은 좌절을 포함해 전부 내 것이야! 이제 그만 세대교체 좀 해, 이 멍청이!!!' 라고 하네요."

『뭐…………!!』

"저도 동감이에요."

아연실색하는 여류장기계의 레전드에게, 나는 추가로 이런 말을 건넸다.

"제 사저도 샤칸도 선생님에게 감사하면 감사했지, 원망할 리가 없어요. 자기가 둔 수에 대한 책임은 자신만이 짊어질 수 있어요. 그게 장기꾼이니까요."

실오라기 하나 걸치지 않은 순수한 영혼을 보여준, 오늘의 아유무처럼…….

샤칸도 선생님에게도 보여주고 싶었다. 그 진정한 영혼을.

"그러니 선생님도 자기 생각만 하세요. 타이틀전에서 뜨거운 장기를 두는 것과, 아유무의 프러포즈를 진심으로 생각하는 것만 머리에 두세요."

『………….』

"여류명적전 최종국이 끝나면 다시 대답을 들으러 찾아갈게요. 아유무의 마음은 오늘 장기를 통해서 충분히 전해졌을 테니까요."

대답은 없었다. 하지만 그걸로 됐다. 나는 "밤늦게 실례했습니다."라고 말하고 전화를 끊었다.

샤칸도 선생님이 타이틀을 지킬까, 아이가 탈취할까.

그리고 프러포즈의 결과는 어떻게 될까. 그것은 알 수 없다. 미래는 무수한 가능성으로 되어 있으며…… 우리는 그저, 자신이 믿는 길을 달려 나가며 부딪쳐 볼 수밖에 없다.

왜냐하면 그것이 장기니까…….

"자아! 가자."

이 뜨겁디뜨거운 A급 순위전조차도 예행연습으로 보이는 장기를 두 사람이 둬 주기를 바라며, 나는 앞서가고 있는 다른 사람들을 따라잡기 위해 밤길을 내달렸다.

🔔 마지막 도움닫기

"츠바사 씨, 그리고 마리아 양. 오늘 연구회에 함께해 줘서 고마워! 자, 많이 먹어."

""………….""

"(꿀꺽…….)

도쿄『히나츠루』에 있는 일식당.

그 카운터석에 아이를 사이에 두고 앉은 가쿠메키 츠바사 여류 1급과 칸나베 마리아 장려회 4급은 동시에 침을 삼켰다.

다다미방에서 장기를 둔 후라 배가 고팠으며, 히나츠루 아이의 아버지가 카운터 너머에서 만드는 요리가 너무나도 맛있어 보였으니까…….

"딸아이가 평소 신세를 많이 지고 있습니다. 아내도 인사를 하고 싶어 했습니다만, 요즘 몸이 좋지 않은 것 같아서……."

"……."

아이는 복잡한 표정을 지으며 아버지의 말을 들었다.

자신이 괴로워하는 모습이 어머니도 괴롭히고 있는 걸지도 모른다는 생각에…… 책임감이 들었다.

──하지만, 조금만 더 상냥하게 대해 줘도 될 텐데…….

어머니인 아키나는 제1국에서는 대국장까지 와서 몸치장을 도와줬지만, 그 후에는 종국까지 기다려 주지 않고 돌아갔다.

그리고 2국 이후로는 '마음이 느슨해지면 안 되니까.' 라며, 몸치장은 고사하고 얼굴조차 거의 비추지 않았다.

──역시 내가 여관을 물려받기를 바랬던 걸까……?

그런 의심이 들 정도로, 어머니의 태도는 매몰차게 느껴졌다.

"가쿠메키 씨는 성인이시던가요? 술을 드십니까?"

"아………… 아, 네…… 네에…………."

"그럼 식전주로 이걸 한잔하시죠. 이시카와현에서 순쌀로 빚은 청주『츠루노사토』입니다. 3년 숙성품을 준비했죠."

"자…… 잘, 마실게요…………!"

츠바사는 송구하다는 듯이 고개를 몇 번이나 숙이면서 두 손으로 잔을 받았다.

그리고 단숨에 투명한 액체를 들이켰다. 연구회에서는 아이와 급전 느낌의 격렬한 장기를 뒀기에, 매우 목이 말랐다.

"후우…… 맛있어……."

"츠바사 씨. 제5국의 기록 담당, 잘 부탁드려요."

"으, 응……! 아이 양의 중요한 장기……인, 걸……!"

후배의 대국, 그것도 타이틀전에서 기록을 맡으면 여러모로 많이 힘들다.

그래서 기록 담당을 자원하는 사람은 해마다 줄고 있으며, 최근에는 AI를 이용한 자동 기록 시스템도 여류기전에 한정해 실험적으로 쓰이고 있다.

그런 와중에 연구 동료인 츠바사가 기록 담당을 자원해 준 것에, 아이는 깊이 감사하고 있었다.

"게, 게다가…… 샤칸도 선생님에게…… 마, 말씀드리고 싶은 것도…… 이……있거든…………."

"어?! 츠, 츠바사 씨?! 잠들 거예요?! 츠바사 씨~!"

아이는 겨우 한 잔 마시고 취해버린 츠바사를 흔들었지만, 깨어날 기색이 전혀 없었다.

"샤칸도 선생님에게 하고 싶은 말이 뭘까? 궁금하네……."

"어차피 원망하려는 것이겠지! 마스터의 꼬드김에 넘어가서 장려회에 들어간 바람에 고생했다, 같은 소리 말이다."

"츠바사 씨가 그런 소리를 할까?"

아이는 잠들어 버린 연상의 친구에게 모포를 덮어주면서 고개를 갸웃거렸다.

"그딴 낙오자는 내버려 두거라. 그것보다 더 중요한 이야기가 있다."

"응? 뭔데~?"

여유로운 어조로 묻는 아이가 경악에 찬 비명을 지를 때까지, 그렇게 긴 시간이 걸리지는 않았다.

"뭐어?! 하, 할아버지 선생님과 샤칸도 선생님이 말이야?!"

"음. 그러니까 네 녀석의 대사부와 이 몸의 못난 오라비는 연적이니라. 못난 오라비도 마스터에게 프러포즈를 했으니 말이다."

"결혼 신청을 했어?!"

"그러하니라. 네 녀석의 스승이 있는 자리에서 '명인이 되면 결혼해 주십시오.' 라고 말한 게지. 그 때문에라도 못난 오라비는 진심으로 명인이 될 생각이니라."

"하, 하지만…… 샤칸도 선생님과 갓 선생님은…… 나이 차이가……."

"영혼은 나이를 먹지 않느니라."

"윽……!!"

마리아가 의연한 투로 말하자, 아이는 호흡을 멈출 정도로 충격을 받았다.

"결혼이란 서로의 영혼이 이끌려서 하는 게다. 그렇다면 나이 따위는 아무런 의미도 없지."

"마리아 양은 놀라지 않았어?"

"놀라긴 무슨, 그 못난이는 이 몸이 철들 때부터 명인이 되어서 마스터와 결혼하겠다고 떠들었느니라."

"뭐엇?!"

그렇다면 아유무는 입문했을 때부터 샤칸도를 연애 대상으로 보고 있었다는 것이 된다.

지금의 아이와 같은…… 열한 살 때부터…….

"마스터만큼 아름답고 고결하며 장기를 잘 두는 여자라면 남자 따위 얼마든지 자기 것으로 만들 수 있느니라. 네 녀석의 대사부는 바보 중의 바보다. 못난 오라비는 장기 센스는 별로지만 미적 센스는 동생인 이 몸도 인정해 주고 있지."

"망토가 참 멋지긴 해."

아이는 힘차게 고개를 끄덕였다.

사제지간의 로맨스는, 아이에게도 남 일이 아니다.

만약 자신이 '여류명적이 된다면 사귀어 주세요.' 라고 말한다면, 야이치는 어떤 표정을 지을까?

"그래……. 그래서 갓 선생님은 A급 순위전에서 그렇게 대단한 장기를……."

그 대국은 장기계의 화제를 독점하고 있다.

신세를 지고 있는 나타기리와 로쿠로바가 대국 다음 날 점심 즈음에 돌아와서, 30시간가량 잠만 잔 것을 기억하고 있다.

장기를 두면서 그 정도로 녹초가 됐다는 사실에 놀라는 한편, 아이는 자신이 장기에 얼마나 물렸는지를 통감했다…….

하지만 마리아의 평가는 신랄했다.

"상대는 A급 1위라고 해도 명인에게 깨진 직후였느니라. 그런 상대에게도 이기지 못해선, 설령 도전자가 되더라도 명인 타이틀을 거머쥐지는 못할 것이다."

"하지만…… 명인은 곧 있으면 쉰 살이잖아? 갓 선생님은 아직 스무 살이야. 몇 년 후에는 자연스럽게 이길 수——."

"2년이 지나면 드래곤킹이 A급에 올라올 것이니라."

"윽……!!"

"분하지만…… 그 쓰레기 용왕은 강하다. 반칙급이지. 그리고 나이로 치면, 못난 오라비보다 두 살이나 젊지 않느냐. 앞으로 더 강해질 것이니라……."

"사부님이…………."

전율에 찬 표정으로 그렇게 말하는 마리아의 얼굴을, 아이는 깜짝 놀라며 응시했다.

마리아는 야이치와 장기를 둔 적이 없다.

그런데도 이렇게 공포를 느끼게 하는 자기 스승에게, 아이는 경애만이 아닌 복잡한 감정을 품기 시작했다.

"그 마왕을 상대하기 위해서라도, 명인전 선승제 승부를 자신에게 유리한 전장으로 바꿀 필요가 있느니라. 못난 오라비에게 있어, 올해는 명인 탈취를 위한 얼마 없는 기회지. 하물며 영세 명인으로 역사에 이름을 남기려면…… 라스트 찬스라고 해도 과언이 아닐 것이니라."

"그걸, 갓 선생님은——."

"물론 의식하고 있다. 게다가 마스터도, 실은…………."

"어?"

거기까지 말하고 입을 다문 같은 학년의 장려회 회원을, 아이는 의아하다는 듯이 쳐다보았다.

"히나츠루 아이."

마리아는 아이를 향해 몸을 돌리더니…….

"부탁이다! 마스터를 자유롭게 만들어다오!!"

"어……?"

"타이틀을 빼앗으라는 게 아니다. 그게 아니라…….."

짐승귀가 달린 머리를 깊이 숙인 채, 마리아는 무슨 말을 할지 생각했다. 아이가 무엇을 해 줬으면 하는지 전하기 위한 말을…….

하지만 적당한 말이 생각나지 않았기에…….

"마스터는 자신의 마음을 계속 속이고 있는 것처럼 보이느니라. 장기판 안에서도, 밖에서도 말이다. 그분은…… 과거에 너무나도 얽매여 있어…….."

돌아가신 스승이 남긴, 명인을 향한 집착.

《킬러》로 불렸던 과거.

키요타키 코스케를 사랑했던 과거.

여류기사의 독립을 제자를 위해 팔아넘긴 과거.

가쿠메키 츠바사를 비롯해, 유망한 소녀를 장려회로 보낸 과거.

온갖 과거가 샤칸도 리나를 얽매고 있다. 불편한 한쪽 다리보다 더…….

"하지만 장기판 밖에서 우리가 무슨 말을 해도 들어주시지 않느니라. 그렇다면 장기판 안에서 설득할 수밖에 없지 않겠느냐. 안 그러냐? 응? 안 그러냐?!"

"그…………."

아이는 무심코 '그건 무리야.' 라고 말할 뻔했다.

아직…… 어떻게 싸우면 좋을지도 모르는 자신에게…… 그런 건…….

제5보

히나츠루 아이

쿠즈류 야이치

⌂ 2분의 1

"선후수를 정하겠습니다."

기록 담당인 츠바사 씨가 샤칸도 선생님의 진지에서 보를 다섯 개 쥐었다. 손가락 끝이 희미하게 떨리고 있었다.

나는 제1국 때와 같은 기모노를 입고 장기판 앞에 앉아 있었다.

혼자 몸치장을 하는 데도 익숙해졌다.

처음 와보는 여관. 창밖에는 커다란 강이 흐르고 있으며, 수면이 찬란히 빛나고 있었다. 나는 눈부신 그 광경에서 시선을 살짝 들어 올려서, 맞은편을 멍하니 응시했다.

장기말을 던지는 츠바사 씨의 모습은, 무서워서 지켜볼 수가 없었다.

"2분의 1……."

입안에서 그렇게 중얼거렸다.

결국, 샤칸도 선생님에게 이길 방법은 찾지 못했다.

작전은 딱 하나밖에 세우지 못했다.

그래서 2분의 1의 확률로, 내 작전은 불발로 끝난다.

그렇게라도 하지 않으면 이길 수 없다는 것만은, 알고 있었다.

"토금이 다섯입니다."

오오……! 대국장 안이, 술렁거렸다.

"윽…………."

나는 머리 뒤편으로 손을 가져가서, 단발머리를 매만졌다.

2분의 1의 확률로, 유리한 선수를 거머쥐었다. 미리 생각한 작전을 시험해 볼 수 있다.

　——도박에는 이겼다. 2분의 1의 도박에는······.

　순식간에 체온이 상승했다. 아직 한 수도 두지 않았는데, 땀이 났다.

　부채를 펼쳐서 자신에게 부채질했다. 펄럭펄럭하는 소리가 날 만큼 격렬하게.

　『운외창천』.

　이 선승제 승부가 시작되기 전에 자신이 쓴 그 네 글자가 눈에 들어왔다. 잘 쓰기는 했지만······ 그 이상의 마음이 샘솟지 않았다. 자신의 글자는 그저 예쁘기만 할 뿐이다.

　아주 조금 후회했다. 가장 소중한 부채를 두고 온 것을······.

　하지만 역시 그것은 펼칠 수 없다.

　그 사람의 글자를 본 순간······ 나는 약해지고 말 테니까.

　그 마음은, 이 머리카락과 함께 잘라버렸으니까.

　——그렇게 해서 겨우겨우······ 나는 타이틀전이라는 무대에 설 수 있을 만큼 강해졌으니까······.

　대국장을 둘러보자, 다른 사람이 쓴 글자가 눈에 들어왔다.

　"후훗······."

　무심코 웃음을 터뜨렸다. 제1국부터 저 족자가 나를 격려해 줬다.

　긴장감 없는 도전자를 꾸짖듯이 헛기침을 한 후, 입회인이 말했다.

"시간이 됐습니다. 히나츠루 여류 2단의 선수로 대국을 시작해 주십시오."

나는 아무 말 없이 고개를 숙인 후, 크게 숨을 들이마시고…….

"스으으읍………………… 하앗!!!"

비차 앞의 보를 전진시키며, 스위치를 켰다.

샤칸도 선생님도 홍차를 마시더니, 마찬가지로 비차 앞의 보를 전진시켰다.

의식을 치르는 것처럼 수를 뒀다. 하나의 국면을 향해서…….

"서로걸기의 최신형이니라. 그대가 원하듯이…… 말이다."

내 모든 것을 꿰뚫어 보는 듯한 목소리로, 그 사람은 말했다.

"탐색전은 끝이니라. 마지막에는 정면에서 격돌해 주도록 하지. 전력을 다해 덤벼 보거라."

솜털이 곤두설 정도의 기백을 뿜으면서, 여류명적은 양손을 펼치며 나를 맞이했다.

그 모습은, 벌써 소녀처럼 빛나고 있었고——.

"자, 장기를 시작하자꾸나."

"잘 부탁드립니다!!"

여류명적전 제5국은, 이렇게 시작됐다.

내 첫 타이틀전의, 마지막 싸움이…….

♟ 졸업여행

여류명적전 제5국은, 칸토와 칸사이의 중간지점에서 치러지게 됐다.

일본의 한가운데. 즉, 기후현!

"되게 불편한 장소네."

기후역에 내린 순간부터 츠키요미자카 씨는 찜찜한 말을 늘어놓았다.

"잠깐만…… 조심 좀 해요. 누가 듣기라도 하면……."

"괜찮잖아. 이딴 시골에 아는 사람이 있을 리 없다고."

"시골이니까 당신들은 무진장눈에 띈다고!"

다들 뒤돌아볼 만큼 아름다운 흑발 교토 미인, 양아치(미인), 그리고 흰색 망토(미남). 수수한 건 나 하나뿐인 이런 일행은 역 앞에 세워진 오다 노부나가 상보다 더 눈길을 끌었다. 저건 뭐야? 금색으로 번쩍거리는 게 확 질리겠네…….

우리 넷은 대국자 일행보다 하루 늦게 기후에 도착했다. 각자의 스케줄 때문이기도 하지만, 가장 큰 이유는 은밀하게 행동하기 위해서다.

택시를 잡고, 나는 스마트폰 중계 화면을 살폈다.

"이미 대국이 시작됐네요……."

"이제까지의 경향을 생각하면 단기 결전이 될 가능성이 크다 아이가. 우리도 서두르제이."

대국장은 『쥬로쿠로우』라는 오래된 전통 여관이다.

"중계 블로그를 보니…… 나가라강 근처에 있는 이름난 여관이며, 여관 안에서 가마우지 낚시 배를 탈 수 있나 봐요. 어제 전야제 전에 두 대국자도 탄 것 같네요."

츠키요미자카 씨는 무릎을 탁 치며 제안했다.

"좋아! 그럼 대국이 끝나면 그 배를 타고 여관에 침입해서, 그대로 할망구를 배를 태운 후에 바다로 나가는 건 어때?"

어때? 는 무슨.

여행 기분이라 들뜬 츠키요미자카 씨와는 대조적으로, 아유무는 도쿄에서부터 한마디도 하지 않았다. 지금도 뒷좌석 한가운데에서 나와 츠키요미자카 씨 사이에 끼인 채 안절부절못하고 있었다.

"아유무."

안절부절못하는 절친에게 말을 건넸다.

"'꼭 현지에 가고 싶다.'라고 말한 너를 말리지 않은 걸로 눈치챘겠지만——."

"…………."

"결론부터 말하자면, 희망이 있는 것 같아."

"윽……!!"

아유무는 내 어깨를 움켜잡으며 재촉했다.

"하지만 희망이 있더라도 잘 풀리지 않는 게 연애잖아. 내 사부님과 샤칸도 선생님의 케이스도 딱 그래."

"…………."

아유무는 그 말에 기가 확 죽었다. 강아지 같아서 귀엽네…….

"희망이 있으니까, 대국이 끝날 때까지 모습을 보이지 않으면 해. 샤칸도 선생님이 동요할 가능성도 있고…… 내 제자에게 있어서도 중요한 장기거든."

"물론이지."

이때만은 다른 사람처럼 힘차게, 칸나베 아유무는 단언했다.

"신성한 대국을 방해하는 자를, 마스터께서 인정해 주실 리가 없다."

쥬로쿠로우는 카와라마치라고 하는 기후성 기슭에 펼쳐진 관광 구역에 세워져 있으며, 우리는 그 맞은편에 있는 화과자 가게 2층에 자리했다. 쿠구이 씨는 이 가게를 경영하는 이 지방의 명사와 지인 사이라고 한다.

"높으신 분들은 웬만하면 쿠구이 씨와 지인 사이네요."

"나쁜 놈들은 웬만하면 래퍼인 거랑 비슷하네."

기사라면 대국장에 자유롭게 드나들 수 있다. 하지만 타이틀 보유자 세 명과 A급 기사 한 명이 한꺼번에 들어선다면 소동이 벌어질 게 뻔했다. 자칫하면 대국자에게도 들켜서 장기 내용에 영향이 갈지도 모른다.

"다행히 보드 해설회는 여관에서 걸어서 10분 정도 떨어진 곳에 있는 시설에서 해요. 그러니 우리가 여기 있는 걸 들켜도 '해설회에 나와라.' 같은 소리를 안 들을 거예요."

"소동이 너무 커지진 않을 거란 기네."

쿠구이 씨는 우리가 마실 녹차를 끓이면서 고개를 끄덕였다.

"그래요. 그런데——."

나는 이 지방의 유명한 과자인 은어 과자를 맛보면서 화제를 바꿨다.

"나는 제자의 타이틀전을 지켜보는 것과, 아유무의 프러포즈의 답을 듣기 위해 여기 왔어요."

"내는 사매가 관전기를 쓴다고 해서, 도와주러 온 거데이."

"나는…… 마스터가 걱정되어서 온 거다."

아유무는 고개를 숙인 채 목소리를 쥐어짰다.

"이 여관은 마스터도 처음 와 보는 장소다. 낡은 건물은 증축을 반복하면서 계단이 많아지니, 다리가 불편한 마스터가 혼자 돌아다니시는 건…… 대국에 동석하지는 못하더라도, 하다못해 무슨 일이 일어났을 때 달려갈 수 있는 거리에 있고 싶어서……."

진심으로 샤칸도 선생님의 안전만을 걱정하며, 아유무는 말했다. 프러포즈의 대답보다, 그쪽이 더 중요하다는 게 느껴졌다.

아유무의 그런 갸륵한 대답에 감격하면서, 나는 남은 한 사람을 쳐다봤다.

"그런데, 츠키요미자카 씨는 왜 온 거예요?"

"뒤지고 싶냐?"

일단 나를 두들겨 팬 츠키요미자카 씨는 책상다리를 한 긴 다리를 갑갑한 듯이 꿈틀거리며 대답했다.

"뭐, 나만 여기 올 이유가 없는 건 인정하겠어. 차분하게 생각해 보니, 기후에 와도 딱히 할 일이 있는 것도 아니고……."

"카도 료는 항상 아무 이유도 없이 칸사이도 오지 않나."

"쉿!"

조용히 해요! 뭔가 좋은 이야기를 할 듯한 분위기잖아요!

"내가 여기에 올 이유는 없어. 하지만 말이지? 이유가 없더라도 같이 행동하는 게…… 그런 게 친구 아냐?"

""…… !""

친구.

그 말이 츠키요미자카 씨 입에서 나오다니…….

"초등학생 명인전에서 4강에 들어간 후로 우리 넷은 장기계에서 사이좋은 그룹으로 여겨지고 있고, 실제로 우정 같은 것도 있다고 생각해. 특히 나는 장기회관 밖에서 일부러 만나서 이야기를 나누는 사람이라고는 너희뿐이거든. 여기저기서 미움받고 있어서 말이야."

"그건 나도 마찬가지다. 대천사여."

아유무는 츠키요미자카 씨를 위로하듯 그렇게 말했다. 뭐, 너는 옷차림이 좀 그러니까……. 하지만……."

말을 이으면서, 츠키요미자카 씨는 천장을 올려다봤다.

"마치와 타이틀전을 치를 때, 생각했어. 역시 나는 장기꾼이니까…… 장기를 위해서는 우정도 희생할 수 있다고 말이야."

"료……."

타이틀전이 쿠구이 씨의 타이틀 방어로 끝난 후, 두 사람의 관계는 원래대로 되돌아갔다.

하지만 그것은 보유하고 있는 타이틀이 현상 유지되었기 때문이며, 만약 츠키요미자카 씨가 산성앵화를 탈취했다면 어떻게 됐을까?

이 관계가, 망가졌을지도 모른다.

"그리고 이번에는 여류 순위전이라는 게 시작된다잖아. 그렇게 되면 좋든 싫든 순위를 매기게 되겠지. 여류기사 전원에 번호가 배정돼. 만약 내가 거기서 1등을 못 한다면, 나는……!"

팅!

츠키요미자카 씨는 손에 쥔 찻잔을 내려놓으며 목소리를 쥐어짜냈다.

"마치는 어떤지 모르겠지만, 나는 예전처럼 너희와 어울릴 자신이 없어. 머리 위에 숫자가 달린 상태에서 사이좋게 나란히 서 있는 건 무리야……!"

그 마음은 가슴 아플 정도로 이해한다.

1등이라면 괜찮다.

하지만 그 아래라면…… 분함과 질투에 사로잡혀서 괴로울 것이다.

그리고 그것은 다음 순위전까지 이어진다. 거기서 1등이 되지 못한다면 1년 더 이어진다. 그래도 못한다면 또 1년 더…….

영원히 계속되는 것이다. 몸이 타들어가는 고통이.

승부사로서 살아가는 한…….

"나와 마치만이 아냐. 쓰레기와 아유무도 곧 A급이나 타이틀전에서 붙게 되겠지. 이런 식으로 상대의 인생에 손을 내밀어줄 수는 없게 돼. 안 그래?"

누구 한 명 반론하지 못했다.

하지만 마음으로는…… 츠키요미자카 씨의 말에 고개를 끄덕이지 못했다.

확실히 장기는 중요하다.

샤칸도 선생님의 과거를 들으면서, 어른이 되더라도 장기가 인생을 방해한다는 것을 알았다. 장기를 입신양명과 타인을 밀어내기 위한 수단으로 삼는 사람들의 존재도 알았다.

——하지만 그것과 우정은 별개가 아닐까?

이 세상에는 장기에 버금갈 만큼 소중한 것이 존재하며, 그것은 장기를 두면서도 얻을 수 있지 않을까?

나와 사저가 서로의 마음을 확인한 것처럼…….

그러니 좀 더 요령 좋게 살아도 되지 않을까?

우리는 이미…… 단순히 장기를 좋아하기만 하는 초등학생이 아니니까.

"우리한테는 그 정도로 장기가 소중해. 지면 며칠 동안 엉엉 울 정도로 분하고…… 상대방을 이길 생각만 하게 되잖아. 병이라고. 좌절도 경험했지만, 이 병만은 나을 기미가 안 보여."

츠키요미자카 씨의 말은, 내 생각과 정반대였다.

마치 초등학생 시절로 돌아가고 싶다는 말 같았다.

"그러니까…… 뭐, 마지막으로 우리 넷이서 바보짓을 하고 싶단 생각을 했어. 아유무한테는 장려회 시절에 신세를 졌거든. 나름대로 보답하고 싶은 거라고. 장기가 끝날 때까지 심심풀이로 같이 놀아줄게."

츠키요미자카 씨는 아유무의 목에 팔을 두르고 씨익 웃었다.

"그리고, 프러포즈가 실패로 끝나면 다 같이 위로해 주자고!"

"그렇데이……."

쿠구이 씨는 비어버린 찻잔을 내려다보면서 쓸쓸한 어조로 중얼거렸다.

"졸업여행…… 같은 것인지도 모르겟다."

처음으로 넷에서 찾은 이 마을의 아름다운 풍경이, 왠지 그립게 느껴졌다.

△ 말 없는 조언

"이쪽이면 장기 관계자에게 들키지 않을…… 거예요."

"고마워, 아야노 양! 덕분에 살았어."

내가 쥬로쿠로우에 몰래 들어가는 것을 도와준 건, 관전기를 쓰기 위해 전날부터 기후에 와있던 사다토 아야노 양이었다.

그리고 샤를 양은 최종국이라는 상황에 흥분한 바람에 열이 나서, 이번에는 오지 못했다고 한다. 귀엽네. 꼭 여행 선물을 사서 병문안을 가야겠다.

"그리고, 미안해. 관전기 때문에 바쁠 텐데……."

"괜찮아요! 원래 오전에는 대국실과 검토실이 아니라, 이 주방에서 취재할 예정이었어요."

"부엌문 쪽으로 안내받았을 때는 놀랐어. 취재를 잘하고 있나 보네."

이 여관 사람들도 초등학생 관전기자를 귀여워하고 있는 건지, 대국자용 간식과 식사를 만드는 모습을 적극적으로 촬영하게 해줬다. 아야노 양은 낯가림이 심한데도 참 열심이네!

"…………아니에요……."

하지만 아야노 양은 입술을 깨물며 고개를 숙이더니…….

"저는…… 대국실에 들어갈 수 없을 뿐이에요. 들어가봤자, 장기의 내용을 몰라서…… 아무것도 쓸 수 없으니까……."

제2국 이후로는 대국실에 거의 들어가지 않았다고, 아야노 양은 고백했다.

그렇게 대국실에 들어가는 것을 고대하던 이 소녀가…….

"쿠즈류 선생님께서 장기 내용을 알려주셨던 제1국조차도, 해주신 말을 그저 옮겨적었을 뿐이에요……. 이래선 제가 관전기를 쓸 필요가 없지 않을까, 하고 생각하게 돼요……."

"아야노 양……."

"지금은 아이가 장기판 앞에서 무슨 생각을 하는지도, 저는 모르겠어요……. 너무나도 먼 존재가 되어버렸으니까……."

여초연에서 함께 장기를 두던 시절과는, 확실하게 달라지고 말았다.

사는 장소도. 싸우는 무대도.

이대로 아야노 양도, 아이와 멀어지고 마는 것일까? 친구로 지내지 못하게 되는 걸까?

나는 충동적으로 고함을 질렀다.

"아야노 양! 그래도——."

"그래도 저는 눈치챘어요."

나와 아이 양의 목소리가 포개졌다.

"모르니까, 아이를 더 지켜봐야 한다는 걸요. 더 열심히 장기

공부를 해야 한다는 걸요. 안 그러면…… 아이와 더욱 멀어지고 말 테니까요. 게다가——."

아야노 양의 마음은, 아이와 멀어지지 않았다.

새 메모장의 표지는 어느새 너덜너덜해져 있었다.

"타이틀전 개최를 위해 얼마나 많은 사람이 힘쓰고 있을까. 그 것을 전하는 것도 기자인 제가 할 일이라고 생각해요. 아직은 장기 내용을 분석할 수 있을 만큼 장기 실력이 뛰어나지 않지만, 다른 표현으로 현지의 열기를 전할 수 있을 거예요."

"아야노 양…… 정말, 어엿해졌구나……."

눈가에 눈물이 맺혔다.

이 애들과 만난 건…… 여초연을 만든 건, 정말 잘한 일이다.

"다시 한번 부탁할게. 앞으로도 쭉, 아이와 친구로 지내줘."

"네! 물론이죠!"

쿠구이 씨와 노사도, 이 소녀가 쓴 관전기를 읽으면 놀랄 것이다.

참고로 쿠구이 씨는 미끼로서 정면에서 여관에 들어갔고, 검토실에서 아야노 양을 기다리고 있다. 그 사람은 눈길을 끌어서 숨어다니기 어렵다. 하지만 나는 수수하게 생겼거든…….

"대국자의 점심 식사, 곧 완성됩니다!"

점심 식사 시간이 다가오자, 주방이 바빠지기 시작했다.

"대국 상황은 어떻지?!"

"검토실 측 이야기에 따르면, 빨리 끝날지도 모른다고——."

"그래선 뒤풀이가 언제 시작될지 모르잖아! 요리 준비를 즉시 시작하는 편이 좋을까?!"

"그 전에 승자의 기자회견을 하지?! 장소 준비는 됐어?!"

"저기! 점심 식사를 대국자의 방으로 옮겨도 돼?!"

"촬영용으로 똑같은 걸 검토실에 가져가면 되죠?!"

"휴식 시간에 대국실을 청소할 준비를 해! ……앗! 장기판은 절대로 건드리면 안 된다고!!"

나는 항상 타이틀전의 대국자였기에, 여관 사람들이 전쟁터에 있는 것처럼 정신없이 일하는 줄은 몰랐다.

단 한 번의 장기를 위해 쓰이는 막대한 노력을 두 눈으로 보자, 뜨거운 감정이 북받쳐 올라왔다.

그게 전부 제자를 위한 일이라고 생각하니 그 감정이 더욱 뜨거워졌다.

"여기는, 뜨겁네."

"네! 이 열기를 표현하는 게, 제 일이라고 생각해요!"

그리고 그 이상으로 뜨거워진 존재가, 이 여관의 다른 방에 있다.

주방에 설치된 모니터에 비친 대국실.

거기서는 조그마한 여자애가, 아직 오전인데도 불구하고 최종반 때처럼 몸을 앞으로 숙인 채, 필사적으로 수읽기를 하고 있었다.

『이렇게, 이렇게, 이렇게이렇게이렇게이렇게이렇게이렇게이렇게이렇게이렇게이렇게——.』

모니터 너머에까지, 아이의 특징적인 목소리가 들려왔다.

앞뒤로 격렬하게 몸을 흔드는 그 모습은 이 선승제 승부를 상징하는 듯한 광경이었다.

『샤칸도 여류명적이 66수로 5사보를 두자, 히나츠루 도전자는 20분 가까이 생각에 잠겨 있습니다.』

『샤칸도 씨는 옥두(玉頭)의 약점을 일부러 드러내며 '올 테면 와 봐라.' 라고 말하고 있으니까요.』

해설을 맡은 기사가 후수의 옥 앞 빈 곳을 주먹으로 두드렸다.

『서로걸기의 최신형으로 진행되면서, 후수인 샤칸도 씨는 투우사처럼 비차를 좌우로 흔들며 선수를 견제하고 있습니다. 도전자로서는 어느 타이밍에 결단을 내릴 필요가 있죠. 이 상황에서는 여러 수를 고려할 수 있습니다만——.』

『이렇게이렇게이렇게이렇게이렇게이렇게이렇게이렇게이렇게………… 이렇게엣!!!!』

장기판에 이마가 닿을 것 같을 정도로 고개를 내민 아이가 결단의 한 수를 뒀다!

『자, 뒀습니다! 선생님, 이 수는 어떻습니까……?!』

『젊군요.』

해설을 맡은 프로 기사는 눈부시다는 듯이 눈을 가늘게 뜨더니, 짤막한 한 마디로 그 수에 찬사를 보냈다.

도전자는 물러설 줄 몰라야 한다는 가치관은 그 어떤 승부에서도 공통된다. 아이의 자세는 칭찬받으면 받았지, 비난받지 않을 것이다. 설령 패배할지라도.

『흠…….』

시간을 확인한 샤칸도 선생님은 기록 담당인 가쿠메키 츠바사 여류 1급에게 말했다.

『휴식에 들어가도록 할까. 짐의 제한시간으로 처리해다오. 《불멸의 츠바사》여…….』

샤칸도 선생님은 자기 제한시간을 소비해서, 일찍감치 대국실을 나섰다.

여류명적전의 휴식 시간은 한 시간이다. 대부분의 대국과 마찬가지다.

하지만 이번 여관은 대국실과 대기실 사이에 거리가 있는 데다, 낡은 건물이라 계단이 많다. 다리가 불편한 샤칸도 선생님에게 이동은 부담이 되기에, 여유를 가지고 쉬려는 것이리라.

"보통은 그렇게 생각하겠지. 보통은……."

"쿠즈류 선생님? 뭔가 눈치채셨나요?"

"미끼야."

"미끼……라고요?"

"샤칸도 선생님은 아이에게 미끼를 뿌렸어. 휴식이란 미끼를………… 아니, 승리란 미끼야."

제1국. 아이는 마음을 비우고 장기를 뒀다.

휴식 전에 천재일우의 기회를 발견했고, 그것을 놓치지 않았다.

"그건 좋아. 샤칸도 선생님도 그 돌격에는 놀랐을 테고, 수순의 시작을 알리는 그 수는 읽지 못했을 거야. 1이은이란 수를 말이야……."

"네! 그건 아이한테 있어서 회심의 한 수였어요!"

"하지만 제2국에서는 욕심이 생겼어. 같은 방법으로 이기려고 한 거지."

서중반을 생략하는 단기 결전.

일방적으로 공격해서, 경이적인 종반력으로 상대를 짓밟는다. 아이는 그런 장기를 승리 패턴으로 학습하고 말았다.

"그리고 제3국. 1국과 마찬가지로 선수인데다 이기면 첫 타이틀이란 미끼가 눈앞에서 어른거리자, 아이는 당연히 같은 방법으로 이기려 했어."

"샤칸도 선생님은 그 점을 노렸다……는 건가요?"

나는 "응." 하고 말하며 고개를 끄덕였다.

"하지만 그것보다 더 중요한 게 있어. 샤칸도 선생님이 가장 두려워하는 전개는…… 종반력과는 상관없다는 거야."

"네?"

나는 그 점을 완벽하게 놓치고 말았다. 아이도 물론 눈치채지 못했다.

왜냐하면 우리는 너무나도 젊기 때문이다.

그래서 상대의 시점에서 생각하는 게 어렵다. 자기보다 훨씬 연상의 대국 상대가, 자신의 무엇을 가장 두려워할지 생각하지 못했다.

그것을 눈치채지 못한다면 이 장기 또한…… 게임 공략 발표회로 끝난다.

──하다못해 힌트만이라도 전하고 싶다. 기왕 왔으니까……!

하지만 조언 행위는 금지되어 있다.

전해 주더라도…… 대체 어떻게 전하면 되지?

『도전자인 히나츠루 양은 휴식 중에도 장기판 앞을 떠나지 않는군요…….』

『1초도 낭비하기 싫은 거겠죠. 이기면 처음으로 타이틀을 거머쥐는 것이니까요.』

아이는 아직 생각에 잠겨 있다. 적진만을 보고 있었다.

가쿠메키 씨도 아이를 신경 쓰며 대국실을 나섰다. 자유롭게 자리를 떠날 수 없는 기록 담당에게 있어, 휴식 시간에 푹 쉬어두는 것도 중요했다.

『이렇게이렇게이렇게이렇게이렇게이렇게이렇게이렇게…… 휴우…….』

아이는 그제야 크게 한숨을 내쉬더니, 그걸 신호 삼듯 자리에서 일어나서 종종걸음으로 대국실을 나섰다.

"도전자가 자리를 비웠습니다!"

"좋아! 이 틈에 청소하자!"

대기하고 있던 여관 사람들이 허둥지둥 움직이기 시작했다.

그때였다.

"아……."

대국실을 비춘 모니터를 보고 있던 아야노 양이 중얼거렸다.

"아야노 양, 왜 그래?"

"방석 위치가 전혀 다른 것…… 같아요."

"방석?"

아야노 양은 화면을 펜 끝으로 가리키며 말했다.

"샤칸도 선생님의 방석은 장기판에서 한참 떨어져 있는데, 아이의 방석은 장기판에 닿을락 말락할 정도로 붙어 있어요. 그만큼 아이가 필사적으로 생각하고 있다는 거겠지만……."

확실히 상징적인 광경이었다.

앞으로 몸을 내밀며 공격하려 하는 도전자와 당당하게 공격을 받아주는 여류명적.

입장의 차이가 방석의 위치에서도 느껴졌다.

오히려 대국자가 없기에, 그런 거리 차이가 돋보였다.

"방석……? 앗……?!"

그 순간, 기사회생의 한 수가 떠올랐다.

"그래. 이렇게 하면……! 고마워, 아야노 양! 너는 최고의 관전기사야!"

"네엣?! 쿠, 쿠즈류 선생님?!"

나는 아야노 양을 꼭 끌어안고 안경이 흘러내릴 정도로 볼을 비볐다. 여관 사람들의 시선도 전혀 신경 안 쓰여!

아이에게 말을 거는 건 물론이고, 대국실에 들어가서 뭔가를 하는 것도 피해야 한다.

그렇다면, 내가 할 수 있는 최선의 행동은——.

"저기요! 잠시 실례할게요."

여관 사람에게 말을 걸었다.

보통 휴식 시간에는 여관 사람이 쓰레기통 안을 깨끗하게 비우거나, 미지근해진 음료를 교환하거나 하는데…….

나는 한 줌의 희망을 품으며, 이렇게 말했다.

"저기…… 위치를 손봐줬으면 하는 게 있어요. 물론 장기판은
아니에요."

♟ 구름 밖

대기실로 돌아가서 밥을 입에 넣었지만, 나는 그것을 전부 토
해버렸다.

"가자!"

세면장에서 세수한 후, 바로 방을 나섰다.

방에 머문 시간은 3분 정도다. 겨우 3분 동안에도 마음이 계속
조급해졌다.

장기판 앞을 벗어나면 차분하게 생각을 할 수도 없었다. ……
제3국이 끝난 후로, 계속 그런 상태가 이어졌다.

대국실로 돌아간 나는 미끄러지듯 방석에 앉았다.

"이렇게이렇게이렇게이렇게이렇게이렇게이렇게이렇게이렇
게이렇게이렇게이렇게——."

1초가 아까웠다.

아무도 없는 대국실에서, 기보를 손에 쥐며 소비한 시간을 확
인했다. 샤칸도 선생님의 제한시간 활용을 통해 앞으로의 전개
를 예상했다.

"이렇게이렇게이렇게이렇게………… 응. 응. 괜찮아……. 할
수 있어……."

되뇌듯 몇 번이나 그렇게 읊조렸다. 괜찮다. 연구대로 진행하면 된다. '이래도 진다면 어쩔 수 없다'고 생각할 만큼, 미리 연구한 국면으로 상대를 유도하고 있다!

기록 담당인 츠바사 씨가 돌아오더니, 내가 먼저 자리하고 있다는 사실에 놀라면서 자기 자리에 앉았다.

이윽고 대국 재개 시간이 됐다.

"시, 시간이 됐으니…… 대국을 재개해 주세요……."

하지만 수를 둘 차례인 샤칸도 선생님은 아직 오지 않았다. 고맙다는 생각이 들었다. 상대보다 오랫동안 장기판 앞에서 생각에 잠겼다는 점은 자신감으로 이어진다.

──내가 더 빨리 수를 읽고, 더 오래 생각하고 있으니까…… 더 깊은 수읽기를 하고 있을 거야!

수를 읽었다. 더욱 깊게 수를 읽었다.

두꺼운 구름 너머에 있는 정답을 거머쥐기 위해 손을 뻗었다. 분명 이 구름 너머에 푸른 하늘이 펼쳐져 있다고 믿으며……!

얼마나 시간이 흘렀을까?

장기판 앞에 누군가가 앉는 기척이 느껴졌다.

"시……시간이…… 됐습니다……."

"음."

샤칸도 선생님은 고개를 끄덕이더니, 사방침에 기대면서 다음 수를 생각했다.

그 후로 10분, 15분의 시간이 흐른 후…….

"이 정도면 되겠지."

샤칸도 선생님은 드디어 말받침으로 손을 뻗더니, 거기에 놓인 보를 쥐어서 장기판 위에 뒀다.

7오보.

다음 차례에 7육계의 장군을 노리는 매우 공격적인 수다.

그 수는 내 예상대로였기에————스위치를 켰다.

"이렇게에에에에에에에에에에에에에에에에에에에에에에에에에에에에엣!!!!!"

제1국에서 성공했던 단기결전.

지금의 내가 샤칸도 선생님에게 이기려면 이 방법밖에 없다.

——이 한 수로 단숨에 종반전에 돌입하겠어!! 용기를 가지고……!!

"윽……!!"

옆에 있는 츠바사 씨가 몸을 내미는 모습이 언뜻 보였다. 내 결단에 놀란 것이다. 하지만……!

——자기 자신을 믿자! 내 연구와 종반력을……!!

"오오오오오오오오오오오오오오오오오오오오오오오오오오오오오오오오오오오오오오!!!!!"

여기서 펼치자!

구름을 걷어서, 장기판 위에 푸른 하늘을 펼치는…… 최강의 한 수를!!

운외창천의 한 수를!!

둘───────── 생각, 이었다.

"……………………………………어라?"

소, 손이…… 닿지 않아?!

거머쥐려던 장기말에 아슬아슬하게 손가락이 닿지 않으면서, 나는 방석 밖으로 미끄러질 뻔 했다.

"어, 어라?! 자, 장기판이………… 멀어?! 어라라?!"

힘껏 손을 뻗어도, 닿아야 할 곳에 손가락이 닿지 않았다. 오전에는 이런 일이 없었는데…….

아! 누군가가 방석의 위치를 옮겼구나?! 집중한 탓에 눈치 못 챘어…….

"하지만, 대체 누가……?"

내가 대국실을 비운 것은 점심 휴식 시간, 그것도 매우 짧은 시간뿐이다.

대국실에는 방을 청소하러 온 사람밖에 들어오지 않았다. 혹시 장기를 모르는 여관 측 사람이 나와 샤칸도 선생님의 체격 차이를 생각하지 않고, 장기판에서 같은 거리에 방석을 둔 것일까……?

『아이. 장기판에 너무 붙어 앉았어.』

목소리가 들렸다.

"어……?"

그것은, 이 자리에 있을 리가 없는 목소리였기에……

나는 그 목소리가 어디에서 들려온 것인지, 바로 눈치챘다.

그것은………… 내 마음속에 새겨진, 기억 속의 목소리였다.

『일부러 무릎을 움켜쥐어서 경솔한 수를 두지 않으려고 하는데, 장기판에 너무 붙어 앉은 바람에 손이 가는 대로 수를 두고 있잖아.』

『죄, 죄송해요 사부님……. 하지만 필사적으로 생각하다 보니, 자기도 모르게 장기판에 점점 다가가게 돼요…….』

『그럼 방석을 장기판에서 떼어놓으면 돼.』

『방석을요?』

『그러면 다가가고 싶어도 다가갈 수 없을 거잖아?』

『아앗!! 맞아요! 사부님은 천재세요!!』

『내가 생각한 게 아냐.』

『네? 그럼 누구 생각인데요~?』

『내 사부님께 배운 거야. 소소한 요령이지.』

『할아버지 선생님한테요?』

『그래. 그리고 사부님은 사부님의 사부님께 배웠어.』

『사부님의 사부님의 사부님……한테요?』

『쭉 이어지고 있는 거야.』

『쭉…… 이어지고…….』

『그런 기술은 선배한테 배우거나 훔칠 수밖에 없어.』

그리고 그 사람은 이렇게 말했다.

내 머리에 상냥히 손을 올려놓으며…….

『그것이, 사람과 사람이 장기를 두는 의미라고 생각해.』

"…………사부님…………."

머릿속에서 지워졌던 소중한 한때가 다시 생각났다.

하나가 생각나자 다른 하나가, 그리고 또 다른 하나가…….

이 타이틀전을 위해 기억했던 정석과 연구수순 때문에 기억의 구석으로 밀려나 있던, 무수한 추억.

사부님이 가르쳐준, 촌스럽고 끈질긴 칸사이 장기가.

소라 선생님이 가르쳐준, 차갑고 뜨거운 각오가.

케이카 씨가 가르쳐준, 노력은 반드시 보답받는다는 사실이.

텐짱이 가르쳐준 패배의 고통이.

미오가 가르쳐준 승리의 고통이, 아야노의 꿈을 향해 나아가는 자세가, 샤를의 천진난만한 해맑음이…… 나에게 무언가를 알려주려 했다. 소중한 무언가를 말이다.

그리고, 제1국부터 쭉 대국실에 걸려 있던 그 사람의 휘호에서도…….

──떠올리자. 내 무기를. 진정한 무기를.

시간이라면 있다.

"후우우──…………."

나는 장기판을 향해 뻗었던 손을 거둔 후, 크게 심호흡을 했다.

그리고──.

"저기요! 배가 고파서 그런데, 먹을 걸 좀 가져다 달라고 부탁해도 될까요?"

수를 둘 차례인 내가 그런 부탁을 하자, 기록 담당인 츠바사 씨가 깜짝 놀랐다.

"어?!"

"주먹밥 같은 거라도 괜찮아요."

"아…… 응. 아니, 네! 주먹밥을 주문하라는 거죠?!"

츠바사 씨는 뭔가를 떠올린 건지, 중계 카메라를 향해 주먹밥을 쥐는 동작을 취하거나, 머리 위편으로 손을 들어서 삼각형 모양을 만들었다.

"저기, 츠바사 씨? 그냥 방에 있는 전화로 주문하면 되지 않을까요……."

"아…… 맞다. 미, 미안해, 아이 양……. 저, 전화, 전화……."

"후훗."

츠바사 씨한테는 미안하지만, 덕분에 긴장이 풀렸다.

몸을 일으킨 나는 방석의 위치를 섬세하게 조절한 후, 겸사겸사 굳어 있든 관절을 풀어줬다.

그리고 넘겨받은 주먹밥을 먹었다.

"냠냠……! 후우……."

따뜻한 차를 속에 넣자 마음이 진정됐다.

몸속 깊은 곳까지 찌릿찌릿해지는 듯한 기분 좋은 느낌을 받으며, 나는 새 물수건으로 손가락을 정성 들여 닦았다.

그리고 기합을 넣은 후, 다시 옷을 움켜쥐었다.

무릎 부분에만 주름이 지도록…….

"하앗……!!"

그 후, 나는 수를 뒀다.

하지만 그 수는 이제까지처럼 빠르게 승부를 내려는 수가 아니었다.

"어?!"

기록을 하던 츠바사 씨가 무심코 필기도구를 떨어뜨리고 말았다. 쓰려던 부호와 전혀 다른 수를 내가 뒀기 때문이다.

내가 선택한 것은——2구비.

비차를 자기 진 안쪽으로 빼서 승부를 길게 끌고 가는, 방어적인 수다.

"홋……."

이제까지 아무 말 없이 지켜보고 있던 샤칸도 선생님은 한숨을 내쉬더니…….

"이런이런…… 휴식 중에 누군가가 방석의 위치를 조절한 바람에, 눈치채고 만 것 같구나. 지금의 너를 쓰러뜨리는 건 쉽지 않겠어……."

그 말과는 달리, 샤칸도 선생님의 얼굴에는 즐거운 듯한 미소가 어려 있었다.

그 반응을 보고 내가 정답을 찾아냈다는 것을 눈치챘다. 이 국면에 대한 정답은 다른 것일지도 모르지만…… 그것을 골라도 나는 마지막에는 지고 말았을 것이다.

샤칸도 선생님이 가장 두려워하는 점.

내가 지닌, 선생님보다 유일하게 뛰어난 점. 그것은——.

"카나자와의 하늘을 보신 적 있으세요?"

"음?"

"호쿠리쿠 지방은 항상 구름이 많아요. 툭하면 비가 내리기 때문에, 푸른 하늘을 볼 수가 없죠……."

운외창천.

그것은, 기사가 흔히 부채에 쓰는 말이다.

그 말대로, 구름 너머에는 새파란 하늘이 끝없이 펼쳐져 있다고 생각했다. 다들 그렇게 말했다.

하지만 그렇지 않다.

내가 마음속으로 그려온 푸른 하늘은, 상상에 지나지 않는다.

그리고 장기란 길 또한 그렇게 간단한 것이 아니다. 너무나도 끝없고, 너무나도 잔혹하며, 아무리 나아간들 종점이 없는 길이다……!

구름 너머에도 산은 높디높게 솟아 있다!

"그래서 저는 정상을 몰라요. 아무것도 모른 채 산을 오르기 시작했고, 구름을 돌파하면 그걸로 끝이라고 멋대로 생각하며, 숨을 멈추고 눈을 감은 채 내달리려 했죠……."

전혀 달랐다.

구름 너머에는, 이전보다 훨씬 험난한 길이 이어져 있었다.

정상으로 이어지는 길이…….

"……선승제 승부라는 건 참 특수하지."

샤칸도 선생님은 내 말을 들은 후, 이렇게 말했다.

"다른 공식전은 대부분 단판 승부이니라. 그리고 대국과 대국 사이도 길지. 하지만 단기간에 연속으로 같은 상대와 선후수를

번갈아 가며 두는 타이틀전은, 서로의 기풍과 버릇을 파악하게
되느니라."

　나는 일부러 그것에서 눈을 돌렸다.

　하지만 샤칸도 선생님은 내 버릇을 간파해, 대처했다.

　그러니까…… 선승제 승부가 길어질수록 이기기 어려워지는
거야.

　"타이틀전을 연애에 비유하는 기사가 있지만…… 짐은, 사제
지간에 가깝다고 생각하느니라. 단기간이지만 생활을 함께하거
든. 함께 여행하고, 같은 것을 먹으며, 같은 것을 보지……. 상위
자가 가장 두려워하는 건, 기사로서 쌓아온 온갖 노하우를 선승
제 승부를 치르는 동안 흡수당하는 것이니라."

　29년간 무관이 된 적이 없었던 그 사람은, 말했다.

　"대국 한 판의 승패 따윈, 그 공포에 비하면 아무것도 아니지.
설령 타이틀을 잃더라도, 단련한 기술만 도둑맞지 않는다면 언
제든 되찾을 수 있으니 말이다."

　높다. 그렇게 생각했다.

　──샤칸도 선생님과 명인이 올라선 경지는…… 그렇게 높고
투명한 장소였구나…….

　《이터널 퀸》으로지 불리는 이 사람이 두려워하는, 내가 지닌
유일한 무기.

　그것은── 성장 속도.

『이기고 싶어.』

『타이틀을 원해.』

그런 마음이 내 눈을 흐리게 했다. 그것이 내 하늘에 드리워진 구름이다.

나는 장기에 집중하고 있었던 게 아니다.

눈앞에서 반짝이고 있는 아름다운 것에 정신이 팔려, 중요한 것을 잊고 말았다…….

하지만 그것은, 보석이 아니다.

유리로 만든 가짜에 지나지 않는다.

나에게 진짜로 필요한 것은 타이틀 따위가 아니다. 그것은 수단에 지나지 않는다. 그것은 결과에 지나지 않는다.

"강해지겠어……."

눈을 감고, 나는 입안에서 중얼거렸다.

"강해지면…… 강해져야만………… 길이 열려……!!"

잡념을 걷어내듯, 몇 번이고 중얼거렸다. 『강해지겠어』하고…….

그리고 다시 눈을 뜬 후, 샤칸도 선생님을 똑바로 바라보았다.

"저는 강해지기 위한 최고의 기회를 스스로 내팽개치고 있었어요. 모처럼 샤칸도 선생님에게 장기를 배울 기회를 손에 넣었는데…… 네 번이나 헛되이 했어요……."

후회가 들었다.

그것은 스승에게 더 많은 것을 배웠어야 했다는 생각에 버금갈 정도였다.

"하지만 아직 한 번의 기회가 남아 있어요! 이번 대국을 통해, 저는 선생님을 뛰어넘겠어요!!"

여류기사의 역사 그 자체와 마주하며, 도전자는 외쳤다.

──이 산을! 정상을………… 넘겠어!!!!

"그렇다. 짐이 곧 정상이니라."

이제까지와 전혀 다른 손놀림으로, 샤칸도 리나 여류명적은 장기말을 뒀다.

4이은이라고 하는, 기나긴 싸움을 예감케 하는 수를…….

"시작할까? 히나츠루 아이."

"네!! 잘 부탁드립니다!!"

드디어 보이기 시작한 정상에 선 자의 얼굴을 올려다본 후, 나는 고개를 숙였다.

그것은 진정한, 진실한, 여류명적전의 시작을 알리는 신호였다.

"자!『승부』를 시작하겠노라!!"

△ 전여친 · 동경 · 절친

『예, 예상 밖의 수가 나왔습니다! 도전자는 제1국 때처럼 달려드는 것이 아니라, 구태여 지구전을 선택했습니다!』

해석을 맡은 프로 기사가 화면 안에서 경악에 찬 목소리로 토한

외침을, 츠키요미자카 료는 나가라 강 기슭에 서서 듣고 있었다.

리스너인 여류기사도 고개를 갸웃거렸다.

『평가치는 샤칸도 여류명적 쪽으로 기울었군요. 히나츠루 양이 오판한 걸까요?』

『으음……. 공격할 생각이었는데도 어찌 된 건지 소극적인 수를 두게 되는 경우는 흔히 있으니까요. 중요한 것이 걸린 장기에서는 더 그렇습니다.』

『이 장기에서 도전자가 진다면, 패인은 중압감 때문일까요?』

『그렇게 말할 수도 있겠습니다만…… 너무 잔혹한 걸지도 모르겠군요. 초등학생 여자애에게, 그만큼 강한 마음을 요구하는 건 말입니다.』

"뭘 모르네."

화면을 끈 츠키요미자카는 발치의 돌멩이를 주워서 강을 향해 거칠게 던졌다.

"진짜로 모른다고! 제대로 아는 게 하나도 없단 말이야!"

첨벙! 첨벙! 첨버엉!!

연달아 던진 주먹만 한 돌은 수면과 충돌하며 한순간 주위에 물을 흩뿌렸지만, 곧 강은 다시 조용히 흘렀다.

"…………."

그 옆에 있는 칸나베 아유무는 침묵을 지키고 있었다.

두 사람은 강 건너편에서, 대국이 펼쳐지고 있는 여관방을 응시했다. 하다못해 떨어진 곳에서도 그 싸움을 지켜보고 싶다는 듯이.

"야. 솔직하게 대답해 줘."

돌을 던지는 것에도 질린 츠키요미자카가 아유무에게 말을 걸었다.

"나도 장려회 시절…… 승리에 급급해하지 않고 저렇게 강해지기 위해 싸웠다면, 더 높은 곳까지 올라갈 수 있었을까?"

"그래."

아유무는 주저 없이 답했다. 그러자 츠키요미자카는 훗 하고 웃더니…….

"너도 남자로서 성장했네."

"어떤 부분이 말이지?"

그렇게 묻는 '전남친'에게, 츠키요미자카는 대답했다.

"거짓말이 능숙해졌어."

"아빠. 보고 있어?"

2층에서 내려온 케이카는 다다미방에서 컴퓨터를 조작하고 있는 키요타키 코스케 9단에게 말을 걸었다.

거의 한 달 만에 이뤄진 부녀간의 대화였다.

"그래……."

아버지는 마음이 딴 데 가 있는 듯한 투로 대답했다. 케이카는 화낼 마음도 가셨다.

야이치 앞에서는 의연한 태도로 '아내를 잊지 못해서'라고 말한 것 같지만…… 이렇게 화면 너머의 샤칸도를 응시하는 모습에서는 미련이 철철 넘치고 있었다.

──야이치 군도 그렇지만, 남자들은 하나같이 정말…….

"역시 샤칸도 선생님은 멋져."

케이카는 아버지 옆에 앉아 함께 화면을 보며 기억을 뒤졌다.

"처음 지도 대국으로 가르침을 받았던 건 초등학교 4학년 때였어. 지금도 똑똑히 기억해……. 내가 여류기사가 되자고 결심한 계기인걸."

이렇게 아름답고 강한 사람이, 이 세상에 있구나…….

텔레비전에서 본 여배우나 아이돌보다 훨씬 멋있었다.

마치 꿈만 같은 그 지도 대국에서 자신이 어떤 장기를 뒀는지, 케이카는 전혀 기억하지 못한다.

단 하나 기억하는 건…… 그 흥분에 사로잡혀서, 그 편지를 썼다는 것이다.

열 살인 케이카가, 스무 살인 케이카에게 보내는 편지를…….

하지만 그와 동시에…… 초등학교 6학년 때에 장기를 관두자는 결단을 내린 원인 또한, 샤칸도였다.

──올려다 보고 있는 정상이 너무나도 높았으니까…….

"샤칸도 선생님의 말 중에 『두 번째로 높은 산의 이름은 아무도 기억하지 못한다』라는 게 있잖아? 그 말에는 1등과 2등 사이에는 그만큼 큰 차이가 있다는 의미가 담겨 있어……."

하지만 아무리 노력해도 자신은 샤칸도처럼 되지 못한다는 것을 이해한 순간, 케이카는 간단히 장기를 관뒀다.

──1등이 되지 못한다면, 자신은 장기 세계에서 아무런 가치도 없다.

그 생각은 다시 여류기사를 꿈꾸기 시작한 후로도 마음속 깊은 곳에 존재했고, 케이카가 두는 수를 어지럽혔다.

하지만.

지금 화면 안에서 샤칸도와 싸우는 초등학생 여자아이가, 케이카에게 가르쳐줬다.

'장기를 좋아한다'는 순수한 마음을…….

그 마음만 있으면…… 특별하지 않더라도, 꿈을 좇아가도 된다는 것을 말이다.

그래서 케이카는 아이를 응원하고 있다. 아이의 승리를 진심으로 바라고 있다.

하지만 그와 동시에…… 가슴이 뻥 뚫리는 듯한 쓸쓸함도 느꼈다.

"그 시절의…… 내가 처음으로 같이 장기를 뒀던 시절의 샤칸도 선생님이라면, 승부가 이렇게 길어지지 않았을 거야. 내가 운 좋게 이길 수 있을 만큼…… 선생님은 약해지셨……."

"케이카. 그렇지 않데이."

"뭐?"

"리나 양은 지금이 가장 강하고 아름다운 기다. 내랑 공식전에서 붙었던 때보다, 지금이 확실히 강하데이."

화면을 응시하는 아버지의 얼굴은, 빈말을 하는 것처럼 보이지 않았다.

그뿐만 아니라…… 30대 시절의, 깨끗하게 수염을 민 사내다운 인상의 아버지가 그 자리에 있었다——.

"윽?! ……………말도, 안 돼."

눈을 비비고 다시 보니, 그 자리에 있는 건 역시 수염 난 50대 남자였다.

아이와 샤칸도의 대국은 해외의 사람들도 주목하고 있었다.

예를 들자면 유럽의 한 나라에서도 말이다.

『후수가 이길 거야! 저 여자는 엄청나게 많은 타이틀을 획득한 그랜드 마스터잖아?』

『아냐, 선수가 이겨! 어떤 게임이든 간에 젊고 힘 있는 쪽이 유래해!』

인터넷 덕분에 실시간으로 시청할 수 있는 동영상 스트리밍을 보면서, 사람들은 샤칸도와 아이의 대국에 관해 열띤 논의를 하고 있었다.

시차 탓에 아직 아침이지만, 조그마한 노트북 컴퓨터 앞에는 사람들이 모여 있었다.

그 중앙에는 아이와 비슷한 또래의 소녀가 있었다.

위도가 높아서 눈이 많은 그 나라에서는 보드게임이 인기 있었다. 특히 체스처럼 두 사람이 대전하는 아날로그 게임이.

그래서 그 소녀가 동양의 섬나라에서 가져온, 나무 조각을 이용해 만든 기묘한 보드게임이 유행하는 것도 시간문제였다.

『인상론이 아니라 국면의 우열로 논해 보자.』

빼빼 마른 남성이 조용히 말하자, 이제까지 떠들고 있던 사람들은 바로 입을 다물며 그 말에 귀를 기울였다.

그 남성은 체스의 그랜드 마스터이자, 바둑으로도 유럽에서 손꼽히는 강자였다. 일본장기 또한 겨우 반년 만에 고단자의 영역에 도달했다.

『AI는 후수가 우세하다고 판단하는군. 그리고 내가 검토해 보니, 선수가 이제부터 역전하는 건 불가능에 가까워. 후수가 큰 실수를 범하기를 바랄 수밖에 없지만…… 이 샤칸도란 여자의 수는 AI와 거의 일치해. 내가 선수라면 이미 리자인(투료)했겠지.』

　다들 납득하며 고개를 끄덕였다.

　하지만──.

　"조그마한 애가 이겨."

　소녀가 그렇게 말하자, 또 열띤 논의가 벌어졌다.

　이 나라에 와서 처음으로 체스를 접한 그 소녀는, 그랜드 마스터를 상대로 첫 대국에서 드로(무승부)를 따내는 뛰어난 승부력을 선보였다.

　그 압도적인 재능에 다들 이끌렸기에, 소녀가 가져온 일본장기란 게임도 유행한 것이다.

　"저 애는 그 어떤 때도 절대 포기하지 않고, 누구보다 빠르게 성장해. 그러니 저 애가 이겨."

『왜 그렇게 저 여자애를 믿는 거지? 미오.』

　주위의 의문에, 소녀는 명쾌한 이유로 답했다.

　"왜냐하면 저 애는…… 아이는 미오의 절친이자, 최고의 라이벌인걸!"

♟ 전성기

"소마 활용이 정말 능숙해! 보만을 이용한 공격이, 이렇게 강하다니······!"

케이카 씨에게 들었는데도, 나는 격렬하게 동요하고 말았다.

앞으로만 나아갈 수 있는, 보.

한 칸만 나아갈 수 있는, 보.

같은 줄에 두 개 둘 수 없는, 보.

모든 말 중에서 가장 많은 제약을 지닌 그 말을 이용해 마치 마법처럼 다채로운 공격이 펼쳐지자, 내 장기관은 완전히 뒤집혔다.

그리고 옥좌에 앉은 여왕처럼, 샤칸도 선생님의 옥은 5이 지점에 자리한 채 전혀 움직이지 않았다.

거꾸로 나는 차례차례 소환되는 보병에게 쫓겨다니며 장기판 위를 꼴사납게 굴러다녔다.

"하아······! 하아······! 대, 대단해······!!"

대국이 이어지면 이어질수록, 샤칸도 선생님은 내가 모르는 수순을 선보였다.

경악과 공포를 넘어, 감동마저 느꼈다.

──샤칸도 선생님은 대단해! 장기는 정말 대단해!!

나는 마음 한편으로 『재능』이라는 말에 만족하고 있었다.

장기를 배운지 3년도 채 안 됐으면서 타이틀에 도전하게 되자,

많은 사람이 나를 천재라고 불러줬다.

그래서 나 자신도 착각하고 말았다.

『종반력』.

『수읽기 속도』.

남들이 대단하다고 말해 줬던 것들이, 자신이 지닌 최고의 무기라고 생각했다.

지금도 내 가슴 한구석에는 거기에 의지하려는 마음이 존재했고——.

"아직이야! 더…… 이 장기는, 더 높은 경지로 올라갈 수 있어……!!"

손가락이 피부를 찢을 것만 같을 만큼 오른손으로 무릎을 거머쥔 채, 나는 최선을 다해 수읽기를 했다.

——직선적으로 읽지 마! 더 넓게! 더 곡선적으로!!

장기 묘수풀이로 장기를 익힌 나는, 좁은 국면에서 일직선으로 수읽기를 하고 만다.

하지만 진짜 장기판의 넓이를, 깊이를, 나는 샤칸도 선생님에게 배웠다.

가장자리의 보를 전진시키기만 해도…….

향차를 한 줄 올리기만 해도…….

옥이 한 칸 이동하기만 해도—— 승패는 크게 변화한다. 장기는 더욱, 더욱 넓어진다!

"으으으윽……!! 하아아아아아아아아아아아아아아앗!!!"

『수읽기』의 한계를 넘어서기 위해, 나는 내 감각을 다시 만들어나갔다. 열한 개의 머릿속 장기판을 부수면서 말이다.

장기판 위의 모든 장기말과 이어지는 감각.

장기판 밖에 있는 장기말조차 지배하는 감각.

"아아아아아아아아아아아아아아아아아아앗!!!!!"

뇌의 뉴런을 억지로 이어붙이는 듯한 그 작업에, 머리가 비명을 질렀다.

전부 내팽개치고 싶어졌고, 자신이 있어야 할 장소마저 잃어버릴 것만 같았지만——.

"더……! 더……!! 더, 더, 더, 더, 더어어어어엇!!"

더 높이 올라가려다 추락해 지면을 기어 다니면 돼!

진흙투성이가 되어서도 정상을 향하면 돼!

"더 촌스럽게! 더 뜨겁게!!"

소리를 내 그렇게 외쳤다. 몇 번이고. 몇 번이고!

머릿속 장기판도, 종반력도, 내가 태어날 때부터 가지고 있었던 것에 지나지 않는다.

내가 자신의 힘으로, 노력으로, 익힌 장기의 피와 살은!!

"촌스럽고 끈질긴, 칸사이 장기!"

내가 되돌아가야 할 장소.

내가 장기를 시작한 장소.

"샤칸도 선생님이 장기를 둔 횟수에는, 아직 한참 미치지 못해. 하지만——!!"

어리고 빈약한 자기 자신을 인정하며, 진흙탕 속에서 나는 일어섰다.

눈앞에 있는 위대한 기사와 1초라도 더 오래 장기를 두기 위해
서…….

눈앞의 조그마한 소녀의 내면을 채우고 있는 장기의 질량에,
짐은 전율했다.

"끈질기구나……."

그 압도적인 끈질김에 혀를 내둘렀다. 이 소녀가 정말로 마리
아와 동갑인 걸까.

"아니, 단순히 끈질기기만 한 게 아니다……. 이건 『휘젓기』인
가!"

국면이 나아갈수록 장기말 교환 또한 격렬해졌다.

장기판 위에서 한순간 사라진 장기말은, 다음 순간에 원래의
이동범위를 벗어나 워프한 것처럼 다시 장기판 위에 출현했다.
물리법칙을 비튼 것처럼, 기존의 장기 상식을 뜯어고치고 있다.

그렇게 도약하는 장기말이 인지할 수 없는 『견고함』이 되어,
짐의 공격을 무효화시키고 있다.

——형세는 유리하다! 유리할…… 터인데, 왜 공격이 닿지 않
는 게지?!

공격이 날카로운 건 알고 있다.

하지만 이렇게 기발한 방어력을 선보일 거라고는 예상하지 못
했다.

앉은비차파의 견고함과 몰이비차파의 감성이 기묘하게 뒤섞
인, 완전히 새로운 올라운더가 눈앞에 있다.

마치 《강철의 벽》과 《휘젓기의 마에스트로》가 동거하고 있는 듯한……

——이런 장기가, 정말 가능한 게냐……?!

천사백 년간 이어진 장기 역사가 지금, 짐의 눈앞에서 완전히 부정되려 하고 있다.

앉은비차와 몰이비차라는 2대 명제가, 한 소녀 안에서 융합되고 있다.

이제까지 짐이 길러온 장기 감각이 전혀 도움이 되지 않는다. 무중력인 우주에 내던져진 것처럼 불안정하고 불안한 미래가, 눈앞에서 태어나려 하고 있다.

"하아…… 하아…… 하아………… 흐으으으으읍!"

뇌가 산소를 갈구하고 있다.

정상에 군림한 짐은, 이 높이에서의 싸움에 익숙할 터.

——그곳을 넘어서 더 높이 올라가려고 하는 건가…… 이 소녀는……!

한 수를 둘 때마다 강해져 갔다.

짐이 익혀온 기술을 흡수하면서…….

——이 소녀는…… 히나츠루 아이는………… 짐이 가늠할 수 없을 정도의 천재인 건가?!

뛰어난 소재라고 생각하기는 했다.

축복받은 가정에서 자라며, 건강한 신체와 천성의 계산력을 갖췄다. 누구라도 제자로 들이고 싶어 할 인재다.

하지만 그렇기에 『상냥함』으로 가득 차 있었다.

──제1국의 대국 개시 전에 짐은 그 점을 간파했고…… 이 소녀의 『바닥』을 가늠했다.

　상냥함은 오만함으로 이어진다.

　오만함은 방심으로 이어진다.

　방심은 실수로 이어진다.

　그리고 실수는 패배로 이어진다.

　상냥함과 오만함은 종이 한 장 차이다. 여류기사를 깔보던 늙은 세대의 프로 기사와 마찬가지로, 젊은이는 오만함에 가까운 방심을 마음속에 지니고 있다.

　신체적 핸디캡을 지닌 짐은 그런 상냥함과 오만함을 꿰뚫어 보는 눈을 지니게 됐다.

　──그것이야말로, 하늘이 짐에게 내려준 장기 재능.

　아이러니하기 그지없었다.

　장기에서 벗어날 수 없기에, 승부와 마주할 수밖에 없기에, 짐은 누구보다도 빈틈없는 기풍(마음)을 손에 넣을 수 있었다.

　──《나니와의 백설공주》도…… 긴코도 짐과 마찬가지로 신체적 연약함을 마음의 힘으로 바꿨다.

　약하기 때문에 벽을 넘을 수 있었다.

　『여자』라고 하는, 장기계에서 가장 높은 벽을.

　하지만 눈앞의 소녀는 그런 벽이 처음부터 없었다는 것처럼, 가볍게, 짧은 시간에, 천장에 도달하려 하고 있었다.

　──이 강함은 대체 뭐지?! 이………… 마음의 강함은 대체 뭐냔 말이다!!

짐은 이런 소녀가 나타나기를 바라마지 않았다.

콤플렉스가 없어도, 하염없이 장기를 추구하며, 강해질 수 있는 소녀를…….

하지만 완벽한 재능을 지닌 이가 눈앞에 나타나자…… 짐은, 자신이 격렬하게 동요하고 있다는 것을 깨달았다.

──하다못해…… 하다못해 전성기 시절의 힘을, 짐이 지니고 있다면……!!

이제까지 한 번도 느낀 적 없는 초조함에 사로잡힌 채, 필사적으로 말을 옮겼다.

그것은, 자신의 인생을 부정당하는 상실감도…….

자신이 지니지 못한 재능을 지닌 소녀를 향한 질투심도…….

유일하게 남은 타이틀을 빼앗길지도 모른다는 공포도 아니었다.

전성기에 이 소녀를 만났다면 분명…… 틀림없이 자신은 더욱 강해질 수 있었을 거란, 그런 긍정적이고 진취적인, 승부사의 근원적인 충동.

"뜨거워."

무심코 입에 담았다.

이름 없는 그 감정을…….

"실례! 하겠습니다!"

사다토 아야노가 대국실에 들어선 건, 아슬아슬하게 균형이 유지되고 있던 형세에 큰 차이가 생겨난 순간이었다.

"하아아아아아아아아아아아아아앗!!!!"

아이는 기합을 지르며 각을 내주더니, 그 틈을 이용해 적진 가장 깊숙한 곳에 비차를 투입했다. 대마 두 개를 구사해, 어찌어찌 반격의 실마리를 거머쥐려 한 것이다.

하지만…….

"아직 멀었느니라!"

샤칸도는 황금의 방패를 소환해, 아이가 날린 비차를 간단히 튕겨냈다. 그에 따라, 두 사람의 형세는 더욱 벌어졌다.

――하지만, 용이 탄생했다!

아이의 눈에서 정기가 샘솟았다. 형세 같은 건 전혀 개의치 않는 것만 같았다.

"이 용을 써서…… 이길 거야!!"

"그 전에 죽거라."

다음 순간, 샤칸도는 선수의 옥을 향해 연속 장군을 날리기 시작했다.

"윽?! 이 타이밍에 결판을 내려고 하는 거야?!"

게다가 단순한 장군이 아니다. 6연속 장군. 말받침에 남아 있는 전력을 전부 투입하는 갑작스러운 맹공!

"으으으으으으으윽……!!"

결국 아이의 옥은 장기판 구석에 몰리고 말았다.

그제야 샤칸도는 자기 진영으로 손을 되돌렸다.

"성가신 용을 해치워 둘까. 저 말은…… 정말 성가시거든. 후후."

달인의 호흡이었다.

"큭……!"

절벽에서 기어올라 서려고 끄트머리에 겨우 손을 걸친 순간, 그 손을 짓밟힌 듯한 절망감이 느껴졌다.

──하지만 아직 비차가 하나 더 남아 있어!!

아이는 끈질기게 버텼다. 남은 비차에 희망을 걸며, 진흙 범벅이 된 채 골짜기 밑을 굴러다녔다.

장기판 왼쪽 구석까지 몰렸던 아이의 옥은 이제 오른쪽으로 계속 몰려갔고, 3열에서 겨우 걸음을 멈췄다.

샤칸도의 옥은 당당히 5열에 자리하고 있었다.

이 옥의 움직임만으로도 형세의 차이는 명백하게 드러나고 있었다.

그래도 아이의 마음이 꺾이지 않은 건── 옥이 나아갈 길을 만들어 준 대마가 존재하기 때문이다.

"이렇게!!"

남겨진 또 하나의 비차가 후수의 진을 돌파해서, 용으로 승격했다.

후수의 진영 가장 안쪽에 출현한 그 거대한 용은 공격만이 아니라 선수의 옥이 도주할 길을 확보하는 역할도 맡았다. 입옥 가능성이 단숨에 상승하자, 아이의 온몸에서 힘이 샘솟았다.

"용왕인가. 성가신 말이구나……."

샤칸도는 각과 금을 이용해 그 용을 어떻게든 해치우려 했지만, 아이를 손가락 하나로 용을 교묘하게 조작해서 안전지대인

1일로 대피시키는 데 성공했다.

"빠져나왔어!"

"과연 그럴까?"

그 순간, 샤칸도의 손이 말받침으로 향하자—— 아이는 천지가 뒤집힌 듯한 충격을 받았다.

선수의 대각선 앞칸에 은을 투입하는, 2칠은!

"은을 그냥 버린 거야?!"

그것은, 무시무시한 수였다.

샤칸도가 용을 쫓은 건, 이 수를 성립시키기 위해서였다!

"옥으로 잡았다간…… 4칠비성에 응수할 수가 없어?! 아차!!"

자기 진영 안에서 용이 빠져나간 영향으로 발생한 수순이다. 이 은을 잡으면 진다는 것을 눈치챈 아이는 휘청거리며 옥을 대피시켰다.

그 순간, 샤칸도는 또 달인의 호흡으로 자기 진영으로 손을 되돌리더니, 아이의 옥 바로 옆에 보를 둬서 장기판 구석에 봉인했다.

"봉인 완료구나."

"앗……?!"

"장기가 끝날 때까지 거기 있어 줘야겠다."

아이의 용은 완전히 봉인당했고, 옥 앞에는 은이라는 거점이 구축됐다.

몇 수 전과는 전혀 다른 광경이 장기판 위에 펼쳐졌다.

——요, 용이…… 내 용이………….

더는 돌이킬 수조차 없다.

선수의 마지막 희망은 완전히 끊어졌다.

"아…… 아, 아, 아아아………."

아이는 오른손으로 다다미를 짚었다.

그리고 여류명적은 마지막 자비를 베풀었다.

"히나츠루 아이. 하다못해 그대가 사랑하는 용왕으로 최후를 맞이하게 해 주겠노라."

샤칸도는 9칠용이라는 수로, 장기판 반대쪽에 있는 선수의 옥에 장군을 걸었다.

"윽……!!"

절체절명.

그런 아이를 더욱 궁지에 모는 말이 장기판 옆에서 들려왔다.

"히, 히나츠루 선생님…… 이제부터 1분 장기입니다……."

제한시간이 바닥나서, 투료할 여유조차 없다.

저격수가 자기 목을 노리고 있다는 공포에 떨면서도, 아이는 필사적인 저항을 이어갔다. 한 줌의 희망조차 짓이겨지려는 상황에서, 반복되는 장군을 버텨낼 뿐인 절망적인 시간이 이어졌다…….

기보를 작성하던 츠바사는 자기가 쓴 부호의 기묘함에 무심코 중얼거렸다.

"선수『동옥』이, 벌써 수십 번이나 이어진 기가……?"

아이의 옥이 지닌 생명력에, 그 끈질김에, 감동마저 느꼈다.

하지만── 형세는 너무나도 불리했다.

이미 후수의 승세였다. 자신이라면 포기했을 것이다.

입옥에 의한 역전을 특기로 삼는 《불멸의 츠바사》의 눈에도, 선수의 옥이 적진으로 도망칠 가능성은 만의 하나도 되지 않아 보였다.

반대로 후수의 옥은 5이 지점에 자리한 채 항상 입옥이 가능한 도주로를 확보한 상태에서 싸우고 있다.

──정말 용의주도하데이. 너무 강해…….

아무리 깊이 읽어도, 아이가 이기는 수순을 찾을 수 없었다. 츠바사는 나이 차이 나는 친구가 느끼고 있을 원통함을 생각하니, 그녀의 얼굴을 쳐다볼 수도 없었다…….

하지만 츠바사의 옆에 앉아있는 아야노는 오히려 이 상황에서 더욱 앞으로 몸을 내밀고 있었다.

"아이……! 아이의 눈빛은, 아직……!"

"눈……빛……?"

츠바사는 기보용지에서 시선을 떼더니, 아이의 얼굴을 봤다.

아이의 눈은, 궁지에 몰린 자신의 옥이 아니라── 적진을 쳐다보고 있었다.

그리고 말받침에 놓인 은을 쥐더니…….

"장군……?"

기보 꾸미기.

그렇게 생각했다. 아이가 투입한 은은, 투료를 미루는 것 이상의 의미를 지니지 못했다.

100수만에 샤칸도의 옥이 움직였다.

그것은 대국이 끝난다는 신호였다. 여류명적이란 타이틀은 이 압도적인 존재의 손아귀에서 영원히 벗어나지 못한다는 것을 알리듯, 샤칸도는 아이가 투입한 은을 옥으로 당당히 잡았다.

"이렇게!"

아이는 노타임으로 각을 투입해서 또 장군을 걸었다.

"아직도 포기하지 않은 게냐……?"

샤칸도의 목소리에는 낙담과 짜증이 섞였다.

이 대국은 이미 210수를 넘었으며, 여류명적전 사상 최고의 열전 기보가 됐다. 더는 이 신성한 기보를 더럽히고 싶지 않다는 생각이 묻어났다. 이 앞에는 아름다운 국면이 남아 있지 않다는 듯이 말이다.

그런데도…….

"이렇게!"

아이는 방금 투입한 각을 빼더니, 자신의 옥을 억누르고 있던 샤칸도의 은을 잡았다.

"입옥에 희망을 거는 건가……. 마지막에 와서 어리숙함을 드러내는구나. 하지만 그 여운조차 사랑해 줘야 할지도 모르지."

그렇게 말한 샤칸도는 방심하지 않으며 자신의 옥을 봤다.

용과 말. 선수의 진영 좌우에 들어가 있는 두 마리의 환수가, 여류명적의 도주로를 확보하고 있다. 외통수는 절대로 없다.

이 국면에서 지는 일은, 절대로, 없다.

"이렇게…… 이렇게…… 이렇게…… 이렇게…… 이렇게, 이렇게, 이렇게, 이렇게이렇게이렇게이렇게이렇게이렇게이렇게

이렇게이렇게이렇게이렇게이렇게이렇게————."

하지만 아이는 장군을 계속 걸었다.

"————이렇게!!"

5오보.

장기판 중앙, 그리고 후수의 옥 앞에 놓인, 보 하나. 그냥 내주는 보.

오싹.

"윽……?! 이, 이 오한은…… 윽!! 우, 우웨에에에에엑……!!"

가장 먼저 반응한 이는 츠바사였다. 한기와 구역질로 정신이 멀어지는 것 같았다. 수읽기와 대국관보다 먼저, 본능이 반응했다. 몸에 새겨진 공포가 이렇게 외치고 있었다.

——이 수는 인간을 죽이는 수다.

샤칸도는 사방침을 움켜쥐더니, 상반신을 최대한 장기판 쪽으로 내밀었다.

"이 기묘한 보의 의미는…………?!"

옥을 움직이게 해서 함정에 빠뜨리려는 의미. 그렇게 생각할 수밖에 없었다.

문제는, 저 보를 잡으면 죽는 걸까. 아니면 피하면 죽는 걸까, 인데…….

——몇 시간…… 아니, 며칠을 쏟아부어도 파악할 수 없는 국면이다.

© Shirabii

아마 몇 년 후에 불쑥 결론이 머릿속에 떠오를 듯한, 인류에게는 너무나도 복잡한 국면이다.

남은 시간은 5분. 절대로 파악할 수 없다.

너무 생각하면 거꾸로 파멸에 이른다. 그렇다면——.

"짐은 도망치지 않느니라. 모든 운명으로부터……."

샤칸도 리나는 선택했다.

여왕의 진로를 방해하는 보병을, 뒤편에 시립하고 있던 나이트로 잡는다는 수를.

"동…………계."

츠바사는 구역질을 참으며 기보에 그 부호를 기록했다.

다음 순간, 아이는 장기판을 향해 몸을 뻗듯이 손을 내밀더니, 장기말 하나를 거머쥐었다.

거머쥔 장기말은—— 용.

"이렇게!!"

2이용.

드디어 용왕이 봉인을 찢어발기며 부활한 것이다.

그 용은 보로 간단히 잡을 수 있다. 잡을 수 있지만——.

"보로 잡으면, 외통수에 걸려드는 건가……?"

샤칸도는 전율했다.

자신의 패배를 눈치챘기 때문이 아니다.

아이가 장기판 위에 그린 외통수순. 그 아름다움에 취해 전율한 것이다…….

"아, 아니…… 보가 한 개도 남지 않는, 건가? 이렇게 아름다운 투료도가, 이런 격전 끝에 남겨져 있다니…………!!"

마치 옥 두 개를 이용한 장기 묘수풀이다.

23수 후에 기다리는 자신의 죽음에, 샤칸도는 매료됐다.

"아름답구나……. 아무리 멍군을 해도 받아낼 수 없는, 절대적인 외통수……."

2이용이라는 수를, 샤칸도는 계속 경계하고 있었다. 전혀 손해 보지 않으며 금을 보충할 수 있는 그 수를 회피하기 위해, 금을 내주더라도 지지 않는 전형을 계속 선택해 왔다…….

하지만──.

"213수에 4이각을 둔 시점에서, 이 외통수를 알아챈 거지? 5이마의 시점에서, 짐의 옥은 어디로 도망치든 잡힐 운명에 처했다는 걸 말이다."

"네. 하지만, 조건이 성립할 필요가 있어서……."

"그게 아까 전의 5오보인가……."

장기판 위의 형세는 필패다. 아무리 최선의 수를 두더라도 이길 수 없다.

그렇다면 아이는 상대방의 실수를 유도할 필요가 있었다. 상대의 심리를 공격해 승리를 거머쥐는 길뿐이었다.

대국 상대를 더욱 깊이 이해해서 속이는── 승부사가 되어야만 한다.

"선생님이 동계 이외의 다른 선택을 내렸다면…… 옥을 도주시켰다면, 선생님의 승리는 확정되었을 거예요."

"둘 중 하나인 선택지조차 아니었던 건가. 불리한 도박이라고 생각하지는 않았던 게냐?"

"네——."

아이는 단언했다. 자신이 그 함정에 운명을 건 이유를…….

"받아낼지 도망칠지의 갈림길에 섰을 때, 샤칸도 선생님은 도망친다는 선택을 하지 않으시니까요."

"윽……!"

샤칸도는 화들짝 놀라며 눈을 치켜떴다.

아이는 220수라는 기나긴 싸움 속에서 샤칸도 리나라는 기사를 깊이 이해한 끝에, 마지막 함정을 쳤다. 샤칸도에게 있어서 『설령 지더라도 후회는 없는 수』를 찾아냈을 때, 장기판 위의 진리와는 다른 곳에서 승패는 갈리는 것이다.

"대단하구나. 그것이 인간과 인간의 승부라는 것이다."

그렇다. 샤칸도 리나는 도망치지 않는다.

다리가 불편한 샤칸도는, 도망칠 수가 없다.

그리고 높디높은 산꼭대기에는, 뒷걸음질 칠 공간이 존재하지 않는 것이다.

"짐도 하나, 가르쳐 주지."

자신의 패배를 자랑스럽게 느끼면서, 여류명적은 고했다.

샤칸도 리나가 꿰뚫어 보고, 이 선승제 승부에서 항상 의식한, 아이의 버릇. 스스로는 눈치채지 못한, 그래도 타인이 보면 『이것이 히나츠루 아이의 장기다』 하고 한눈에 알 수 있는 특징.

그것은——.

"장기판 위에 용왕이 존재할 때, 히나츠루 아이는 강해진다. 그리고 절대로 포기하지 않지."

"윽……!!"
대국 도중인데도, 아이의 눈에 눈물이 맺혔다.
운명의 갈림길이 된 제3국.
아이의 비차는 쭉 2구에 있었으며, 3열에 있던 샤칸도의 옥을 견제하기만 하는 역할을 맡았다. 끝까지 용으로 승격되지 않았던 것이다…….
하지만 이 장기에서는 몇 번이나 용이 출현했다.
그리고 결정타가 되어서, 아이에게 승리를 안겨줬다…….
"장기판 구석에 가둬둬서 만족한 것이 패인이구나. 빨리 해치웠어야 했어. 그렇지 않으냐?"
샤칸도는 주먹으로 자기 머리를 살짝 때리며 장난스러운 투로 말했다.
소녀 같은 그 행동을 본 아이는 울면서 웃음을 터뜨렸다.
"하지만 자꾸 용을 보는 버릇은 고치는 편이 좋을 게다. 2이용을 노리고 있다는 게 훤히 드러났거든."
"샤칸도 선생님도, 보를 모으는 걸 너무 좋아하세요! 지금도 말 받침에 아홉 개나 모아두셨잖아요."
"장기말 이득은 배신하지 않는다. 그게 전부지. 딱히 보를 좋아하는 건⋯⋯."

샤칸도는 고개를 돌리며 볼을 부풀렸다. 아이는 이번에야말로 폭소를 터뜨리고 말았다.

바로 그때였다.

샤칸도 리나의 시선이, 저 너머 강가에 있는 한 청년을 향했다.

"아아⋯⋯⋯⋯."

눈부신 것처럼 눈을 희미하게 떴다.

가라앉는 태양이 수면을 황금색으로 물들이면서, 일몰 직전의 그 순간을 성스럽게 만들었다.

"아름답구나⋯⋯⋯⋯. 짐이 무관이 되는 순간이 이렇게 아름 다울 줄이야⋯⋯."

그리고 샤칸도가 자세를 바르게 고치고, 오른손을 말받침에 올려놓으려던── 바로 그때였다.

"샤칸도 선생님."

도전자가 물었다.

"선생님의 전성기는, 언제인가요?"

"짐의⋯⋯ 전성기?"

뜻밖의 질문이었기에, 샤칸도는 투료하는 것을 잊으며 생각에 잠겼다.

"언제였으려나? 여류 타이틀을 전부 제패했을 때일까, 아니면 《킬러》라고 불리며 프로 기사에게도 지지 않을 거라 여겨지던 그때일까⋯⋯. 적어도 그 순간은 지나갔느니라. 먼 옛적에, 말 이지."

"…………."

"하지만 그렇다고 해서, 그대가 거머쥘 타이틀이 빛바래지는 일은——."

"그랬군요……. 선생님은 쭉 등지고 싸우느라, 저것이 안 보였군요……."

"저것?"

타이틀을 계속 지켜왔던 샤칸도는 항상 상석에 앉았기에, 상석 뒤편에 걸리는 족자를 등지고 있었다.

그래서 아이의 지적을 듣고서야, 처음으로 거기에 걸린 족자를 봤다.

"아……?!"

샤칸도 리나는 뒤편으로 몸을 돌려서, 처음으로 그 족자를 봤다. 그 족자에 적힌 말을…….

그리고…… 그 휘호를 적은 인물의 이름을…….

『내 전성기는 내일』.

내일.

나이 든 사람이 두려워하는 그것을 오히려 가능성으로 받아들이는, 너무나도 긍정적이고 너무나도 능청스러운 그 말을 적은 이는——.

"코스케 씨의 휘호………… 그래……. 짐은 쭉, 이것을 눈치채지 못한 건가……."

샤칸도는 아연실색했다.

그렇게 동경하고, 지금도 자신의 마음속에 자리하고 있다고 여겼던 키요타키 코스케.

얼마 전의 샤칸도라면 분명 눈치챘을 것이다. 설령 이름이 없더라도, 저것이 누가 쓴 것인지 바로 눈치챘을 것이다.

자신의 사랑이 옛적에 끝났다는 것을, 샤칸도는 깨달았다.

"저의 대사부님은…… 키요타키 코스케 9단께서는 항상 말하세요. '내일 더 강해질 거데이!', '젊음을 해방하는 기다!' 하고요."

아이는 다시 이렇게 물었다.

"샤칸도 선생님의 전성기는, 분명 내일이에요. 그렇죠?"

"아니, 짐은 이미――."

샤칸도가 또 말끝을 흐리자, 아이는 소리쳤다.

"이렇게 대단한 장기를 두는 사람이 쇠퇴했다니, 그건 거짓말이에요! 저는 가장 강한 시절의 샤칸도 리나를 쓰러뜨리고 타이틀을 손에 넣을 거예요! 제 전성기는 이제부터 시작돼요!!"

히나츠루 아이는 어리광쟁이처럼 계속 외쳤다.

"그러니 샤칸도 선생님도, 내일이 가장 아름다울 거예요!!"

말도 안 되는 논리다. 그것은 말한 아이가 가장 잘 알고 있다.

그런데도 아이는 말을 이었다.

이을 수밖에 없으니까 마음이 꺾인 순간에 진정한 패배를 맞이하니까, 가장 소중한 사람에게 그렇게 배웠으니까…….

"그러니까………… 아아…… 그러니까…………!!"

눈물마저 흘리며, 아이는 전하려 했다.

못난 자신이 너무 한심했다.

마리아가 부탁한 일을 좀 더 깔끔하게 해내고 싶었다.

예전에 야이치에게 받았던 『용기』를, 자신도 다른 사람에게 주고 싶었다.

그것이── 히나츠루 아이라는 기사가 목표로 삼는, 정상이다.

"전성기⋯⋯⋯⋯인가⋯⋯⋯⋯."

족자에서 창밖으로 시선을 돌린 샤칸도는⋯⋯.

"코스케 씨의 사손이 짐의 등을 밀어 주다니⋯⋯ 후후! 짐은 정말 행복한 사람이구나. 이렇게 행복해질 예정은 없었다만⋯⋯."

"⋯⋯⋯⋯⋯."

"그렇다면 차라리⋯⋯ 더욱 행복해지도록 할까."

"윽!"

아이가 반사적으로 고개를 들자, 한때 《킬러》라고 불렸던 그 여성은 미소를 지었다.

"뒷일을 부탁하마."

"네! 저한테 맡겨 주세요."

아이는 깊이 고개를 숙였다.

그 순간, 29년간 한 여성의 머리 위에 존재했던 타이틀이, 열한 살 소녀의 머리 위로 넘어갔다.

그 순간에 입회한 츠바사와 아야노는 넋을 잃고 그 모습을 응시했다.

역사가 변하는 순간치고는 너무나도 평온하고, 너무나도 행복해 보였다.

"앗! 서, 선생님…… 이걸……!!"

몸치장을 시작한 샤칸도를 본 츠바사는 다급히 쓴 기보를 건네줬다.

"고맙다.《불멸의 츠바사》여."

"아, 아뇨! 저, 저저, 저야말로…… 저기……."

츠바사는 잠시 망설인 후, 결심하며 입을 열었다.

"샤, 샤칸도 선생님을, 뵐 면목이 없었어요……. 저는, 장려회에서 좋은 결과를 내지 못했으니까……."

"……."

"하지만 여류기사가 되는 길을 선생님께서 남겨 주신 덕분에, 지금도 좋아하는 장기를 계속 둘 수 있어요. 아이 양 같은 친구도 생겼고요. 그러니까──."

가쿠메키 츠바사는 깊이 고개를 숙이며, 이렇게 말했다.

"저에게 장기를 남겨 주셔서, 정말 감사합니다."

샤칸도는 고개를 숙인 츠바사를 괴로운 듯이 쳐다보며, 목소리를 쥐어 짜냈다.

"짐은, 그대에게 괴로운 일을 겪게 했느니라. 그대만이 아니라, 가능성이 있는 다른 소녀들에게도……."

"그, 그건…… 자기가 선택한 일이니까요. 그러니 샤칸도 선생님을 원망하지는 않을 거라고…… 생각해요. 저도…… 소라 양, 도……."

츠바사가 『소라 양』이라고 말한 순간, 아이의 어깨가 희미하게 떨렸다.

"수고 많으셨어요. 이제는…… 선생님께서 짊어지실 필요, 없……어요."

고개를 든 츠바사가 그렇게 말하며 미소를 머금었다.

여류기사가 되고 나서야 겨우 되찾은, 서툰 미소였다.

샤칸도는 그 미소에서 고개를 돌렸지만…… 그런 그녀의 볼을 타고 빛나는 무언가가 흘러내렸다.

그리고 츠바사의 옆에서 몸을 웅크리고 있는 아야노에게, 상냥히 말을 건넸다.

"관전기를 쓰는 그대에게도 참 미안하구나. 감상전도 하지 않고 사라지는 나쁜 어른을 용서해 주렴."

"아뇨! 관전기에 필요한 건 전부 보여주셨……어요."

하지만! 하고 아야노는 외쳤다.

"저는 아직, 오늘 장기를 어떻게 표현하면 좋을지 모르겠어요. 그러니까…… 그러니까 샤칸도 선생님께서 앞으로도 많은 장기를 보여주셨으면 해요. 계속 걸어가 주셨으면 해요. 앞으로도, 쭉……!"

"고맙구나……."

여류명적이었던 여성은 그렇게 말하며 고개를 끄덕이더니, 불편한 다리를 질질 끌 듯이 이 방에서 나갔다.

△ 걷다

여관을 나선 샤칸도는 지팡이를 짚으며 강으로 향했다.

오랫동안 앉아 있었던 탓에 다리에 힘이 거의 들어가지 않았다. 200수가 넘는 격전을 치른 후라서 그런지 지팡이를 쥔 손도 저렸다.

"큭……!"

하지만 어째선지, 불가사의한 힘이 몸속 깊은 곳에서 샘솟았다. 마치 전성기 시절처럼. 그래서 앞으로 나아갈 수 있었다.

"저기 있구나…………."

그리고 커다란 다리 앞에 도착한 순간, 발견했다.

건너편에서 걸어오고 있는 한 청년의 모습을…….

샤칸도는 지팡이를 쥔 손에 남은 힘을 전부 쏟아부으며, 달려갔다.

──이럴 수가. 짐은 아직 뛸 수 있었던 건가.

그렇게 서둘러 움직이는 건 20년 넘게 해본 적이 없었기에, 금방 숨이 턱까지 차면서 심장이 터질 듯이 뛰었다.

다리 건너편에서는 아유무가 필사적으로 뛰어오고 있었다.

그리고 거의 다가선 순간── 다리가 엉켰다.

"음? 어이쿠."

"마스터!"

넘어질 뻔한 스승을, 제자가 허둥지둥 부축했다.

"후후…… 역시 전성기에는 미치지 못하는 건가."

휘청거리면서 놓친 지팡이를 대신해, 어느새 듬직해진 아유무의 팔에 매달린 샤칸도가 자조 섞인 어조로 그렇게 말했다.

역시 자신은 늙은 것 같다.

"돈사해버렸다. 그대의 순위전과는 정반대 결과구나……. 못난 스승을 비웃어다오."

"아뇨. 저도 같은 수를 읽었습니다. 동계로 이길 수 있다고 판단했죠."

"그래. 그럼 사제지간이 함께 돈사한 건가."

샤칸도는 졌는데도 기뻐 보였다.

장기말이 복잡하게 뒤엉킨 국면 중 어디서부터 수읽기를 할 것인가. 어느 수에 운명을 맡기며 깊이 읽을 것인가. 기사의 개성은 거기에서 가장 나타난다.

인간에 따라서는 그것을 직감이라고 부른다. 센스라 부르는 기사도 있을 것이다.

하지만 만약, 그것을 영혼이라고 부른다면…….

이 두 사람의 혼은 확실히 흡사했다.

"명인이 되겠습니다. 역사에 이름을 새길 명인이……."

아유무는 말했다. 프러포즈 때와 같은 말을…….

그리고 이번에는 그 뒤를 따르는 말이 있었다.

"하지만 언젠가 타이틀을 잃을 때가 올 겁니다. 지위와 직함은 영원하지 않으니까요."

"그래. 방금 짐이 그것을 증명했지."

"그럴 때, 이렇게…… 당신께서 곁에 있어 줬으면 합니다. 명인이든 아니든, 쭉 서로의 버팀목이 되어 주며 살아가고 싶습니다."

명인이 되면 결혼해 달라.

그 말을 들었을 때, 샤칸도는 기쁨보다 분노를 느꼈다. 그럼 명인이 못 된다면? 명인이 아니게 된다면? 그렇게 되면 자신이 아유무를 버리기라도 한다는 걸까?

그런 생각을 하며 화를 냈을 때, 이미 답은 나와 있었다.

부족했던 것은 자신의 용기였다…….

그 용기는, 방금 타이틀을 내주고 손에 넣었다.

"스승이시여."

칸나베 아유무는 무릎을 꿇는 것 대신, 샤칸도를 자신의 팔로 부축하며, 이렇게 물었다.

"함께 걸어주시겠습니까? 영원히………… 함께 말입니다."

"…………."

샤칸도는 대답하지 않았다.

이윽고, 가라앉는 석양을 응시하며, 이렇게 말했다.

"이번 선승제 승부에서 통감했느니라. 혼자 이동하는 건 힘들구나. 우수한 제자가 뭐든 다해 주다 보니, 어느새 혼자서는 아무것도 못 하는 몸이 되고 말았거든."

"……네?"

"그런 제자가 타이틀전 직전에 그런 말을 하니, 짐은 이번에 참 고생하고 말았지. 알겠느냐? 짐이 얼마나 고민했는지를 말이다. 도저히 장기에 집중할 수가 없었느니라."

"저, 정말, 죄송……."

"아직도 모르겠느냐? 대천사의 말을 들었을 때도 생각했지만, 그대는 정말 명인급 벽창호구나!"

석양빛을 받아 붉게 물든 볼을, 소녀처럼 부풀리며…….

"짐도, 그대를 놔주고 싶지 않다."

함께 걷자꾸나. 나의 사랑스러운 기사여——.

♠ 또 한 명의 기보

　검토실은 시끌벅적했다.

　"어때?! 외통수가 있는 거야, 없는 거야?! 어느 쪽이냐고!"

　"뭔가 이야기를 나누는 것 같잖아! 샤칸도 여류명적 차례지?! 투표한 건가?!"

　"시계는 아직 움직이고 있습니다! 투표한 건 아닐 겁니다!!"

　"소프트의 평가치는 다시 대등하다고…… 어어?! 후, 후수가 유리한 거야?!"

　"이번에는 선수의 승세라고 나왔잖아?! 고장 난 거 아냐?!"

　나는 주방에서 컵에 물을 담은 후, 그것을 들고 혼자 대국실로 향했다.

　그 도중에 검토실 앞을 지나쳤는데, 방안은 난리였다.

　다들 컴퓨터 화면에 표시된 숫자에 휘둘리고 있었다.

　소프트의 검토에 너무 익숙해진 사람들이, 저 국면을 봐도 형세 판단을 못하는 것 같았다.

　확실히 어려운 국면이다. 이제까지 인류의 장기에서는 나타나지 않았던 종반이며, 소프트도 수읽기의 맹점이 될 만큼 깊은 부분에 결론이 숨어 있다.

　현시점에서 그 결론에 도달할 수 있는 건, 나와——.

　"해냈구나. 아이."

　컵을 쥔 손에 무심코 힘이 들어갔다.

아이는 반드시 대답을…… 외통수에 도달했을 것이다. 꼬리 끝에 붙어 있는 마지막 껍질을 깨고, 드디어 새끼 새가 날아올랐다.

"정말…… 강해졌어……."

나는 대국실로 이어지는 복도를 홀로 걸었다.

나아가면 갈수록 정적과 긴장에 지배되고 있는 성역으로, 물이 가득 담긴 컵을 옮겼다.

분명 그 애는 이것이 필요할 것이다.

극한의 수읽기 끝에 타이틀전에서 이긴 후에는…… 매우 목이 마르다.

——이 물을 주고 화해하자.

이제, 그 애는 어엿한 기사가 됐다. 타이틀을 획득한 것이다. 초등학교 6학년에 말이다.

부모님과 약속한 『중학교 졸업 때까지』라는 기한보다 4년이나 일찍 달성했다.

그 약속을 지켰으니, 아이는 쭉 여류기사로 있을 수 있다.

우리는 진정한…… 영원한 사제지간이 됐다.

——그렇다면 빨리 화해하는 편이 좋을 거야.

또 같이 살 것인지, 아니면 아이는 도쿄에 계속 살 것인지, 그것은 화해한 후에 이야기를 나눠서 결정하면 된다.

"뭐하면 야샤진 아이와 함께 셋…… 아니, 아키라 씨도 포함하면 넷이구나. 다 같이 한집에서 사는 것도 좋겠어. 남는 방도 있잖아."

나는 복도에 놓인 소파에 앉아서 앞으로의 계획을 짰다.

대국실에 들어갈 필요는 없다.

아이가 나에게 물을 건네줬을 때처럼, 나도 여기서 그 소녀를 기다릴 생각이다. 그러면 우리는 반드시 만날 수 있다. 그때처럼, 말이다.

수읽기만이 아니라 그런 미래까지 볼 수 있었다.

"아, 맞다. 다른 제자는 어떻게 됐는지 봐야지."

아이의 대국이 정리되려면 다소 시간이 걸릴 테니, 그 전에 다른 한 명의 결과를 확인해두자.

"슬슬 그쪽도 끝났겠지……?"

나는 소파 옆에 있는 사이드 테이블에 컵을 둔 후, 호주머니에서 스마트폰을 꺼내서 기보 중계를 봤다.

【종국】여왕전 제5국 전형 불명 노보료 카렌 3단 —— 야샤진 아이 여류 2단

역시 야샤진 아이의 대국은 이미 끝났다.

풀세트까지 가는 접전이 되면서, 선후수를 다시 정했고…… 후수를 뽑았다. 하지만 작전가인 야샤진 아이는 선후수 같은 건 신경 쓰지 않을 것이다.

그것보다 내가 신경 쓰이는 건——.

"전형이 불명……?"

확실히 야샤진 아이의 기술은 다채롭다.

각두보 같은 기습을 즐겨 쓰지만…… 이 중요한 대국에서 그것을 쓸까?

"사저와의 타이틀전에서 천일수가 됐을 때는 몰이비차에서 앉은비차로 바꿨는데, 그건 천일수 재대국이어서야. 그리고 천일수로 만든 각두보도 두 번을 쓸 수 없는 타입의 기습이었어. 그걸 또 했을 것 같지는…… 않, 아……?"

기보가 표시된 순간.

나는 그대로 거기에 빨려 들어갔다.

"어………………?"

이제까지 본 적 없는 장기가 존재했다.

형용할 말조차 없을 만큼 불가사의한 장기말의 배치가 내 뇌수를 자극했다. 다른 모든 것을 셧다운 시키면서 모든 사고력이 그 장기에 몰입됐다.

"이, 건……? 대……체…… 뭐야……?"

그 장기를 표현할 말은 하나뿐이다.

미래의 장기.

그것도 10년, 20년 후에도 도달할 수 없을 만큼 머나먼 미래에서 온 타임머신 같은 그 기보에, 내 흥미와 관심은 순식간에 강탈당했다.

이제 승패 같은 건 아무래도 상관없다.

어느새 야샤진 아이의 기보를 전부 살펴봤다.

제1국에서 이미 미래의 편린을 내비치고 있었다. 하지만 그것은 몇 년 수준이었고…… 2국에서는 명백하게 현대와 동떨어져 있었다. 부분적인 수순이지만, 분명 그것은 나를 비롯한 모든 기사가 본 적 없는 장기였다.

야샤진 아이가 혼자서 도달했을…… 리가 없다.

그 어떤 천재라도 이런 식으로 열 단계, 스무 단계를 넘어설 수 있을 리가 없다. 혼자서 이렇게 시곗바늘을 빠르게 돌리는 건 불가능하다.

하지만 야샤진 아이는 실제로 그것을 해냈다.

진짜로 그 소녀가 이런 장기를 둔 것이라면————.

"가 봐야 해…………."

스마트폰을 쥔 나는 소파에서 일어났다.

나는 그곳을 향해 걸어갔다.

손에 쥔 컵을 어디에 뒀는지도 잊은 채…….

△ 한 잔의 물

"다행이야……."

그 중얼거림을, 모여 있던 기자들은 오해했다.

"처음으로 타이틀을 획득하고 안도한 거죠?!"

"여류명적전 사상 최장수의 격전을 제압하고 내놓은 『다행이야』! 최고의 코멘트입니다!"

"아, 아뇨…… 저기……."

다리 위를, 샤칸도 선생님과 갓 선생님이 서로에게 의지하며 걷고 있다. 창문 너머로 그 모습을 보고 무심코 한 말인데…….

나 말고는 누구도, 창밖을 보고 있지 않았다. 그뿐만 아니라 샤칸도 선생님이 자리를 비운 것조차, 아무도 신경 쓰지 않는 것 같았다…….

다들 내 말만을 기다리고 있었다.

세상이 일변했다. 나는 전혀 변하지 않았는데…….

"이어지는 질문은 기자회견에서 해 주십시오!"

연맹 직원분이 퇴실을 재촉하고서야, 나는 질문과 촬영에서 해방됐다.

나와 기록 담당인 츠바사 씨만이 이 방에 남았다.

너무나도 목이 탄 나머지 장기판 옆을 쳐다보니, 페트병과 물병이 전부 비어 있었다. 그렇게 많은 물을 자기가 전부 마셨다는 게 믿기지 않았다.

그런데도 여전히 목이 말랐다. 온몸이 화끈거릴 정도로…….

"아이 양…… 괘, 괜찮아? 뭐라도 좀 가져다……줄까……?"

"고마워요, 츠바사 씨! 하지만 괜찮아요."

나는 걱정해 주는 친구에게 미소를 지어 보이며 그렇게 말했다. 실은 전혀 괜찮지 않지만…… 반사적으로 이런 생각을 했다.

——이제 아무에게도 바닥을 보여줘선 안 된다.

샤칸도 선생님이 걸치고 있던 타이틀이란 갑옷을 이어받은 이상, 나는 쭉 그것을 걸치고 살아가야 한다. 말로 들은 것은 아니지만, 장기를 두면서 그것을 이해했다. 그래서 나는 웃으며 이렇게 말했다.

"잠시만 혼자서 여기 있어도, 돼요?"

"아, 알았어……. 그럼, 머, 먼저…… 나가볼, 게……."

그렇게 말한 츠바사 씨는 기록용 도구를 챙겨 들며 자리에서 일어났다.

그리고 방을 나서기 직전, 깊이 고개를 숙이며 이렇게 말했다.

"먼저 실례하겠습니다……. 히나츠루 여류명적."

다들 자리를 비우자, 갑자기 실내온도가 확 내려간 것 같은 느낌이 들었다.

서늘한 공기가 참 좋았다…….

"스으읍……."

심호흡한 후, 마지막으로 할 일에 착수했다. 타이틀 보유자로서 해야 할 일을 말이다.

장기판 아래에서 장기말함을 꺼낸 후, 아름다운 투료도를 허물어뜨리면서 장기말을 함 안에 넣었다.

마지막으로 장기말을 넣은 주머니의 끈을 묶어서, 장기판 중앙에 안치한 후——.

"감사했습니다."

혼자서 예를 표한 후, 또 심호흡했다.

모든 것을 쏟아부어서 텅 비어버린 몸 안에 신선한 공기를 넣은 후, 나는 자리에서 일어났다.

하지만 몸은 풍선처럼 가벼워지지 않았고…….

"하아…… 하아…… 하아…… 어엇?!"

흐트러진 옷자락을 밟은 바람에, 복도에서 넘어지고 말았다.

조그마한 공처럼 바닥을 데굴데굴 굴렀다.

──빨리 일어서야 해⋯⋯!!

이런 모습을 아무한테도 보여줄 수 없다! 나는 타이틀 보유자에 걸맞은 모습을 보여줘야 한다!

──샤칸도 선생님처럼 항상 여유롭게 굴어야 하는데⋯⋯!!

하지만 몸이 말을 듣지 않았다.

아까 결의를 다졌지만⋯⋯ 약해 빠진 이 몸은 그 결의에 부응해 주지 않았다.

"으⋯⋯ 큭⋯⋯⋯⋯ 흐흑⋯⋯⋯⋯!!"

타이틀을 빼앗았는데도 바닥을 기고 있는 자신이 너무 우스꽝스럽고 불쌍한 나머지, 무심코 울음을 터뜨릴 뻔했다.

"어⋯⋯⋯⋯라?"

고개를 들어보니⋯⋯ 복도 구석에 놓인 소파가 눈에 들어왔다.

정확히는── 소파 옆에 놓인 사이드 테이블.

그 위에 놓인 것이, 내 눈에 들어오자⋯⋯⋯⋯ 가슴 속에서 마음이 터져 나왔다.

컵 한 잔의 물.

바로 눈치챘다. 누가 이것을 여기에 뒀는지를. 누가 여기에 와 줬는지를.

"사⋯⋯사, 부님⋯⋯?"

어느새 몸을 일으킨 나는 그 컵을 양손으로 잡았다.

"사부님…… 사부님……!!"

그 사람이 이렇게 복도에 쓰러졌을 때, 나는 물 한 잔을 건넸다.

그리고 그 사람은 이렇게 말했다.

『답례로 네 부탁을 뭐든 들어줄게.』

그러니 이 물은, 스승의 메시지다.

항상…… 나를 지켜봐 주고 있다는 메시지. 제멋대로인 나를 용서해 준다는 메시지.

그리고 그 사람이 여기에 없다는 건, 앞으로도 지켜봐 주겠다는 그 사람의 응원.

그것은 그 무엇보다 값진, 타이틀 획득의 포상이었다.

"고마워요…… 사부님……!!"

눈물이 멎지를 않았다.

컵을 가득 채울 듯이 흘러나온 눈물이 볼을 타고 흘러내렸다. 어둑어둑한 복도 구석에서, 유리컵을 쥔 채, 나는 울었다.

싸움은 끝나지 않는다.

오히려 내가 선택한 싸움은, 이제부터 본격적으로 시작된다. 지금, 출발점에 겨우 선 것이다.

그리고 타이틀을 얻었으니, 이제 돌이킬 수 없다.

이렇게 앉아있는데도, 무릎이 덜덜 떨렸다.

"하지만, 해내야 해."

나는 컵을 꼭 쥐고 중얼거렸다.

유리컵 안에 남은 물이 출렁거렸다.

© Shirabii

손이 부들부들 떨렸다.

전성기의 샤칸도 선생님을…… 《킬러》라 불리던 그 사람을 쓰러뜨렸으니 자신한테도 불가능하지 않을 거라고 격려했지만, 그래도 떨림은 잦아들지 않았다.

"더…… 더 강해지자. 강해지면, 분명 길이 열릴 거야."

몇 번이나 자기 자신에게 말했다. 강해져라. 강해져라, 히나츠루 아이. 이런 데서 떨고 있을 때가 아니다!

컵 안의 물을 힘차게 들이켠 나는 다시 몸을 일으켰다.

어둑어둑한 복도는 계속 이어지고 있었다.

타이틀을 차지하면서, 내 앞에 길이 생겼다.

그 끝에서 기다리는 건 한순간의 방심도, 눈곱만큼의 어리광도 용납되지 않는, 이 지상에서 가장 가혹한 전장이다.

――하지만, 지금만큼은………… 어리광을 부려도 되죠?

텅 빈 컵에 살며시 입술을 대며, 나는 속삭였다.

눈물과 함께 터져나온 이 마음이…… 흘러넘치지 않도록…….

"사랑해요………… 사부님……."

🔔 백 년 후의 소녀

그 언덕 위에 소녀가 있었다.

"어머. 와 준 거야?"

검은색 옷을 입은 그 소녀는 내 발소리를 듣더니, 내가 말을 걸기도 전에 몸을 일으키며 말을 건넸다.

코베 시내를 내려다볼 수 있는 조그마한 언덕.

항상 바람이 몰아치는 그곳을, 나는 수십 번도 넘게 방문했다.

하지만 지금, 그 장소도…… 그리고 검은 묘비 앞에 선 소녀도, 내가 아는 존재와는 달라 보였기에…….

"……기보를 묘에 바칠 생각이었어."

소녀, 그리고 그 뒤편에 있는 묘비를 향해, 나는 말했다.

저곳에는 소녀의 부모님이 잠들어 있다.

"네가 타이틀전을 보지 말라고 해서, 끝난 후에 모든 기보를 살펴보고 결과와 함께 그 장기를 네 부모님께 보고할 생각이었어. 그래서 내가 처음으로 더블 타이틀전의 기보를 본 건——."

"히나츠루 아이의 장기가 끝난 후, 맞지?"

그 소녀는 마치 직접 보기라도 한 것처럼 정답을 말했다.

머나먼 곳에서 일어난 일인데도…….

"그리고 내 장기를 본 순간, 너는 그 애를 버리고 나한테 왔어. 모든 것을 내팽개치며…… 안 그래? 야이치."

"어째서……."

어째서 항상 그렇게 다 맞추는 거야? 그렇게 물으려다, 말을 삼켰다.

아니다. 이 소녀라면…….

직접 본 것이 아니라…… 이제부터 무슨 일이 일어날지 전부 맞히는 건 식은 죽 먹기이리라. 내가 한, 이 황당무계한 생각이 정답이라면 말이다.

"…………너…………."

저 조그마한 여자애에게, 나는 물었다.

"너는…… 진짜로, 아이가…… 맞아?"

"아하하."

소녀의 얼굴이 환희에 물들었다.

그리고 두 손으로 자신의 몸을 감싸더니, 몸을 배배 꼬면서 폭소를 터뜨렸다.

"아하하하."

소녀는 웃었다. 눈물까지 흘리면서 말이다.

"역시 사부님이야! 너라면 분명 눈치챌 거라고 생각했어! 너라면!!"

"……."

"다른 이들은 누구나 내 모습에 현혹돼. 하지만, 너는 내 장기만 봐. 그러니 눈치챌 줄 알았어……. 뭐, 개인적으로는 겉모습에도 좀 흥미를 느껴줬으면 하지만 말이지!"

"아키라 씨를 이용해 네가 시작한 사업과 관계가 있는 거야?"

나는 확신하지 못한 채, 추측만을 던졌다.

"개인용 컴퓨터가 아니라, 기업이 쓰는 대규모 서버를 이용해 장기 소프트를 돌린다거나…… 그런 거 아니야?"

야샤진 아이는 눈가에 맺힌 눈물을 가는 손가락으로 훔치더니, 내 손을 움켜잡았다.

"따라와. 야이치."

나는 소녀가 잡아끄는 대로, 언덕을 내려갔다.

⌂ 티켓

도쿄 한구석에 있는 한적한 여관은…… 이날, 평소와 다르게 기묘한 열기에 휩싸여 있었다.

무슨 일인가 싶어 통행인들이 관심을 가졌지만, 장기 이벤트라는 것을 알자 다들 뜻밖이란 표정을 지었다.

『여류명적 즉위식』.

여관 전체를 빌려서 치러지는 이 이벤트에 모인 사람들은 삼천 명이나 됐다.

장기계에서는 전대미문의 규모였다.

게다가 그 식전의 주역이 아직 열한 살밖에 안 된, 초등학교 6학년 여자애라니…….

"영……차! 이제 됐겠지?"

거울 앞에서 뒤돌아선 아이는 허리띠를 제대로 묶었는지 확인했다.

이중으로 묶은 등 뒤의 매듭을 큼지막한 느낌으로.

일본 제일의 여관으로 유명한 『히나츠루』의 여주인인 어머니에게 직접 배운 이 몸치장 기술은 완벽했다.

"행사 같은 데서 기모노를 입을 때는 매듭을 크게 만들지? 너무 크면 애처럼 보일까……?"

타이틀전을 경험하면서 몸치장 기술도 향상됐다.

하지만 그것은 전투용 기술이며, 즉위식 같은 화사한 자리에 참여할 때의 몸치장은 또 달랐다.

"정말~! 오늘은 엄마가 와줘도 될 텐데 말이야!"

타이틀전 동안에는 '마음이 느슨해지면 안 되니까' 혼자 하라고 했지만, 즉위식 때 정도는 어리광을 부리게 해 줬으면 좋겠다고 생각한 아이는 볼을 부풀렸다.

오늘은 대국 때처럼 전통 바지를 입을 필요는 없다.

그리고 정좌를 하지도 않기에, 허리띠를 약간 세게 졸랐다.

"타이틀전을 다섯 번이나 치렀더니, 살이 좀 쪘어……. 살이 빠지는 사람도 있는데, 아이는 왜 찌는 걸까~?"

타고 난 체질을 저주했다. 긴코와 야샤진 아이는 빠지는 타입이라고 들었으니까…….

"아, 아이 탓이 아닌걸! 이건 아빠와 엄마의 유전——."

『아이. 들어가도 되겠니?』

방밖에서 아버지의 목소리가 들려왔다.

"응~!"

아이는 거울을 보며, 큰 목소리로 대답했다.

"저기, 아빠! 엄마는 왜 오늘도 몸치장을 도와주러 오지 않……는……."

머리 장식을 꽂은 후, 부모님을 향해 돌아선 아이는———.

그것을 본 순간, 할 말을 잃었다.

"어, 엄마…… 그건……?"

지금 생각해보면, 징후는 있었다.

제1국에서 몸치장을 해 줬을 때, 양복을 입고 있었다. 괴로운 표정을 짓고 있었다.

그 후로 거의 얼굴을 비추지 않았다.

아이가 연패해서 괴로워하고 있을 때도 말을 건네주지 않았다…….

"그래……. 나, 진짜로 주위가 눈에 들어오지 않았구나……."

어머니의——— 히나츠루 아키나의 배가, 불룩했다.

"걱정 끼치지 않으려고, 이제까지 입 다물고 있었어요."

"말은 저러지만 말이지."

머뭇거리며 설명하려 하는 아키나를 대신해, 아버지인 타카시가 말했다.

"실은 엄마가 아이를 너무 걱정한 바람에 배 속에 있는 아기한 테 나쁜 영향이 가지 않도록, 이 아빠가 말렸단다. 대국을 보러 가거나, 아이를 살피러 가는 걸 말이야."

아이와 아키나는 아직 서로의 눈을 쳐다보지 못했다.

"두 사람 다 그 바람에 많이 쓸쓸했을 거야."

타카시의 설명을, 아이는 거의 듣고 있지 않았다.

"엄마……."

놀라움. 그리고 물론 기쁨도 있다.

하지만 아이의 머리에 떠오른 것은── 후회와 죄책감이었다.

"하나만, 물어봐도 돼?"

"네."

"혹시…… 혹시, 이 애한테…… 나를 대신해 『히나츠루』를 잇게 할 거야? 내가 여류 타이틀을 따서 약속을 지켰으니까──."

"그렇지 않아요, 아이."

아키나는 단호하면서도 상냥한 어조로 말했다. 딸의 눈을 그제야 응시하면서…….

"오히려 반대예요."

"반……대?"

"장기를 접하면서, 당신은 우리가 생각한 것과 전혀 다른 길을 걷기 시작했어요. 그에 따라 장래 계획이 수포가 된 건 사실이죠. 부모로서 생각해둔 딸의 장래 말이에요."

"…………."

"당신이 집을 뛰쳐나가 오사카에 간 후로, 가슴을 졸이며 하루하루를 보냈어요……."

어머니는 격동의 2년간을 되돌아보았다.

"젊은 남자와 동거를 시작하더니, 그 나이에 어른과 진검승부를 벌이고 있죠. 그런 당신이 장기를 통해 만난 이들과, 저희도 교류하게 되면서…….”

야이치의 형을 사원으로 고용한 것과, 긴코와 야샤진 아이의 타이틀전을 『히나츠루』에게 치른 것처럼, 부모님은 장기계와 깊은 인연을 맺었다.

——만약…… 그것이 짐처럼 느껴지는 건 아닐까?

그런 생각이, 아이의 마음을 옥죄었다. 정말 이대로 나아가도 될지, 망설이게 했다.

——앞으로…… 더 폐를 끼칠 게 뻔하니까…….

하지만 어머니의 대답은, 아이의 예상을 벗어났다.

“하지만 말이죠? 참 즐거웠어요!”

“뭐……?”

장기를 접하기 전의 아이는 얌전한 우등생이었다.

부모님의 말을 거역하는 일은 한 번도 없었고, 어릴 적부터 집안일을 당연한 듯이 도왔으며, 과외 공부에서도 우수한 성적을 남겼다.

“그렇게 말을 잘 듣는 딸보다, 시키는 대로 안 하며 부모의 상상을 뛰어넘는 딸이 몇만 배는 매력적이었어요. 그래서 생각한 거예요. 그런 자식을 한 명 더 두고 싶다고요.”

“우리는 이제까지 너무 바빴어.”

타카시는 아내의 어깨에 손을 얹으며 말했다.

“『손님의 행복이 우리의 행복』이라고 생각하며, 자기 자신을 너무 희생했던 거야. 아니, 자기들만이라면 괜찮지만, 자식까지 희생시키려고 했지…….”

"아빠! 나는 자기가 희생됐다고는 전혀——."

"알아. 아이는 장기를 좋아하게 됐을 뿐이라고 말해 줬지. 그건 기뻤지만, 우리는 그 말에 안주해선 안 돼."

아버지는 우직한 장인의 얼굴을 내비치며 딱 잘라 말했다.

"게다가 장기계를 보고 있으면, 혈연에 집착하는 것에 의문을 느끼게 돼. 기술과 마음가짐은 피가 이어져 있지 않은 이에게도 물려줄 수 있지. 우리의 뒤를 이어 이『히나츠루』를 짊어지는 건 우리의 제자면 돼. 그게 손님을 위한 일이기도 할 거란다."

"당신이 장기와 만난 덕분에, 저희도 그걸 깨달을 수 있었어요."

아키나는 멍하니 서 있는 딸을 상냥히 앉아주면서 말했다.

"진정한 행복이, 어떤 것인지를 말이에요."

"내가…………."

커다란 눈동자가 촉촉하게 젖은 아이가 쥐어 짜내듯 말했다.

"내가…… 장기와 만난 덕분에…… 아빠와 엄마가 행복해진 거야? 저, 정말…… 그렇게 생각해도, 돼……?"

"그래요."

아키나는 아이의 손을 자신의 배에 살며시 대면서 상냥한 어조로 말했다.

"이 애가 우리에게 어떤 놀라움을 선사해 줄지…… 그것을 상상하기만 해도 가슴이 뛰어요. 언니 누나를 닮아줬으면 해요."

"엄……마……!"

아이의 눈에서 눈물이 흘러나왔다.

그리고 부모님을 꼭 끌어안더니, 쥐어 짜낸 듯한 목소리로 말했다.

"아빠, 엄마…… 고마워. 내…… 억지를 들어줘서……."

가족 셋…… 아니 넷이 서로를 안은 상태에서, 딸은 전했다.

전부터 꼭 전하고 싶다고 생각했던 말을…….

"고마워. 나를…… 우리를, 낳아줘서……!"

눈가의 화장을 살짝 고친 후, 히나츠루 아이는 눈부신 무대 위에 섰다.

『즉위장』.

그렇게 적힌 커다란 종이를 들어 보이자, 무수한 플래시와 박수가 쏟아졌다.

즉위장을 건네준 츠키미츠 세이이치 회장도 옆에서 손뼉을 쳐줬다.

그 옆에는 검은색 쟁반을 든 오가 사사리 여류 초단이 있었다.

언젠가 무대 아래에서 올려다봤던, 스승인 쿠즈류 야이치 용왕의 즉위식 때와 같은 광경이다.

아이는 지금, 그 무대에 서 있다.

──이게…… 사부님이 봤던 풍경이구나…….

행사장에 모인 사람들의 얼굴이 의외로 또렷하게 보였다.

무대에서 가장 가까운 장소에는 장기 관계자가 모여 있었다. 시선을 조금 내리자, 반가운 얼굴이 눈에 들어왔다.

울먹이는 표정으로 손뼉을 치고 있는 케이카.

그 옆에서 엉엉 울고 있는 대사부, 키요타키 코스케.

지금도 펜을 들고 아이의 자랑스러운 모습을 문장으로 남기느라 필사적인 아야노.

그 옆에서 즐거운 듯이 사진을 찍고 있는 샤를.

연수회 간사로서 아이를 키워 준 쿠루노 7단. 오이시 9단과 딸인 아스카도 목욕탕을 문 닫고 축하하러 와 줬다. 그리고 오이시의 옆에는 나타기리도 있었으며, 이쪽을 향해 가볍게 손을 흔들고 있었다.

도쿄에 와서 새롭게 사귄 친구인, 가쿠메키 츠바사와 코이지린.

여류명적 리그에서 경쟁했던 츠키요미자카 료와 쿠구이 마치.

그 밖에도 베테랑 여류기사들의 모습이 보였다. 집안일과 육아로 바쁜 사람들이 자신을 위해 내준 시간이 얼마나 귀중한 것인지, 지금의 아이는 충분히 이해하고 있었다.

샤칸도와 아유무는 '패배자가 있으면 분위기가 나빠질 것이다'는 이유로 출석을 사양했지만, 마리아는 두 사람 몫까지 요리를 마구 먹어대고 있었다.

상상했던 것보다 훨씬 많은 사람들이, 아이의 즉위를 축하해 주러 왔다.

하지만…….

──역시, 없네.

아이의 마음속에서 가장 큰 공간을 차지하고 있는 세 사람의 얼굴은, 이 넓은 행사장을 둘러봐도 눈에 들어오지 않았다.

기분이 가라앉지는 않았다.

그 세 사람과 만날 장소는…… 여기가 아니라는 것을 알고 있으니 말이다.

『그럼 이쯤에서! 히나츠루 신 여류명적께 질문☆타임~!』

즉위식의 사회를 나서서 맡은 로쿠로바 타마요 여류 2단이 마이크를 쥔 채 밝은 목소리로 아이의 옆에 섰다.

『다음 목표를 말씀해 주시겠어요~? 역시 다른 타이틀인가요? 이번에 새롭게 창설된 여류 순위전의 초대 타이틀 보유자를 노릴 거예요?!』

"아뇨. 여류 타이틀은 하나만 있으면 충분해요."

『네……?』

로쿠로바는 뜻밖이라는 반응을 보였다.

행사장 안이 술렁거렸다.

하지만 아이는 개의치 않으며 말을 이었다.

"여류 타이틀을 따면 프로 기전에 나갈 수 있어요. 저는 여류기사로서 프로 기사와 공식전에서 대국을 치러서, 이길 거예요."

강해져라.

강해지면 길이 열린다.

그 말만은 길잡이 삼아 강해진 아이는 자기 안에 존재하는 즉위장이란 이름의 티켓을 치켜들며, 새로운 길을 나아가겠다고 선언했다.

눈앞에 모여 있는 프로 기사들을 쓸어버리면서 나아가겠다고 말이다.

아이는 지금, 이 자리에 모인 모든 장기 관계자에게 선전포고했다. 무대 위에서 즉위장을 준 츠키미츠 세이이치 회장은 얼음장 같은 투기를 뿜기 시작했다. 이제까지 무대 아래에서 미소를 짓고 있던 프로 기사들의 시선이, 창칼처럼 날카롭게 아이를 찔렀다.

　"상대가 누구더라도, 이길 거예요."

　하지만 히나츠루 아이 여류명적은 주눅 들지 않으며 말했다.

　"그리고 최단기간에 편입 시험을 치러서, 프로 기사가 된다. 이게 저의 다음 목표예요."

후기를 대신해──『목소리 이야기』

우리 어머니는 호흡기 장애가 있습니다.

고등학교 2학년 때에 교통사고고 크게 다치신 어머니는 얼굴과 목에 큰 상처를 입었으며, 성대와 기관지도 손상된 바람에 건강한 이들보다 숨을 들이마실 수 있는 양이 적어서 매일같이 힘들어하셨습니다.

흉터는 수술 덕분에 별로 눈에 띄지 않습니다만, 남들도 알 수 있는 사고의 흔적이 딱 하나 남아 있습니다.

그건 바로 목소리입니다.

어머니는 큰 목소리를 낼 수 없으며, 항상 쉰 목소리로 말한다는 것 같습니다.

같습니다……라고 말한 건, 저는 그걸 이해할 수 없어서입니다.

신기하게도, 외동아들인 저만은 어머니의 목소리가 정상이 아니라는 것을 전혀 이해할 수 없었습니다.

목소리가 쉰 것처럼 느껴지지도 않았고, 작다고도 느껴지지 않았습니다. 어머니의 목소리는 어디서든 또렷하게 들을 수 있었습니다.

청력이 비정상적으로 발달한 것……이라면 라이트노벨 느낌이라 좋겠습니다만, 아마 평범한 수준일 겁니다.

어머니의 목소리만, 또렷하게 들을 수 있는 것뿐이죠.

그래서 때때로 어머니를 향하는 순수한 악의…… 어머니의 목소리를 들은 사람들이 웃으면서 일부러 쉰 목소리를 내는 장면을 봐도, 그것이 어떤 의미인지 바로 이해하지 못했습니다.

나중에 어머니가 슬퍼하며 울어도, 저는 그런 악의를 드러낸 이들을 격렬히 증오하지도 않았죠.

"왜냐하면 우리 엄마의 목소리는 전혀 이상하지 않은걸."

그렇습니다. 진심으로 그렇게 생각하고 있었으니까요.

제가 그렇게 말하자, 어머니는 울음을 그치며 이렇게 말씀하셨습니다.

"분명 신께서는 엄마의 목소리를 또렷하게 들을 수 있는 자식을 나한테 내려주신 거야."

어머니가 돌아가시고 5년 반이 흘렀습니다.

그 목소리는 지금도 제 귀에 또렷하게 남아 있습니다.

장애를 지니지 못한 제가, 장애를 지닌 캐릭터에 대해 쓰는 것은 매우 어렵다고 생각합니다.

이야기에 등장시키지 않는다는 선택지도 있었습니다.

그런데도 본작이 그런 캐릭터를 등장시킨 건, 역시 어머니의 영향 때문이라고 생각합니다.

자식을 키우게 되면서, 어머니의 위대함을 다시 통감하고 있습니다.

홀몸으로 대체 어떻게 저를 키우신 건지…… 그것도 장애가 있으면서 말이죠.

어머니는 사회적 약자로 여겨졌습니다만, 그래서 제가 상상도 못 하는 강함을 지니고 계셨다고 생각합니다.

저는 그런 강함을 표현할 수 있는 작가가 되고 싶습니다.

자아! 이번에는 감수를 맡아주시는 『사이유키』 선생님들만이 아니라, 컴퓨터 장기 개발자분께도 조력을 받았습니다.

특히 제4보의 아유무와 나타기리의 장기 부분을 쓰면서, 장기 소프트 『스이쇼』의 개발자이신 타야양 씨께 『스이쇼5』와 『dlshogi』를 대국시킨 것 중에서 제 주문에 맞는 기보를 몇 개 추출해 달라고 요청드렸습니다. 그 밖에도 『키노아 장기』의 야마다 씨께도 스토리에 맞는 장기 소프트의 기보를 추천해 달라 부탁드렸습니다.

이것들은 특정 비영리 법인 『AI 전용전 프로젝트』에의 기부에 대한 답례라는 형태로 받은 것입니다. 기부의 답례로 기보를 받은 거죠(웃음).

또한, 『인조기사 18호』의 타마 씨와 『다락방왕』의 이소자키 씨께는 장기 소프트의 현황과 앞으로의 예측에 관한 강의를 들었습니다.

정말 감사합니다. 그리고 앞으로 잘 부탁드립니다!

장기 소프트가 창조한 기보를 어떻게 음미할지를 두고, 기사분들도 매일같이 씨름하고 있습니다만…… 장기를 글자로 표현하는 작가 또한 마찬가지입니다.

　저는 관전기자가 인간끼리의 대국을 보고 자아낸 문장에 감동해서 『용왕이 하는 일!』을 쓰기 시작했습니다. 기사의 모습, 그리고 기보라는 숫자와 기호를 기록한 것에 근거해 이렇게 뜨거운 싸움을 그려낼 수 있다는 것에 놀라서 말이죠.

　장기 소프트는 현재, 엄청난 기보를 연달아 창조하고 있습니다. 그렇다면 이 기보와 제가 창조한 캐릭터를 조합해서, 더 뜨거운 이야기를 만들어낼 수도 있지 않을까요?

　컴퓨터는 감정을 지니고 있지 않지만, 인류는 기보를 보고 감동할 수 있는 뛰어난 감성을 지녔습니다.

　자연이 창조한 보석을 인간의 손으로 가공해서 아름답게 만들 듯, 컴퓨터가 창조한 기보란 원석을 어떤 식으로 아름답고 뜨겁게 가공할 수 있을 것인가.

　남아 있는 저의 행복한 시간 동안, 그것을 추구해볼까 합니다.

감상전

『포트라이너』라는 탈것은 처음 타봤다. 물론 존재는 알고 있었지만…….

"세계 최초의 무인 운송 시스템이야."

창가 좌석에 앉은 야샤진 아이가 자랑스레 말했다.

우리 말고는 아무도 타지 않은 그 전철 같은 탈것은, 코베의 산노미야와 포트아일랜드를 잇는 교통기관이다. 종점은 코베 공항이다.

항상 타는 전철은 바다와 나란히 달리지만, 이 탈것은 바다를 향해 달리고 있다.

"이건 모노레일……이지?"

창밖을 보자, 해협 너머에 있는 섬의 모습이 눈에 들어왔다.

고소 고포증이 좀 있는 나는 바다 위를 달리는 듯한 이 탈것에서 공포를 느끼며 물었다.

"전철도, 모노레일도 아니거든? 그래서 『새로운 교통 시스템』이라고 불리는 거야."

"어느 쪽도 아닌 거냐……."

"애초에 지금 향하고 있는 포트아일랜드 자체가 최첨단 워터프런트이며, 건조 당시에는 세계 최대의 인공섬이었어. 모르나 보네?"

"그야 내가 태어나기 전부터 있던 거잖아. 뭐, 코베가 엄청난 곳이라는 건 알고 있지만……."

"맞아. 코베에는 세계 최초 혹은 세계 제일이 잔뜩 있어."

아이는 의기양양하게 말했다. 어린애 같은 그 모습을 보자, 나는 좀 안심됐다. 내가 아는 야샤진 아이다…….

"이제 그만, 가르쳐 주지 않겠어?"

나는 인내심이 바닥난 나머지, 물어보았다.

"아키라 씨는 회사 서버를 이용해 여류기사에게 최신 장기 소프트를 쓸 수 있는 환경을 제공해 줄 거라고 했어. 너는 선승제 승부를 통해 그걸 시연한 거 아니야?"

"계속 말해 봐."

"즉…… 가정용 컴퓨터를 이용하는 것보다, 너희 회사와 계약하는 편이 강해질 수 있다는 걸 증명하려고 한 거지? 이 나라의 기업 중에는 장기 소프트 개발에 본격적으로 임한 곳이 없어. 부동산 회사는 어디까지나 위장이고, 네가 진짜로 하려는 건──."

"일어나. 다음 역에서 내릴 거야."

"뭐? 응…….'

떠밀리듯이 걸음을 옮기면서, 언뜻 본 역의 이름은──.

『계산과학센터역』.

특이한 이름이라고 생각하고 있을 때, 야샤진 아이가 앞장서서 걸으며 가르쳐줬다.

"여기는 이름이 자주 바뀌거든. 전에는 『케이컴퓨터앞역』이었어."

"케이? ……컴퓨터?"

어디선가 들어본 것 같은 느낌이 들었지만, 생각나지 않았다.

"아까도 말했다시피, 나는 그 정도로 오만하지 않아."

아이는 역과 연결된 건물로 나를 안내하면서 말을 이었다.

"자기가 세상에서 가장 뛰어난 장기 천재라고 믿지는 않고, 네가 나를 세상에서 가장 사랑해 줄 거라고 생각하지도 않아. 그저, 알고 있을 뿐이야."

"뭘?"

"세상에서 가장 뛰어난 장기 천재는 너이고, 네가 진정으로 사랑하는 건 인간이 아니라는 걸 말이야."

"…………."

"아무리 도망쳐도, 어디에 가도, 너는 결국…… 장기로 돌아오게 되어 있어."

아이는 건물 안쪽으로 걸어갔다.

"나는 말이지? 자기 자신을 믿지 않아. 장기만 믿지. 그러니까 마음 놓고 떨어져 지낼 수 있어. 아무도 본 적 없는 장기를 선보인다면, 너는 거기에 빠져들고 말 거잖아?"

"그──."

그렇지 않아!

그렇게, 말하려 했다. 하지만 도중에 그 말을 삼켰다.

"…………."

확실히 나는 지금까지 그런 짓을 되풀이했다.

그리고 지금도, 히나츠루 아이와 화해할 최고의 기회를 내팽개치면서까지 야샤진 아이가 있는 곳으로 뛰어왔다.

"항만업으로 시작한 야샤진 가문은 포트아일랜드 건설에도 깊이 관여했어. 그리고 이 계산과학연구센터를 유치할 때도, 자금 원조를 비롯한 다양한 공작을 했지."

즉, 하고 아이는 말을 이었다.

"『케이』는 야샤진 가문의 원조로 여기에 건조된 거야……. 과거 세계 제일이었던 슈퍼컴퓨터가, 말이지?"

"……!"

그렇다. 슈퍼컴퓨터다.

그런 건 도쿄에나 있다고 생각했는데…… 실은 코베, 그것도 이 포트아일랜드에 있다니…….

"내 아버님과 어머님은 도쿄의 대학에서 만났어. 장기부에서 만났고, 우연히 같은 학부의 같은 학과여서 친해졌대."

"같은…… 학부?"

세상이 일그러지는 듯한 느낌이 들었다.

아니, 반대다.

이제까지 내가 봐온 세상이 일그러져 있었다.

나는 장기를 중심으로 세상을 보고 만다. 당연하다. 나는 프로 기사이며, 장기를 두는 것이 일이다.

하지만…… 야샤진 아이의 부모님은 아마추어였다. 즉, 본업은 장기가 아니었을 것이다.

혹시 그 무덤은, 딸을…… 코베 시내를 지켜보기 위한 것이 아니라…….

그 외의…… 다른 무언가를 지켜보기 위해, 그 언덕 위에 세워진 것이 아닐까?

"맞아."

내 생각을 읽은 것처럼, 검은 옷을 입은 소녀는 고개를 끄덕이더니…….

삐.

손금으로 생체 인증을 완료한 야샤진 아이는 연구소 가장 안쪽에 있는 방에 발을 들였다.

"아버님과 어머님은 여기서 일하셨어. 차세대 슈퍼컴퓨터를 만드는 일을 말이지."

그곳에 있는 건——— 시꺼먼 물체였다.

언덕 위에 세워진 묘비와 마찬가지로, 검고, 네모나며…… 그 묘비보다 훨씬 거대한 기계가, 줄지어 놓여 있었다.

"기계의 숫자는 총 432대야. 그 안에 들어있는 15만 개 이상의 CPU를 접속해 구성한 거대 자동 연산 시스템이지. 현시점에도, 그리고 앞으로도 한동안은 이것보다 더 뛰어난 계산기는 지구상에 존재하지 않을 거야."

마치 무덤 같은 그 방의 중앙에 선 검은 옷의 소녀는 말했다.

"세상에서 가장 빠른 차세대 슈퍼컴퓨터——《아와지》."

검은 기계를 상냥히 쓰다듬으며, 야샤진 아이는 그 이름을 입에 담았다.

"나와 마찬가지로, 아버님과 어머님의 사랑의 결정체…… 즉, 내 자매야."

"아와지……?"

"일본 신화에서 처음으로 탄생한 섬의 이름이야. 이자나미와 이자나기가 아마노미하시라 주위를 돌며 만나서, 처음으로 낳았다고 해."

이 포트아일랜드에서도 확연히 보이는 섬의 모습을 떠올리면서도, 내 머릿속은 쭉 다른 무언가에 지배당하고 있었다. 야샤진 아이가 둔 열 번의 장기…….

그 답이 눈앞에 있다.

인류가 손에 넣은 미래의 계산기. 그것이, 내가 찾던 답이다.

겨우 보드게임의 해석에 세계 제일의 슈퍼컴퓨터를 쓴다니, 보통은 어린애의 망상으로 치부할 것이다.

하지만 나는 믿었다. 증거가 있는 것이다.

여왕전과 여류옥좌전에서 아이가 둔 장기.

그것은 틀림없이—— 미래에서 가져온 장기다.

"아이…… 넌, 진짜로…… 이걸 써서……?"

"아하하!"

미래를 손에 쥔 소녀는, 뒷걸음질로 재빨리 검은색 기계 뒤편에 숨더니, 얼굴만 쏙 내밀었다.

악마 같은 가련한 미소를 머금으며…….

"자…… 이 손을 잡아. 야이치."

암흑 너머에서 조그마한 손이 뻗어 나오더니, 야샤진 아이는 내 이름을 불렀다.